LOCUS

LOCUS

LOCUS

LOCUS

RECREATION

R28

夜之屋（夜之屋1）

Marked (the house of night, book 1)

作者：菲莉絲・卡司特＋克麗絲婷・卡司特（P. C. Cast & Kristin Cast）

譯者：郭寶蓮

責任編輯：廖立文 美術編輯：蔡怡欣

校對：呂佳眞

法律顧問：全理法律事務所董安丹律師

出版者：大塊文化出版股份有限公司

台北市10550南京東路四段25號11樓

www.locuspublishing.com

讀者服務專線：0800-006689

TEL：(02) 87123898 FAX：(02) 87123897

郵撥帳號：18955675 戶名：大塊文化出版股份有限公司

總經銷：大和書報圖書股份有限公司 地址：新北市新莊區五工五路2號

TEL：(02) 89902588 FAX：(02) 22901658

排版：辰皓國際出版製作有限公司 製版：瑞豐實業股份有限公司

初版一刷：2009年12月

初版十八刷：2015年10月

定價：新台幣 280元

特別價：新台幣 99元

Printed in Taiwan

夜之屋

Marked

THE HOUSE OF NIGHT, BOOK 1

P. C. CAST + KRISTIN CAST
菲莉絲．卡司特＋克麗絲婷．卡司特 著　郭寶蓮 譯

希臘詩人赫西俄德（Hesiod）獻給黑夜女神妮克絲（Nyx）的詩：

「這兒也矗立著一座闇鬱的夜之屋，
被陰森烏雲籠罩在黑暗中。
巨神阿特力士昂然挺立於夜之屋前，
不倦的雙手穩穩撐起遼闊天空，
黑夜與白晝越過青銅色交會處，
漸行漸近，迎接彼此。」

赫西俄德，《神譜》（Theogony），第744頁

1

我以爲日子已經衰到破表，沒想到竟還看見一個死人站在我的置物櫃旁。凱拉那張嘴正發射出她慣常的「阿拉連珠炮」，口沫橫飛說個不停，完全沒注意到有個死人站在那裡。我是說一開始沒注意到。現在回想起來，事實上在這死人開口說話前，根本沒其他人發現，除了我以外。這一點，很可悲，又一次證明我是個怪胎，和人格格不入。

「不是那樣的，柔依，我**對天發誓**，那天比賽完西斯其實沒喝那麼醉。妳眞的不該對他那麼嚴厲。」

「是喔，」我心不在焉地回話：「才怪。」話一說完就開始狂咳。又來了。眞想死。我肯定要染上生物資優班那個超變態老師瓦思所說的「青少年黑死病」了。

如果翹辮子，應該就能逃過明天的幾何學考試吧？別做夢了。

「柔依，拜託，妳有沒有在聽啊？我覺得他應該只喝了四罐啤酒。我不確定啦，可能是六罐，或許再加上三杯烈酒。不過這不是重點。重點是如果不是妳那討人厭的爸媽要妳在比賽完立刻回家，說不定他一口都不會喝。」

我們兩人交換了個眼色，百分之百同意，這陣子以來，我的確受到我媽和那個垃圾繼父的不人道對待，而我們已經忍耐很久了。我媽是三年前再嫁的，對我來說，這三年簡直度日如年。接著，阿拉幾乎沒換氣，又開始喋喋不休起來。

「況且他那時是在慶祝啊，我們打敗了聯合隊欸。」阿拉搖著我的肩膀，一張臉湊到我鼻前。「喂，妳那個男朋友啊——」

「是朋友以上，戀人未滿。」我糾正她，努力別咳到她臉上去。

「隨便妳怎麼說啦，反正西斯是我們的四分衛，贏了球當然開心，想喝幾杯慶祝慶祝。上次斷箭隊大斬聯合隊可是一百萬年前的事了。」

「是十六年前。」我的數學很爛，不過和阿拉一比，簡直像個數學天才。

「隨便啦，重點是，他那天很快樂，妳就饒他一次吧。」

「重點是他最近一個禮拜大概爛醉五次了。他現在好像不在乎能否加入大學足球隊，成天只想著怎樣一次灌下半打啤酒也不會抓兔子。抱歉，我就是不想和這樣的人交往，更別說他快把自己灌成大肥豬了。」說到這裡，我不得不停下來咳嗽。狂咳之後頭暈目眩，我試著努力慢慢深呼吸，不過連珠炮阿拉顯然沒注意到我不太對勁。

「噁！肥豬西斯！我可不想見到那種畫面。」

我壓抑住又要劇咳的衝動，繼續說：「而且和他接吻就像在吸吮被酒精泡過的腳丫。」

阿拉皺起臉。「好吧，是很噁心。可惜他那麼帥。」

我翻瞪著白眼，懶得掩飾我對她典型的膚淺意見有多麼不耐煩。

「妳怎麼一病就這麼機車啊。妳根本不知道今天午餐妳不理他，他有多失魂落魄，簡直像條迷路的小狗，他甚至無法……」

就是在這時候，我看見了他，看見那個死人。好吧，我很快就意識到，嚴格說來他不是「死人」。他是活死人，或者非人類。管他怎麼稱呼，反正科學家有他們的說法，我們有自己的說法，不過說來說去就是同一種東西。絕對沒有錯，我雖然還沒感受到他散發出的威力和陰森氛圍，卻絕不可能沒看見他的**記印**：額頭上那道深藍彎月，以及同樣深藍的雙眼四周那些糾結的刺青。他是吸血鬼，更慘的是他是**躡蹤使者**。

喔，毀了！他就站在我的置物櫃旁。

「柔依，妳根本沒在聽我說話！」

這時，吸血鬼說話了，他的鄭重諭旨朝我流過來，如一股致命吸引力，如血液攙和著融化的巧克力。

「柔依·蒙哥馬利！黑夜已選中汝，汝之死即生。黑夜召喚汝，當聆聽夜后的悅耳聲音。汝之命運在『夜之屋』等待汝。」

他舉起一根長長的白色手指指向我，我的額頭瞬間劇痛欲裂。凱拉嚇得張嘴尖叫。

終於，刺眼亮光褪去，我抬眼一看，發現阿拉面無血色低頭盯視著我。

這時我心直口快的老毛病竟也能冒出來：「阿拉，妳的眼睛凸得好像金魚眼。」

「他給妳標上記印了。天啊，柔依，妳額頭上出現那種圖案了！」說完，她顫抖的手壓住慘白雙唇，企圖克制嗚咽，但顯然沒用。

我坐起身，又開始咳。我頭痛欲裂，忍不住伸手揉搓眉心。彷彿被大黃蜂叮螫的刺痛感往下擴散到眼睛四周，再一路延伸到顴骨。我好想吐。

「柔依！」這會兒阿拉眞的哭出聲了，得趁著抽噎的空檔才說得出話。「喔，我的天啊，那傢伙是躡蹤使者，吸血鬼躡蹤使者！」

「阿拉！」我用力眨眼，想把頭痛給眨掉。「別哭，妳知道我最討厭看到妳哭。」我伸手想拍拍她肩膀安慰她。

但是，她本能地往後退縮，離我遠遠的。

我真不敢相信，她竟倒退好幾步，好像真的很怕我。不過，可能是看見我眼中受傷的神情吧，她馬上恢復阿拉連珠炮的功力，咻咻說個不停。

「喔，**天啊**，柔依！妳該怎麼辦？妳不能去那個地方，妳不能變成那種東西，不可以這樣！到時候足球比賽我要和誰去啊？」

我注意到了，她滔滔不絕發射連珠炮之際，始終沒朝我靠近半步。我努力克制難過的情緒，不讓眼淚奪眶而出，甚至讓噙淚的雙眼瞬間乾涸。隱藏淚水我很行，是應該很行，我已經練了三年。

「沒關係，我會把這件事搞清楚，或許只是發生了什麼……什麼詭異的差錯。」我撒謊。

我說這些話純粹是有口無心。我被頭痛折磨得皺眉擠眼，費力站起身，環顧四周，發現數學館裡只剩我和阿拉，這才稍微鬆了口氣。但緊接著一陣歇斯底里的笑聲好像要從喉嚨冒出來，我費了好大勁才將它吞回去。如果不是明天的幾何學考試讓我緊張得半死，害我衝回置物櫃想帶課本回家，準備晚上臨時抱佛腳（雖然明知毫無用處），那麼躡蹤使者找上我時，我應該是在校門口，和斷箭市「南區中學」一千三百名學生中的多數人一起等「黃色大禮車」。我那傻呼呼，活像芭比娃娃複製的姊姊就是這麼形容校車的。其實我自己有車，不過和那些沒這麼好命，只能搭校車的同學一起等車，可是一項歷史悠久的「傳統」，更遑論這是瞧見誰哈上誰的絕佳機會。事實上，數學館裡除了我們兩個，還有另一個學生，高瘦呆瓜樣，滿口爛牙歪七扭八，很不幸地被我看得一清二楚。誰教他站在那裡，嘴巴開得大大的直盯著我，彷彿我剛產下一窩會飛的小豬。

我又開始咳，這次是夾帶著濃痰的噁心濕咳。瘦呆瓜尖叫一聲，胸前抱緊一塊扁平板子，碎步沿著走廊往前跑，衝進戴老師的辦公室。看來西洋棋社已經把活動時間改成週一放學後了。

吸血鬼會下棋嗎？有吸血鬼呆瓜嗎？會不會有像芭比娃娃的吸血鬼啦啦隊？有沒有吸血鬼玩樂團？有沒有那種明明是男生卻喜歡穿女褲，留著可怕瀏海蓋住半張臉的敏感憂鬱小生？或者他們都走那種不怎麼愛洗澡的怪怪哥德風？我會變成哥德風少女嗎？或者更慘，變成敏感憂鬱女生？我真的沒特別愛穿黑色，至少不是非黑不穿，況且我也沒有突然嫌惡起肥皂和水，更沒有強烈欲望想改變髮型，塗上又濃又黑的眼線。

就在這些念頭盤旋腦海之際，忽然又覺得有一股歇斯底里的笑聲快從喉嚨迸出，幸好最後冒出的是咳嗽聲。

「柔依？妳還好嗎？」凱拉的聲音聽起來好尖銳，彷彿大腿被人擰了一下。她往後又退了一步。

我嘆了口氣，感覺一絲怒火快要燃起。又不是我願意的。打從升上三年級，阿拉和我就是最好的朋友，但現在她看著我的眼神彷彿我是個怪物。

「凱拉，是我啊，和兩秒鐘、兩小時、兩天前相同的那個我啊。」我舉起手，沮喪地指著自己一陣陣抽痛的腦袋。「我沒變啊！」

阿拉的雙眼又湧出淚水了。感謝上帝，這時她的手機唱起瑪丹娜的「拜金女郎」，她不自覺地瞥了眼來電號碼。看她那種「兔子突然被汽車頭燈照到」的驚慌神情，我就知道是她男朋友賈瑞。

「去吧，」我無力地，淡淡地告訴她：「坐他的車回家吧。」

她大大鬆一口氣的神情真像一巴掌打在我臉上。

「晚點打電話給我喔？」她急忙從側門逃出數學館，轉頭丟了這麼一句話給我。

我看著她一路慌張地越過東側草坪，跑向停車場，一邊還將耳機貼在耳邊，跟賈瑞劈里啪啦講個不停。我很確定她已經告訴他，我快變成怪物了。

問題是變成怪物還算是眼前兩種選擇當中比較好的。選擇一：變成吸血鬼，從人類的角度看，這就等於變成怪物。選擇二：我的身體排斥**蛻變**，所以我只好死去，永遠死去。

另外，這樣看來，好消息是我明天不必考幾何學了。

壞消息是我得搬到「夜之屋」。這所位於奧克拉荷馬州陶沙市中區的寄宿私校，我所有的朋友都管它叫作「吸血鬼養成學校」。接下來四年，我的身體會在那裡經歷無法控制的詭異變化，我的整個人生也會因此徹頭徹尾永遠改變，如果這轉變過程沒要了我的小命的話。

好極了。我不想死，也不想變成吸血鬼。我只想當個正常人，雖然這樣一來就得忍受那對超保守的父母、長得像醜巴怪侏儒的弟弟，以及老是叫嚷著「哇，好完美」的姊姊。我只希望幾何學考試能及格，順利從中學畢業，申請到奧克拉荷馬州立大學的獸醫系。不過我最希望的，是能融入正常人之間，至少能與同學打成一片。我對這個家已經不抱希望，現在剩下的，就只有朋友和遠離家人的生活。

而現在，連這一點東西也要被奪走了。

我揉揉額頭，把頭髮撥亂，半遮住雙眼，幸運的話，也希望能遮住眼睛上方的記印。然後，我假裝正全神貫注地翻看包包裡不知怎麼跑出來的什麼東西，頭垂得低低地，迅速走向通往學生停車場的那道門。

快跨出門之前，我停下腳步，因爲從學校典型門框上並排的玻璃窗望出去，我看見西斯就在那裡。他正被一群搔首弄姿的女孩簇擁著，而其他男孩則紛紛給他們空轉的小卡車猛催油，努力表現自己的帥勁，可惜多數白費工夫。我居然會看上那樣的男孩，豈不怪異？不，不是的，我沒那麼差勁，我仍記得西斯以前眞的很可愛，就算現在，他偶爾仍然很迷人，特別是在他願意保持清醒的時候。

一串尖銳的女孩咯咯笑聲從停車場傳到我這裡來。好極了，是全校第一大騷貨凱西・芮克特，她正作勢要賞西斯一個巴掌。我即便離他們遠遠的，仍看得出來，她顯然將扁他當成某種求偶儀式了。還是平常那副呆頭鵝模樣的西斯，只是站在那裡咧嘴蠢笑。要死了，我那輛一九六六年份的蛋青色福斯老爺金龜車，就停在他們中間，看來我已經夠悲慘的一天還要繼續悲慘下去。我不能這樣走上前，不能帶著額頭上這鬼東西走到他們中間。若被他們發現，就永遠都不能和他們混了。我太清楚他們會有什麼反應。我還記得我們「南中」上次被躡蹤使者**標記**的那個男生是什麼下場。

那件事發生在上個學年剛開學的時候。早上，學校還沒開始上課，躡蹤使者就來了，盯上一個正要去上第一堂課的男孩子。我沒親眼看見那個躡蹤使者，但我在稍後的短暫片刻裡，看到那個學生丟下書本，衝出教室，慘白的額頭浮現記印，眼淚潸潸流下他蒼白的臉龐。我永遠都忘不了那天早上走廊上聚集著大批人群，這些人在他衝出校門時，全都退避三舍，好像他身上帶著什麼可怕的傳染病，而我也是其中一個。我很同情他，但見他跑過來，我一樣閃躲，只直盯著他瞧，因爲我不想被人貼上「會和那種怪胎當朋友」的標籤。現在想來，不是很諷刺嗎？

我沒走向車子，而是往最近的洗手間走去，幸好裡頭空蕩蕩。是的，我還俯身察看過，確認三個馬桶間的門下方都沒有腳。洗手間牆上架了兩個洗手槽，上面掛了兩面中等大小的鏡子。洗手槽對面的牆壁上有面大鏡子，鏡子下方有架子讓人放梳子、化妝品等有的沒的東西。我將包包和幾何學課本放在架子上，做個深呼吸，猛地抬起頭，將頭髮往後撩。

那感覺就像看著熟悉的陌生人。你知道的，就是你看著人群裡的某個人，你發誓你認識她，但事實上你並不認識。現在那個人就是我——熟悉的陌生人。

鏡中的女孩跟我一樣，有一對榛子色的眼珠，讓人很難確定是綠色或褐色。不過我的眼睛好像不曾那麼大，那麼圓吧？或者其實原本就是這樣？這女孩的頭髮和我相同：長長的直髮，黑溜溜的，和我阿嬤頭髮變白以前一樣。這熟悉的陌生女孩也有我的高聳顴骨、長而挺的鼻子，以及一張闊嘴，全都遺傳自我阿嬤和她的切羅基印第安祖先血統。不過，我的臉不曾像鏡中女孩這麼蒼白過。我的膚色一向偏橄欖色，事實上家族中沒有人的膚色像我這麼深。或許不是我突然變白……或許只是落在額頭正中央那彎弦月的深藍輪廓線，讓我的皮膚相較之下顯得很白，也或許是頭頂上那盞慘白日光燈照射的結果。眞希望是光線搞的鬼。

我凝視著額頭上那個詭異的圖案。在我鮮明的切羅基人五官的襯托下，這圖案彷彿在我身體烙上野性的記號……彷彿我是遠古時代的人，那個比現在更遼闊……更蠻荒的時代。

從這天開始，我的人生不一樣了。就在這一刻，這一瞬間，我忘記自己與人們格格不入的可怕感覺，反而升起一股驚奇的喜悅，阿嬤族人的血液在我身體裡歡喜地奔湧著。

2

我大約估量了一下，心想過了這麼久，大家應該都離開學校了吧。於是，我再次將頭髮撥亂，覆蓋前額，離開洗手間，快步走向通往學生停車場的門。應該安全了，整座停車場只剩下一個小鬼在遠端走過。他一副吊兒郎當的模樣，穿著一件難看得要死的垮褲。可能怕褲頭往下掉吧，他走路時非常專心，看來應該不會注意到我。我咬著牙，忍耐腦袋的陣陣抽痛，衝出門口，直直朝我的小金龜車走去。

一踏出戶外，太陽就開始攻擊我。我是說，這可不是陽光普照的日子呀。事實上，天空還飄浮著大朵大朵蓬鬆的雲，半遮掩著太陽，是可以從許多圖片上看到的漂亮景致。但就算有雲朵也沒用，我還是得痛苦地瞇起眼睛，舉手擋住時有時無的陽光。我想，可能就是因爲我太專心應付溫和陽光帶給我的劇烈痛苦，才沒注意到那輛小卡車，直到它發出刺耳煞車聲，戛然停在我面前。

「嗨，柔依！妳沒收到我的簡訊嗎？」

喔，慘了，慘了，慘了！是西斯。我抬起頭，手仍遮著眼睛，像在看愚蠢的血淋淋恐怖片那樣，透過指縫瞄向他。他坐在他朋友達斯汀那台小卡車後面拉下的後擋板上。越過他肩頭望過去，我看見前方駕駛車廂裡達斯汀和他弟弟達魯就像平素一樣，正在互相打鬧，爭執著鬼才知道的蠢問題。幸好，他們兄弟倆完全沒注意我。我將視線移回到西斯身上，忍不住嘆了口氣。看見他手裡拿著啤酒罐，露出傻呼呼的笑容，我一時間竟忘了自己剛被標記，快變成被常人排斥的吸血怪物，怒目瞪著他。

「你居然在學校喝酒！你瘋了啊？」

他小男孩般的笑容更燦爛了。「對啊，我是瘋了，為妳瘋狂了，寶貝！」

我搖搖頭轉過身，打開我那輛金龜車的破舊老爺車門，將書本和背包丟進乘客座。

「你們怎麼沒去練足球？」我說，繼續側著臉。

「妳沒聽到廣播嗎？我們上週五痛宰聯合隊，所以放假一天！」

達斯汀和達魯畢竟還是聽到我和西斯的談話了，兩人從車廂裡發出奧克拉荷馬州人特有的「喔吼」和「耶」的吆喝聲。

「喔，呃，我大概沒聽到廣播。今天很忙，你知道的，明天有幾何學考試。」我努力表現得很正常，一副沒事的樣子。咳了一聲後，補上一句：「而且我得了要命的感冒。」

「小柔，說眞的，妳是不是在生我的氣？是不是凱拉說了關於派對的什麼事情？妳知道的，我不會眞的在妳背後亂來。」

什麼？凱拉壓根兒沒提到過西斯**亂來**的事。聽到這話，我像個白癡，暫時忘了自己額頭的記印，猛轉過頭，瞪著他。

「你做了什麼，西斯？」

「小柔，我？妳知道我不會……」他停下表示無辜的手勢，也終止他的辯解，瞠目結舌，滿臉驚嚇。他看到我額頭上的記印了。「什麼東西呀，那——」他的話被我打斷。

「噓！」我將臉撇向仍不知情的達斯汀和達魯，看見他們兩個正扯開嗓門，五音不全地唱著鄉村歌手托比．凱斯的新歌。

西斯的雙眼仍圓睜著，但他壓低了聲音說話。「妳這是上戲劇課時畫的妝嗎？」

「不是，」我悄聲說：「不是。」

「可是妳不可能被標記呀，我們正在談戀愛啊。」

「我們沒有在談戀愛！」說完這話，我的咳嗽彷彿結束了半休止的狀態，開始發動噁心帶痰的狂咳，咳到我彎下身子。

「嗨，小柔！」達斯汀從車廂裡喊叫：「妳可得戒菸了。」

「是啊，看妳咳得好像連肺都要咳出來了。」達魯在一旁幫腔。

「老兄！別煩她，你們明明知道她不抽菸的。她要變成吸血鬼了啦。」

很好，很讚。這傢伙老是搞不清楚狀況，還以爲他這樣對他的哥兒們咆哮是在幫我。那對兄弟立刻從車窗探出頭，目瞪口呆盯著我，當我是什麼奇怪的科學實驗品。

「哇，媽呀，現在柔依眞的是他媽的怪胎了！」達魯說。

他這話眞殘忍，把我惹毛了。之前看到凱拉對我避之唯恐不及，我已經一把火悶燒在心裡，現在他一句話讓這把火開始熊熊燃燒。我不理陽光帶來的刺痛，狠狠地直盯著他的雙眼。

「閉上你的鳥嘴！我今天已經夠慘了，不需要再聽你那些鬼話。」我暫停咒罵，將視線從瞠目結舌的達魯臉上移到達斯汀臉上，然後繼續開罵：「或者你的屁話。」就在瞪著達斯汀時，我察覺到某種東西，這東西讓我驚嚇，但很奇怪地，也讓我興奮。達斯汀看起來很害怕，眞的很害怕。我把視線移回達魯身上，他也嚇得半死。然後，我感覺到了，一陣刺刺麻麻的感覺爬上我的肌膚，讓我額頭上的新記印灼熱起來。

力量。我感覺到力量。

「小柔？搞什麼呀？」西斯的聲音打斷我的思緒，讓我的視線離開那對兄弟。

「我們快閃！」達斯汀說，換檔之後用力踩下油門，小卡車突地往前衝，西斯一個重心不穩，往下滑，雙手揮舞得像急轉的風車，手中的啤酒罐飛了出去，整個人掉落在停車場的柏油路面上。

我不自禁地跑上前。「你還好嗎？」西斯四肢跪地，我彎腰扶他站起來。然後我聞到了，某種不可思議的氣味，溫熱又甜美。

西斯搽了新的古龍水嗎？就是那種奇怪的費洛蒙，讓自己變成基因工程改造過的巨大捕蟲燈，以吸引女性自投羅網。我沒意識到自己離他那麼近，等到他站起來，我才發現我們兩人的身體幾乎貼在一起。他低頭看著我，眼神裡充滿疑惑。

我應該往後退一步的，但我沒這麼做。若是之前，我會……但現在，我沒有，今天沒這麼做。

「小柔？」他輕輕地呼喚我，聲音沙啞低沉。

「你聞起來好香。」我忍不住這麼說，心臟跳得好用力，我甚至能聽到它在我抽痛的太陽穴中回響。

「柔依，我眞的好想妳。我們和好吧，妳知道我眞的很愛妳。」他伸手摸我的臉，這時我們兩個都注意到他手掌上的血。「啊，可惡，我大概——」接著，他盯著我的臉，聲音戛然而止。我可以想見自己的表情，想見自己臉色蒼白，額頭上記印的深藍輪廓線閃耀醒目，目不轉睛瞪著他手掌上的血。我無法動彈，連視線也移不開。

「我想要……」我低語著：「我想要……」我想要什麼？我說不出口。不行，不是這樣的，我**不會**說出來的。我絕不會大聲說出那股排山倒海而來，幾乎將我淹沒的強烈欲望。不是因爲西斯靠我很近，事實上他以前也曾靠我那麼近。見鬼，我們已經在一起一年，可是他從未讓我有過這種感覺，像這樣的感覺。我緊咬下唇，呻吟著。

小卡車發出刺耳煞車聲，在我們身旁來個甩尾，然後停住。達魯跳下車，攬住西斯的腰，把他拉回小卡車車廂裡。

「放開我！我要和柔依說話！」

西斯想從達魯手中掙脫，不過這傢伙可是斷箭隊的資深後衛，超級人高馬大。坐在左側駕駛座上的達斯汀側身伸長手，盤過西斯和達魯，拉住右車門的門把，砰的一聲用力關上車門。

「妳這個怪胎，別來煩他！」達魯對我咆哮，達斯汀將油門踩到底，這次眞的加速駛離了。

我上了我的金龜車，雙手抖得厲害，試了三次才把引擎發動。

「回家吧，回家。」我邊開車，邊在痛苦的劇咳中一遍遍告訴自己。我不願回想剛才發生的事情，我無法回想剛才發生的事情。

回家車程約十五分鐘，但似乎才一眨眼，我就已經停在自家門前車道上。坐在車內，我試著爲接下來會發生的事情做好心理準備。就像打雷過後必有閃電，我很清楚進到屋內以後，我將面臨什麼情景。

我爲什麼這麼急著回家？我想，其實我不是眞的渴望回家，我只是想逃開剛剛在停車場與西斯接觸的感覺。

不！我現在不該想這件事。任何事情都有理由，都能找出合理、簡單的解釋。達斯汀和達魯是智障，不成熟的兩顆豬腦，被啤酒泡壞了，所以才會有那種反應。我根本都還沒使出任何足以讓人嚇破膽的能力來恫嚇他們。他們光是發現我被標記就嚇壞了。對，事情應該就是這樣。我是說，人本來就怕吸血鬼。

「可是我又**不是**吸血鬼！」我自言自語。然後繼續咳嗽，一邊想起西斯的血液好甜美，令人醺然陶醉，還有那股衝動，想要得到**它**的衝動。我想擁有的不是西斯，而是西斯的血液。

不！不！不！血液既不甜美也不可口，我一定是驚嚇過度。就是這樣，肯定是這樣。我被嚇到了，所以腦筋糊塗。沒事……沒事的……我不自覺地摸摸額頭。不再灼熱了，不過感覺起來仍然不一樣。又是一陣狂咳。沒關係。我可以不去想西斯，但是不能再否認，我真的有不同的感覺。我的皮膚變得很敏感，胸口發疼，還有，就算戴上超酷的名牌Maui Jim太陽眼鏡，眼睛還是痛得淚水直流。

「我快死了……」我呻吟著，但立刻緊緊閉上嘴。我怕我真的快死了。我抬眼望著眼前這棟偌大的磚造房屋，都已經三年了，我仍不覺得是我的家。「撐過去，設法撐過去。」至少現在我姊還沒回家，她正忙著練習啦啦隊。幸運的話，我的侏儒醜小弟應該正沉迷在他新的電動遊戲「三角洲部隊：黑鷹計畫」之中。或許我有機會和媽獨處，或許她會了解……或許她知道該怎麼辦……

唉，見鬼！都十六歲了，竟突然發現自己想要有媽媽陪。

「拜託，無論如何她可千萬要了解。」我低聲禱告，祈求可能聆聽的各路神明保佑。

如同往常，我由車庫進入屋裡，沿著走廊直接走進自己房間，將幾何學課本、包包和背包全扔到床上，然後做個深呼吸，惴惴不安地去找媽媽。

她在客廳，窩在沙發角落，啜著咖啡，正在讀《女性心靈雞湯》，看起來和平常沒兩樣。只是，嫁給這位新老公之前，她讀的都是異色言情小說，在家也會化妝。這兩樣，現在她老公都不准她做了（我說過，他很惹人厭）。

「媽？」

「嗯？」她沒抬頭看我。

我費力地嚥嚥口水。「媽媽，」我以她嫁給約翰之前我對她的稱呼來喚她。「我需要妳幫忙。」

不知道是因爲沒想到我會冒出「媽媽」這樣的稱呼，還是我語氣裡有某種東西觸動了她內心猶存的母性直覺，她立刻從書本抬起雙眼，眼神裡充滿了溫柔與關心。

「怎麼了，寶貝——」她開口問我，但是，就在看見我額頭上的記印的剎那，她剩下還沒說的話立刻凍結在唇邊。

「喔，天啊！妳做了什麼啊？」

我又受傷了。「媽，我什麼都沒**做**，是事情自己**找上**我。不是因爲我做了什麼，不是我的錯。」

「喔，拜託，不能這樣！現在妳爸會怎麼說啊？」她哀號著。看來我剛剛那句話有說等於沒說。

我眞想放聲大叫：**誰知道我爸會怎麼說啊，我們都十四年沒有他的音訊了**！不過我知道這話說出來沒好處。只要我提醒媽，約翰不是我「眞正」的父親，她就會抓狂。所以我決定採取別的戰術，重拾那套我三年前放棄的做法。

「媽媽，拜託，可以不要告訴他嗎？至少這一、兩天別說。妳先幫我保密，等到我們……我不知道……等到我們習慣了之類的。」我屏住呼吸。

「那我該怎麼說？妳這東西甚至沒辦法靠化妝來遮蓋啊。」她緊張地瞥了一眼我的彎月記印，嘴唇扭成奇怪的角度。

「媽，我不是說在我們習慣這個記印的這兩天裡我會留在這裡。妳知道的，我必須離開。」說到這裡，我得暫停一下，把震得我肩膀猛晃的那陣劇咳好好咳完。「我被躡蹤使者標記了，我得搬去夜之屋，不然我就會愈來愈虛弱。」**最後虛到死掉**。最後這句我說不出口，只能透過眼神來告訴她。「我只是希望有一、兩天的時間做準備，然後再來面對……」我將話語打住，又開始咳，這樣就不用說出他的名字。這次是故意的，其實裝咳並不難。

「那我該怎麼告訴妳爸？」

她話語裡的驚慌讓我害怕。她不是母親嗎？她不是應該有答案嗎？怎麼只會問問題？

「就……就告訴他我接下來幾天要待在凱拉家，因爲在趕生物課的一個作業。」

這時我看見她的眼神改變了，原本的關心消失，取而代之的是一種冷酷。我太熟悉她這種眼神了。

「所以，妳要我對他撒謊？」

「不是，媽，我眞正要說的是，我希望妳能眞正當我的媽，幫我打包，開車陪我到那所新學校。我很害怕，而且我現在生著病，我不知道能否自己一個人面對這些事情！」我呼吸困難，手掌摀著口鼻咳嗽，終於將這些話說完。

「眞沒想到原來我已經不再是妳媽了。」她冷冷地說。

她的反應比凱拉更讓我疲憊，我只能無力地嘆息。「我想這就是問題所在。媽，妳根本不關心我，所以才沒察覺我們母女關係已經變了。自從嫁給約翰後，妳就只在乎他。」

她瞇眼看著我。「我不知道妳竟然這麼自私，難道妳不明白他爲我們做的一切嗎？因爲他，我才能辭掉迪拉德百貨公司的那份爛工作。因爲他，我們才不用擔心錢，才能住在這棟漂亮的大房子裡。因爲他，我們才有安全感，才有光明的未來。」

她這些話我已經聽過上百遍，聽到可以跟著她複誦。通常這類非溝通式的交談進行到這種階段，我會道歉，終止談話，然後退回自己房間。但今天我不能道歉。今天的我不一樣，一切都不一樣了。

「不對，媽。因爲他，妳整整三年沒好好關心過妳的孩子，這才是事實。妳知道妳的大女兒已經變成一個蕩婦，偷偷摸摸和學校足球隊的半數球員上過床嗎？妳知道妳兒子凱文背著妳玩的那些電動遊戲有多血腥暴力嗎？不，妳當然不知道！他們兩個**表現**得快快樂樂，**假裝**很喜歡約翰以及這個虛僞家庭裡的一切鬼東西。於是，妳對他們微笑，爲他們祈禱，任由他們爲所欲爲。而我呢？妳認爲我最不乖。因爲我不假裝，因爲我太誠實。妳知道嗎？我眞的受夠了這樣的生活，我很高興躡蹤使者找上我。大家把那間吸血鬼學校稱爲『夜之屋』，事實上這個表面上**美滿**的家比那裡更像黑夜！」我沒哭沒叫，轉身昂首闊步走回房間，將房門砰地用力關上。

我希望他們都去死。

隔著薄薄的牆，我聽見她歇斯底里地打電話給約翰。不用懷疑，他肯定會衝回家來收拾我，處理我這個問題人物。我想坐在床上哭，但我沒這麼做，而是將背包裡學校的垃圾全倒出來。我即將去的地方哪需要這些垃圾課本？或許那裡連正常課程都沒有，只有「撕開人類喉嚨基礎課」以及……以及……「在黑暗中擁有視力之入門」之類的。

不管我媽做了或沒做什麼，這次我不會留在這裡了。我必須離開。

那，該帶些什麼呢？

除了身上這件，再帶那兩件我最喜歡的牛仔褲吧。還要兩件黑色T恤，不然，吸血鬼要穿些什麼？況且，穿上這兩件看起來比較瘦。我本來想略過那件閃亮的水藍色可愛襯衣，不過想到全身穿得黑漆漆，一定讓我更憂鬱……所以還是把它放進袋子裡。然後放了好幾件胸罩和丁字褲進去，再將一些髮飾及化妝品塞到背包的小側袋。我差點忘了擺在枕頭上的填充動物布偶噫噫奧提斯（我兩歲時不會發「魚」的音，把「魚魚」說成「噫噫」）……嗯，不管我是不是吸血鬼，沒有它陪伴，我肯定無法入睡，所以我溫柔地將它塞進該死的背包裡。

然後，我聽見敲門聲。那是要叫我走出房間。

「幹麼？」我應了一聲，然後又咳到整個人顫動。

「柔依，妳媽和我得跟妳談談。」

好極了。顯然他們都還沒死。

我拍拍噫噫奧提斯。「奧提斯，很慘吧。」我挺起胸膛，武裝起來，咳了一陣後，走出門與敵人交戰。

3

我的垃圾繼父約翰．海肥乍看之下還可以，甚至挺正常的。（沒錯，海肥眞的是他的姓，慘的是現在這也成了我媽的姓，害她被人叫作海肥太太。眞不敢相信吧？）他和我媽開始交往時，我聽過我媽有些朋友說他「很帥」，很「迷人」。當然這是一開始。後來我媽那些朋友全被換掉了，換成這位「迷人帥哥」認爲比較適當的人，因爲在他眼中，我媽以前常來往的那群有趣的單身女人全不及格。

我從未喜歡過他，眞的，不是因爲我現在受不了他才這麼說。打從第一天見到他，我在他身上只看見一個東西：虛僞。他假裝是個好人，假裝是個好丈夫，甚至假裝成好父親。

他看起來和其他父執輩的男人沒兩樣。一頭黑髮，瘦巴巴的竹竿腿，開始出現啤酒肚。他的眼睛顏色就像他的靈魂：褪了色的，冷漠的淡褐色。

我走進客廳，看見他站在沙發旁。我媽癱坐在沙發尾端，抓著他的手。她淚水盈眶，雙眼還哭得紅通通。好極了。她要開始扮演「受傷的歇斯底里母親」了。這是她的拿手好戲。

約翰試圖用他那雙眼睛釘住我整個人，不過我額頭上的記印讓他分心。他的臉扭曲著，露出嫌惡的表情。

「撒旦，退到我後邊。」他引用耶穌的話，那語氣就我聽來眞像在布道。

我嘆了口氣。「不是撒旦，是我。」

「柔依，現在不是開玩笑的時候。」我媽說。

「親愛的，交給我處理。」垃圾繼父說，心不在焉地拍拍她肩膀，然後將注意力轉回我身上。「我之前就告訴過妳，像妳這麼叛逆，遲早會有報應的。現在看到報應這麼早就來，我也沒太訝異。」

我無力地搖搖頭。唉，我就知道。我眞的早就知道他會這麼說，不過親耳聽到還是很震驚。全世界都知道變成吸血鬼的過程不是人能控制的，你不可能因爲做了什麼事而導致蛻變。那種「被吸血鬼咬到就會死，然後變成吸血鬼」的說法，根本子虛烏有。好幾年來，科學家一直想找出引發一連串生理變化，讓人變成吸血鬼的原因，希望藉此找到治療的方法，或至少研發出疫苗。不過，到目前爲止，他們的運氣還沒好到有任何結果。但是，我的垃圾繼父，約翰・海肥先生，竟突然有了驚人的大發現：青少年的叛逆行爲，尤其像我這樣，就是造成身體變化的主要原因。其實我的叛逆行爲多半只是偶爾撒個謊，衝著父母說些不得體的意見和自以爲聰明的話，或許還包括我對男星艾胥頓．庫奇那種無傷大雅的迷戀（只可惜他喜歡老女人）。唉，活見鬼！誰想得到耍點小叛逆就會變成吸血鬼？

「我變成這樣又不是我造成的。」我終於開口說話：「會這樣不是**因為**我做了什麼事，事實上我是**受害人**。地球上所有科學家都同意這一點。」

「科學家不是無所不知。他們可不是上帝的子民。」

聽他說出這種話，我只能無力地瞪著他。他是「信仰子民教會」的長老，還對自己這種身分引以爲傲，而我媽就是因爲這樣才被他吸引的。就理性層面來看，我完全能了解爲何如此：身爲「信仰子民教會」的長老，代表他很成功，有高尚的工作、好房子，還有美滿的家庭。這樣的人肯定品格端莊，信念正確。所以理論上他的確是我媽找新老公、我們孩子找新老爸的最佳人選。只可惜理論歸理論，無法眞實反映實際狀況。現在，他果然又要打出「長老」這張牌，搬出上帝往我臉上砸。我敢用我那雙名牌Steve Madden的新款平底鞋當賭注，他這種言論把上帝惹毛的程度肯定不下於惹毛我。

我再一次試著跟他解釋：「我們在生物資優班的生物課學過，有些青少年身體裡的荷爾蒙升高時，會出現這種生理反應。」我努力回想，眞高興自己還記得上個學期學到的東西。「有些人身體的荷爾蒙會觸發……」我絞盡腦汁，終於想起來。「觸發垃圾DNA鏈裡的某種反應，由此引發整個蛻變過程。」說完後我忍不住微笑，但這笑容不是給約翰看的，我是因爲自己竟想得起來好幾個月前學到的單元而得意。不過一看見他那種咬緊牙的熟悉表情，我知道自己實在不該微笑。

「上帝的智慧遠大於科學。小姐，妳若不這麼想就是褻瀆上帝。」

「我從來沒說科學家比上帝聰明！」我舉手投降，然後試著壓住咳嗽的衝動。「我只是想把這件事解釋給你聽。」

「我不需要十六歲的孩子跟我解釋任何事情。」

唉，看他穿的那身醜到爆的褲子和襯衫吧，他顯然是可悲的品味智障，確實需要青少年跟他解釋一些事情。不過，我想，現在不是提起這件事的好時機。

「親愛的，現在該拿她怎麼辦？鄰居會怎麼說呢？」我媽的臉變得更蒼白，還摀住口鼻壓抑住微微的啜泣。「週日做禮拜時，人們會怎麼說呢？」

就在我張大嘴巴準備回答時，他瞇起眼，在我開口之前打斷我。

「我們要做虔誠好家庭該做的事，把這些問題交託給上帝。」

他們要送我去修道院嗎？可惜我現在正忙著應付又一回合的劇咳，只能由他說下去。

「我們也該打電話給亞瑟醫生，他知道怎麼處理這種狀況。」

太棒了，太讚了。他要召來我們的家庭心理醫生，那個只有一號表情的男人。很好。「琳達，打亞瑟醫生的緊急專線。我想，也該啓動禱告電話網，通知其他長老來這裡聚集。」

我媽點點頭，準備站起來，但我脫口而出的話把她嚇得跌回沙發。

「什麼！你的答案是打電話給那個完全不懂青少年的心理醫生，還要把那群老古板的長老叫到家裡來？你以爲他們現在會願意嘗試著了解這件事嗎？不行！你不懂嗎？我得離開，今晚就得走。」我又開始狂咳，咳得五臟六腑攪在一起，咳得胸口好痛。「看見了吧！我的病會愈來愈嚴重，如果我沒有跟……」我猶豫了一下。爲什麼說出「吸血鬼」這三個字有這麼難？我想，大概是因爲這個名詞聽起來是如此異樣，如此無可挽回吧——但，有一部分的我必須承認，它聽起來是如此美妙。「我得搬去夜之屋。」

我媽跳了起來，有那麼一瞬間我以爲她要起身救我，不過約翰隨即將手搭在她肩上，一副要將她據爲己有的模樣。她抬頭看看他，然後看著我，一臉難過的表情，不過她說出來的仍是約翰希望她說的話。

「柔依，今天在家裡待一晚應該沒關係吧？」

「當然沒關係。」約翰告訴她：「我相信亞瑟醫生會明白我們現在迫切需要他來這裡。

有他在，柔依會沒事的。」他拍拍我媽的肩膀，假裝很關心，不過他的話聽起來就是噁心多於甜蜜。

我看看他，再看看我媽。他們不會讓我離開的。看來今晚走不了，或許一輩子都走不了，除非是被醫護人員扛出家門。我突然明白，他們會這樣不只是因爲我被標上了記印，我的生命將徹底改變，而是因爲他們怕失去控制權。如果讓我離開，他們就無法控制我。就我媽來說，我願意相信她是因爲怕失去我，但我知道約翰不想失去的是他最在意的權威角色，以及我們這家人是個完美小家庭的虛僞表象。正如我媽說的，**這樣一來鄰居會怎麼想**？**週日做禮拜時，人們會怎麼想**？約翰想要維持這樣的表象，就算爲了這種表象而必須眼睜睜看著我生病，他也在所不惜。

但我可不願意付出這種代價。

我想，現在是我自己作主，把掌控權奪回手裡的時候了（畢竟我的手指可是做過美容的）。

「好吧。」我說：「就打電話給亞瑟醫生，啓動祈禱電話網吧。不過大家到齊前，我可以先回房間躺一下嗎？」然後補上幾聲咳嗽，增強說服力。

「當然沒問題，寶貝。」我媽說，看起來顯然鬆了一口氣。「休息一下應該會讓妳舒服些。」她掙脫約翰那充滿控制欲的摟抱，一臉笑容，過來抱抱我說：「要不要我拿感冒藥給妳？」

「不用，我沒事的。」我緊擁著她，好希望時光回到三年前，那時她還屬於我，還會站在我這邊挺我。然後我深呼吸，往後退一步。「沒事的。」我重複這句話。

她看著我，點點頭，透過眼神告訴我：她很抱歉，這是她唯一知道的處理方式。

我轉身回房間，我的垃圾繼父在我背後嚷嚷著：「妳可不可以幫我們一個忙，找點粉餅或什麼的，將妳額頭上那東西遮蓋起來？」

我沒停下腳步，只一味往前走。也沒掉淚。

我會記住這一刻，我堅定地告訴自己。**我會記住今天他們帶給我的痛苦和難過。這樣一來，接下來的日子裡，當我覺得害怕、孤單，當即將發生在我身上的事情真的逐一發生，我就會想起，不管怎樣都比被困在這個家好。不管怎樣。**

4

我坐在床上咳嗽，聽著我媽急切地撥打心理醫生的緊急專線，緊接著歇斯底里地打了另一通電話，啓動那恐怖的信仰子民教會的禱告網。三十分鐘內，我們家就會聚集一群肥女人和她們那些眼神猥瑣的戀童癖丈夫。他們會把我叫到客廳，指著我額頭上的記印，宣稱這眞的是丟臉的大問題。接著他們可能會給我抹上什麼狗屁香膏。或許還沒被他們按手禱告，我被香膏堵塞的毛細孔就已經冒出紅豆般大小的青春痘。他們會求上帝幫助我，讓我不再叛逆，不再給父母惹麻煩。喔，還有我的記印也是個小問題，得求上帝一併加以清除。

如果事情這麼簡單就能解決，我倒樂意和上帝打交道，當個乖孩子，這樣一來，就不用換學校，不用變成另一種生物。我甚至願意去考幾何學。嗯，好吧，我是不想考幾何學——但不管怎樣，我可不會爲了這個就自願變成怪胎。現在看來，我非得離開不可了。這表示，我得去一個新的地方，當個新學生，沒有認識的朋友，人生整個重新來過。想到這裡，我用力眨眼睛，設法不讓自己哭出來。現在，唯一讓我感覺像個「家」的地方只剩學校了，而我的朋友就是我僅剩的家人。我握緊拳頭，皺擠著臉，克制住淚水。好，別急，一次一步。這次就只先跨出這一步。

這群信仰子民的人和我那垃圾繼父根本是一個模子打造出來的，打死我也不願意和他們打交道。就算信仰子民不夠可怕，繼恐怖的群體禱告之後，亞瑟醫生肯定會要和我來一場同樣讓我想死的面談。他會問我一堆問題，問我對這個或那個有什麼看法，然後滔滔不絕地說，青少年的憤怒和焦慮是正常的，不過命運操之在我，只有我自己能決定這種情緒對我的生命會造成何種影響……啪啦啪啦……扯一堆廢話。由於這是「緊急狀況」，所以他也應該會叫我畫一些圖，以便察知我的內在小孩或什麼鬼東西。

我絕對得離開。

幸好我一直是個「壞孩子」，早就準備好怎麼應付這種狀況。當然，當初在窗外花盆下藏一副備用的車鑰匙時，我根本沒想到要逃家，加入吸血鬼一族。那時，我只是想到不曉得什麼時候，我可能會想溜出去找凱拉。好吧，也許說不定我真的想壞一下，哪天晚上跳窗偷溜到公園和西斯親熱。可惜這時西斯開始喝酒，而我開始變成吸血鬼了。唉，人生無常，不講道理。

我抓起背包，打開窗戶，輕鬆地推開紗窗。我承認，我扳開紗窗的熟練動作，或許只能證明我有叛逆的劣根性，人們無法根據這一點得知，我那垃圾繼父的乏味訓話多麼讓人受不了。我戴上太陽眼鏡，往外張望。這時才下午四點半，天還沒黑，幸好院子有圍牆，那些愛窺探別人隱私的鄰居看不見我。在我們房子的這一側，除了我這扇窗，還有我姊房間的窗戶，不過她現在應該還在練習啦啦隊。（太陽肯定眞的打從西邊出來了，因爲我這次眞的很高興我姊這麼盡情地投入她所謂的「喝采運動」。）我先將背包丟出去，然後慢慢爬出窗戶，躡手躡腳，落在草地上時也不敢發出一點聲響。我停在原地，好久都不敢動，整張臉埋入臂彎裡，悶住劇咳。然後我彎下腰，掀起紅鳥阿嬤送給我的薰衣草花盆的一角，手指伸到下面，摸出壓在草地上的鑰匙。

　　我推開大門，沒讓它發出一丁點咯吱聲，然後以霹靂嬌娃的身手慢慢側身閃出去。我可愛的金龜車在她永遠停著的地方，就在家裡三道車庫門最後那道的前面。我的垃圾繼父不讓我把車停進車庫裡，他說裡頭現在放的除草機比我的車貴重。（比福斯老爺車貴重？怎麼可能？沒道理。天啊，我這會兒口氣還眞像那些愛車的男人。我什麼時候這麼自豪我這輛金龜車的悠久歷史啊？看來我眞的在蛻變了。）我左右張望，沒人。衝到金龜車旁，跳上車，打到空檔。幸好車道很陡，可以讓我這輛愛車順暢安靜地以空檔滑行到馬路上。一到馬路，我輕鬆地發動車子，迅速駛離這個高級住宅區。

我後照鏡連看也不看一眼。

我伸手摸出手機，關掉它。我不想和任何人說話。

不，這樣說不全對，事實上我很想和一個人說話。在這世界上，我只敢確定她不會盯著我的記印看，也不會認爲我是怪物、怪胎或無藥可救。

我的金龜車彷彿懂我的心，自動轉向通往馬斯科吉市高速公路的那條道路。從這條高速公路一直開過去，就會到達全世界最棒的地方：紅鳥阿嬤的薰衣草花田。

從學校開車一眨眼就到家，但到紅鳥阿嬤花田這一個半小時的車程卻像一輩子那麼久。終於下了兩線道的公路，轉進通往阿嬤家的硬泥小路，這時我已經全身疼痛。疼痛的程度遠甚於那次被學校新請的變態體育老師摧殘折磨。那個體育老師說，我們應該好好加強重量訓練，邊說還邊對著我們揮舞鞭子，咯咯笑著。好吧，或許她沒拿鞭子，不過還是一樣可怕。我的肌肉痛得要死。現在將近六點，太陽總算開始西沉，不過雙眼還是很刺痛。事實上，連照射到逐漸黯淡的日光，我的肌膚都會刺刺麻麻，有種奇怪的感覺。幸好現在是十月底，天氣已經轉涼，我穿著那件印有「星際聯邦」字樣的連帽外套，可以遮蓋住我全身上下大部分的皮膚。（沒錯，「星際聯邦」就是賭城拉斯維加斯那個讓人體驗《星艦迷航記》第二代

《銀河飛龍》的遊樂設施。眞可悲，我竟然偶爾沉迷於《星艦迷航記》。）不過下車前我還是先在後座翻找，掏出那頂奧克拉荷馬州立大學的舊棒球帽，戴在頭上，免得臉曬到太陽。

阿嬤的屋子位於兩片薰衣草田之間，屋旁有巨大的老橡樹遮蔭。這屋子是一九四二年蓋的，用的是奧克拉荷馬州的原始石材。屋前有舒適的露台和大得出奇的窗戶。我好喜歡這棟屋子。才剛爬上通往露台的木製台階沒幾層，我整個人就覺得舒服多了……也安全多了。門上貼著一張字條，一看就知道是紅鳥阿嬤漂亮的字跡：**我去懸崖摘野花**。

我摸了摸那散發著薰衣草香味的柔軟紙張。她總是知道我什麼時候會來。以前還小時我覺得很奇怪，不過長大後，我開始欣賞她這種特殊能力。我一直都知道，不管發生什麼事，我都能倚靠紅鳥阿嬤。我媽剛和約翰結婚的那頭幾個月，情況糟透了，如果我不是每個週末都逃到阿嬤家，肯定早就憔悴死掉。

我本來要進屋等她（阿嬤從不鎖門），不過我好想立刻見到她，好想讓她抱抱，對我說些我希望媽媽說的話：**別害怕……沒事的……我們會渡過難關的**。所以我沒進屋，而是走到最北側的那片薰衣草田，在田邊找到那條通往懸崖的小徑。我沿著小徑走，手指拂過身邊的花草，讓它們散發出甜美芬芳的香味，縈繞在周遭，彷彿迎接我回家。

感覺好像好幾年沒來了，雖然距離上次不過才四個禮拜。約翰不喜歡外婆，他覺得她很奇怪，我曾無意間聽到他跟我媽說，阿嬤「是個女巫，會下地獄」。他這個王八蛋。

接著，一個不可思議的念頭突然出現，我驚訝地停下腳步：現在，我的父母不能再控制我了，我永遠都不用和他們住，而且，約翰再也不能對我發號施令了。

哇！太棒了！

我興奮到開始狂咳，咳到雙手抱緊自己，彷彿要把快咳散的胸口壓緊。我必須找到紅鳥阿嬤，我現在就要見她。

5

通往懸崖的小徑原本就很陡，不過我已經走過上千萬次，有時自己走，有時跟著阿嬤，但沒一次走得像現在這麼痛苦。不只是咳嗽，不只是肌肉痠痛，現在甚至開始頭暈目眩，連肚子也翻攪得厲害。我想起梅格．萊恩在電影《情定巴黎》裡，吃下一堆起司後出現乳糖不耐症的表情。（這電影裡的凱文．克萊好可愛。嗯，以他這種老男人來說啦。）

而且我竟然還開始流鼻涕，我說的不是一點點鼻水，而是鼻涕多到必須用外套的衣袖來抹（噁）。我得張著嘴才能呼吸，這害我咳得更厲害，咳到胸口痛得要命！我努力回想，在官方記錄上，那些沒有蛻變成吸血鬼的孩子是怎麼死的。心臟病？有沒有可能因為咳嗽和嚴重流鼻涕而死翹翹？

別再想了！

我現在得找到紅鳥阿嬤。就算她原本不知道該怎麼辦，也會設法找到答案。紅鳥阿嬤很了解人，她說這是因為她還沒失去她的印第安切羅基族傳統，而且她的血液裡仍流著「女智者」祖先的智慧。這會兒，想起每次我們祖孫倆談到我那垃圾繼父，阿嬷就會做出的蹙眉表情，我忍不住笑了起來（她是唯一知道我叫他垃圾繼父的大人）。紅鳥阿嬷說，紅鳥家族女智者的血液顯然沒傳給她自己的女兒，不過這種隔代遺傳，應該是爲了蓄積能量，讓我擁有更多切羅基族古老的神奇靈力。

小時候，我牽著阿嬷的手爬上這小徑的次數，多到算不清楚。我們會將色彩亮麗的毯子鋪在長滿高草和野花的草地上野餐，阿嬷會說切羅基族的故事，還會教我聽起來很神祕的切羅基族語。此時，我費力爬上蜿蜒小徑，古老的故事在我腦海裡縈繞，彷彿祭典上篝火冉冉升起的煙……包括一則哀傷的故事，講星星的由來：據說部落的族人有一天發現狗偷盜玉米粉，於是鞭打牠，狗兒哀號逃回北方的家，結果玉米粉一路撒落天空，神奇力量讓粉末變成銀河。她也告訴我大鵟以翅膀創造出高山和低谷的故事。在所有故事中，我最喜歡的是住在東邊的太陽女孩，和住在西邊的月亮弟弟。據說紅鳥家族就是太陽的女兒。

「這不是很怪嗎？我流著紅鳥的血液，是太陽的女兒，但現在竟然要變身成黑夜的怪物。」我大聲說出這些話，卻訝異地發現我的聲音變得如此虛弱。話語在我耳際迴盪，彷彿我的聲音進入了振動的大鼓裡。

鼓……

想到這個字，我就記起小時候阿嬤帶我參加的印第安祈禱儀式。這些回憶栩栩如生，彷彿耳邊就有儀式裡鼓聲咚咚的節奏。這時白晝光線已變得很弱，但我左右張望時仍得瞇起眼睛。雙眼好痛，眼前模糊一片。沒有風，可是岩石和樹木的影子似乎不斷移動……延伸……向我逼近。

「阿嬤，我好害怕……」我哭喊，伴隨著折磨人的咳嗽聲。

柔依鳥兒，大地的神靈沒什麼好怕的。

「阿嬤？」我是真的聽見她呼喚我的小名嗎？或者這仍然只是我記憶裡竄出來的某種怪異現象和回聲？「阿嬤！」我又一次呼喚，然後靜靜站著，等她回答。

沒有回答。除了風聲，什麼都沒有。

嗚諾列……「風」的切羅基族語像半遺忘的夢，從我心頭飄過。

風？不對，等等！一秒鐘前沒風啊，而現在風卻大到我得一手壓著帽子，一手將狂亂地吹拍在我臉上的頭髮撥開。然後，在風中，我聽見那些聲音了。好多切羅基族人伴隨著儀式鼓聲吟唱著。從眼前的髮絲和淚水望出去，我看見煙霧。矮松木燃燒散發出核果香味，溢滿我張大的嘴，我嘗到了祖先營火的味道。我大口喘息，掙扎著想喘過氣來。

就在這時我感覺到他們。他們到處都是，就在我身旁，幾乎清晰可見的身影發出微光，就像夏天柏油路面升起的熱浪。當他們踏著優美繁複的舞步，圍繞著彷彿切羅基族部落營火的模糊影像不斷旋轉，我可以感覺到，他們正朝我逼近。

嗚威記阿給亞，一起來……女兒，一起來……

切羅基族的鬼魂……浸溺在我的肺裡，讓我不能呼吸……與我父母爭吵……昨日的我已死……

我承受不了，開始拔腿狂奔。

生物課曾教過，在緊急危難關頭，人的腎上腺素會急速飆高。果然是眞的。這會兒我的肺雖然痛到快爆開，每口呼吸都像溺水那麼痛苦，卻仍一路衝上小徑最陡的最後一段。就好像大拍賣的店家一開門，所有人都衝進去搶免費鞋子那種跑百米的速度。

我喘著氣，踉蹌爬上小徑，愈爬愈高，想擺脫那些像濃霧般飄浮在我四周，令我恐懼的魂靈。然而，我非但沒有擺脫他們，反而彷彿愈跑愈深入他們煙霧瀰漫、陰影朦朧的世界。我快死了嗎？這就是死前會出現的景象嗎？因爲快死了，所以我才看見鬼魂？那麼，白光在哪裡？我嚇得魂飛魄散，繼續往前奔，雙手激烈地亂揮，彷彿這樣就能阻擋那些可怕的東西繼續追逐過來。

我沒看見從硬土竄出的樹根。我徹底茫然混亂，被絆到時試圖保持平衡，但所有的本能反應已經失效。我狠狠地摔倒了。頭劇烈地痛。剎那間，我整個人旋即被黑暗淹沒。

醒來的感覺好奇怪。我以爲會全身疼痛，尤其頭和肺，但是，我不僅不痛，反而感覺……沒事……我感覺很好。事實上，我覺得比很好還好。不只不咳嗽了，神奇的是手腳都變得輕盈無比，有一點點麻麻癢癢的感覺，還溫溫的，彷彿寒夜裡浸在熱水泡泡浴中。

怎麼會這樣？

我驚訝地睜開雙眼，發現眼前是一道亮光。奇怪的是我注視著亮光，眼睛卻不痛。這亮光不像陽光那麼強烈，倒像柔和的燭光如雨絲一般從上方緩緩流瀉而下。我坐起身，才發現自己搞錯了。不是亮光從上方瀉下，而是我正飄向它。

我要升到天堂了。嗯，有些人應該會被這種感覺嚇到吧。

我往下看，看見**我的身體**！我或者它，或者……或者……隨便怎麼稱呼吧，它就躺在怵目驚心的懸崖邊。我的身體躺在那裡一動也不動，額頭被割傷，血流得厲害，鮮血慢慢滴入岩石地面的小缺口，形成一道紅色淚痕滴入峭壁的內裡深處。

往下看著自己的感覺非常奇怪，但我不害怕。我該怕的，不是嗎？這不是代表我死了嗎？或許現在我更能看清楚切羅基族的鬼魂了。就算出現這種念頭，我也沒嚇到。事實上我不害怕，反而覺得自己像個旁觀者，彷彿這一切對我沒影響。（這種感覺有點像隨便和人上床的女孩，總認爲自己不會懷孕，也不會得到噁心的性病，然後病毒會侵蝕掉腦袋和其他什麼器官。眞的不會嗎？哼，十年後等著瞧吧。）

我喜歡現在世界看起來的樣子，全新閃亮，不過我那具躺在下面的身體還是一直引起我的注意。我朝它飄近。我的呼吸又急又淺——我是指我的**身體**的呼吸又急又淺，不是指我這個我啦。（唉，代名詞的用法眞讓人一頭霧水。）我／她看起來不怎麼好。我／她臉色蒼白，嘴唇泛藍。白臉、藍唇、紅血！喂，我是太愛國還是怎樣？怎麼連死了都要化身成國旗顏色？

想到這裡我笑了出來，眞是好玩！就在這時，我發誓，我眞的看見四周飄浮著笑聲，那一朵朵笑聲就像對著蒲公英吹氣而散開的一團團絨毛花絮，只不過笑聲的顏色不是白色，而是像生日蛋糕糖霜的淺藍色。哇！誰知道撞昏頭的感覺這麼好玩？不知道嗑藥嗑得很high是不是就像這樣。

蒲公英糖霜般的笑聲愈飄愈遠，我現在聽見如閃亮水晶般的清脆流水聲。我更靠近我的身體，這才看見地面我原先以爲的小缺口，原來是條狹窄的裂隙。底下深處傳出水流聲。我好奇地往裡頭覷，看見岩石裡飄出有著閃亮銀邊的話語。我伸長耳朵聆聽，終於隱約聽見銀鈴般悅耳的低語。

柔依．紅鳥……來找我啊……

「阿嬤！」我朝著岩石縫隙叫喊，看見自己嘴巴吐出紫色話語，飄浮在四周。「阿嬤，是妳嗎？」

來找我……

我那字字分明的紫色話語和對方的銀色話語相混，變成薰衣草花朵盛開的閃亮銀紫色。這是預兆！這是徵象！就像切羅基族幾百年來相信的靈魂嚮導，我的紅鳥阿嬤就是我的嚮導，她叫我進入岩石裡。

我毫不猶豫地讓靈魂縱身一躍，飛進裂隙裡，跟著我的血跡，循著阿嬤低語的銀色痕跡，一路飛到一處像洞穴的房間，停落在平坦地面上。房間正中央有一小道流水汩汩作響，發出具體可見的一片片咕嚕聲，顏色是閃亮透明的玻璃色。這一片片具體可觸的水聲混融著我猩紅的血，形成閃爍不定的枯葉顏色，照亮了整個洞穴。我想坐在汩汩冒泡的水邊，讓手指拂過附近的空氣，撫弄水流吟唱出的樂曲，不過那聲音再次召喚我。

柔依．紅鳥……跟我來，來追尋妳的命運……

於是我跟著流水和女人的聲音往前行。洞穴愈來愈窄，最後變成圓形的隧道。隧道盤來繞去，一圈圈以和緩的螺旋狀延伸，最後突然終止在一道牆壁前。牆壁上雕滿了符號，這些符號看似熟悉卻又陌生。我茫然地看著水流入牆上的一道縫隙而後消失。現在呢？我該跟著水鑽入牆壁裡嗎？

我回頭望著一路走來的隧道，那裡只有閃爍舞躍的光。再轉身面向牆壁時，我感覺身體裡一股電流直竄而上。啊，牆壁前面突然冒出個女人盤腿坐著！她的衣服垂墜著白色流蘇，還綴滿與她身後牆壁上相同的符號。她美若天仙，長長的直髮黑亮亮，黑亮得猶如烏鴉翅膀般有藍色和紫色的挑染。她開口說話了，豐滿的嘴唇彎彎翹起，聲音的銀色力量瀰漫在她和我之間的空氣中。

記露機．嗚威記．阿給胡咂。歡迎，小女兒。妳做得很好。

她說的是切羅基族語。雖然我已經兩年沒怎麼練習，還是聽得懂。

「妳不是我阿嬤！」我衝口而出，才發現這話太唐突。我的紫色話語和她的銀色話語交融，在我們四周形成閃閃發光的薰衣草圖案，真是不可思議。

她的笑容就像升起的太陽。

是的，小女兒，我不是妳阿嬤，不過我和妳阿嬤席薇雅非常熟。

我深吸一口氣。「我死了嗎？」

我怕她會笑我，但她沒有。她的深色眼眸露出溫柔關愛的眼神。

不，嗚威記阿給亞，妳沒死，妳的靈魂只是暫時優游於「努涅．稀」國度。

「靈人！」我環顧隧道四周，想在陰暗處找尋人的面孔和身形。

妳外婆把妳教得非常好，嗚斯提．度促瓦……小紅鳥。妳非常獨特，融合了古老之道與新世界之風，妳身上流的血液是古代部落的，但心臟的跳動卻是外來者的。

她的話讓我感到既熱血又寒慄。「妳是誰？」我問。

我有很多名字……「百變女神」、「蓋雅」、「阿阿庫盧宙絲」、「觀音」、「蜘蛛奶奶」，甚至「黎明女神」……①

她每說出一個名字，面容就跟著改變一次。她那神奇的能力讓我看得頭昏眼花。她鐵定知道我迷糊了，因爲她旋即停止變化，對我露出美麗笑容，而她的臉也跟著變回我一開始見到的模樣。

不過，柔依鳥兒，我的女兒，妳就叫我「妮克絲」吧。你們當今這個世界的人都知道這個名字。

「妮克絲，夜后。」我聲細如蚊，「吸血鬼女神？」

事實上，最先膜拜我的是那些經歷蛻變的古希臘人，將我當成他們在無盡長夜中找尋的

母親。好幾個世紀以來，我很高興能將這些希臘人的後裔視為自己的孩子。沒錯，在妳的世界中，那些孩子被稱為吸血鬼。接受這稱呼吧，嗚威記阿給亞。在這稱呼裡妳會找到自己的命運。

這時，我感覺到額頭的記印開始灼熱刺痛，突然好想哭。「我……我不明白。什麼意思啊，找到我的命運？我只想找到方法來面對新生活，希望一切順利沒事。神啊，我只想找個地方融入那裡，沒準備要去追尋什麼命運啊。」

女神的臉又變柔和了，她再次開口的聲音就彷彿她是我母親——不，不只如此，彷彿全世界所有的母愛都融入她的話語中。

相信妳自己，柔依．紅鳥，我已經標記妳，讓妳成為我的女兒。妳會是這個時代裡我第一個真正的嗚威記阿給亞．安納伊．散諾易……夜的女兒……妳很特別，要接納妳自己。妳會開始了解，妳的獨特具有真正的力量。妳流著古代女智者和長老的神奇血液，而且具有看

①譯註：百變女神（Changing Woman）、阿阿庫蘆宙絲（A'akuluujusi）、蜘蛛奶奶（Grandmother Spider），都是北美原住民神話中的女神。百變女神代表生命的四季循環，春（出生）、夏（成熟）、秋（變老）、冬（死亡）；阿阿庫蘆宙絲是創造女神；蜘蛛奶奶是造物神，創造了宇宙星辰。蓋雅（Gaea）是希臘神話中的大地女神。

透當代世界的洞悉力。

女神站起來，優雅地走向我，她的聲音在我們四周的空氣中塗彩出充滿力量的銀亮符號。她走到我面前，抹去我臉頰上的淚水，然後捧著我的臉。

柔依·紅鳥，夜的女兒，我命妳為我的眼和耳，幫助我來看、來聽當今這個善惡已失衡的世界。

「可是我才十六歲！我連路邊停車都不會，怎麼知道如何當妳的眼和耳？」

她平靜地微笑。**柔依鳥兒，妳來自遙遠的古代，遠逾於妳的年歲。相信妳自己，妳將會找到路。妳只需記住，黑暗不一定等於邪惡，就像光亮未必帶來良善。**

然後，黑夜的古老化身，夜后妮克絲，俯身吻了我的額頭。那天，我第三度昏厥。

6

好美麗，瞧那雲，雲出現。

好美麗，瞧那雨，雨接近……

這首古老歌曲迴盪在我腦海，我一定又夢見紅鳥阿嬤了。感覺好溫馨，好快樂，好有安全感。能這樣眞好，尤其最近我覺得糟透了……但我一時想不起爲什麼糟透了。唉，眞奇怪。

誰在說話？

小小玉米穗，

玉米稈頂高高掛……

阿嬤的歌持續唱著，我翻身側躺，蜷縮起來，臉頰蹭著柔軟的枕頭，忍不住舒服地輕聲嘆息。只是，我頭一動，兩邊太陽穴就一陣抽痛。那痛像是穿透玻璃的子彈，粉碎了我的甜蜜感覺，過去這一天的記憶旋即排山倒海般湧回來，撞得我心慌。

我快變成吸血鬼了。

我逃家了。

我發生意外，經歷了某種奇怪的瀕死經驗。

我要變成吸血鬼了。喔，我的天啊！

老天，頭好痛。

「柔依鳥兒！妳醒啦，寶貝？」

我眨了眨朦朧的雙眼，看清楚紅鳥阿嬤正坐在床邊的小椅子上。

「阿嬤！」我伸手去抓她的手，聲音沙啞地呼喚她，那聲音聽起來就像我的頭痛一樣可怕。

「發生了什麼事？我在哪裡？」

「妳很安全，我的小鳥兒，妳沒事的。」

「我的頭好痛。」我伸手摸摸頭上緊繃疼痛的地方，手指感覺到縫合傷口的縫線。

「本來就會痛的啊。妳把我嚇得恐怕少活十年嘍。」阿嬤溫柔地搓搓我的手背。「流那麼多血……」她搖搖頭，然後笑著對我說：「答應我，以後別再這樣，可以嗎？」

「我答應妳。」我說：「所以，妳發現我……」

「流了好多血，還昏迷不醒，我的小鳥兒啊。」阿嬤將我額頭的頭髮往後撩，手指輕輕撫摸著我的記印。「妳臉色好蒼白。對比之下，這深色的弦月好像會發亮。我知道妳必須到夜之屋，所以就把妳送過來了。」她低聲嗤地笑起來，眼裡閃爍著淘氣的神情，看起來像個小女孩。「我打了電話給妳媽，告訴她我會把妳送來夜之屋。她話好多，我得假裝手機連不上線，才能掛斷她的電話。我想，她現在對我們兩個大概都不怎麼高興吧。」

我看著紅鳥阿嬤，忍不住也笑了。嘻嘻，現在連她也惹媽生氣了。

「但是，柔依啊，妳大白天到外面做什麼？還有，妳怎麼不早點告訴我妳被標記了呢？」

我費力坐起身，頭痛得呻吟了幾聲。幸好已經不咳了。**一定是因為我終於來到這裡，來到夜之屋**……不過，這念頭一下子就跑掉了，因爲我忙著思索阿嬤的話語。

「我沒辦法早點告訴妳啊。躡蹤使者今天來學校找上我，標記了我，我就回家。我希望媽會了解，會幫我。」我停頓了一下，想起我和爸媽之間的那場爭執。阿嬤完全能了解，捏了捏我的手。「她和約翰可以說是把我關在房裡，然後打電話給我們的心理醫生，還啓動禱告網。」

阿嬤聽了也覺得可怕，扮了個鬼臉。

「然後我就爬窗戶逃家，直接來找妳。」報告完畢。

「我很高興妳來找我，柔依鳥兒，不過這說不通啊。」

「我知道。」我嘆了口氣。「我也不相信我會被標記。爲什麼是我？」

「我不是這個意思，寶貝。我不驚訝妳被找到還被標記。紅鳥家族的血液裡本來就有很強的靈力，我們總有人遲早會被挑上的。我不懂的是妳**才剛**被標記，爲什麼弦月就已經不只是輪廓，而是完全實心的。」

「不可能！」

「妳自己看看，嗚威記阿給亞。」她以切羅基族語的「女兒」稱呼我，讓我突然想起那位神祕的古老女神。

阿嬤從她包包找出隨身攜帶的銀色古董粉盒，二話不說直接遞給我。我壓下小扣鉤，粉盒彈開，裡頭鏡子映照出我的模樣……熟悉的陌生人……鏡中的我不完全是**我**。鏡子裡的女孩眼睛好大，皮膚好白，但這些沒引起我太多注意，因爲我完全被額頭上的記印吸引住了，目不轉睛看著它。記印已變成完整實心的弦月，塡滿了吸血鬼特有的鮮明深藍色。我感覺彷彿仍在夢境中遊走，舉起手指撫摸那奇特瑰異的記印，突然覺得好像又被女神吻了一下。

「這代表什麼?」我問,視線離不開那個記印。

「我們希望妳來告訴我們,柔依.紅鳥。」

這聲音好聽得令人驚歎。就算我的視線還沒離開鏡中影像,還沒抬起頭,也知道這個女人肯定很獨特,美到讓人驚豔。果不其然,她的美就像電影明星,就像芭比娃娃。我從未這樣近距離看一個這麼美的人。她有一雙大又亮的杏眼,深邃的眼珠是苔蘚般的青綠色。完美的鵝蛋臉,肌膚是細緻無瑕的乳黃,就像在電視上才看得到的那樣。她一頭濃密的波浪秀髮披垂過肩,不是一般那種可怕的橘紅色,或褪色的金紅色,而是實實在在、閃亮耀眼的赭紅色。身材曲線,啊,也是完美的。她不像那些靠催吐和挨餓,想瘦得像社交名媛芭瑞絲.希爾頓的病態女孩。(芭瑞絲說這叫「好辣」。好吧,隨便她說啦。)她的身材之所以完美,在於她很結實,但曲線玲瓏有致,而且還是個波霸。(真希望我也是。)

「什麼?」我說。說到波霸,我這會兒聽起來倒像個蠢霸。

她微笑著看我,露出一口讓人驚歎的整齊皓齒——沒有想像中的尖牙。喔,對了,她的額頭正中央也有一彎深藍色的弦月,眉毛周圍盤旋著漩渦狀線條,延伸到高聳的顴骨,讓人想起海浪。

她是吸血鬼。

「我是說，我們希望妳告訴我們，爲什麼一個還沒有完全蛻變的雛鬼，額頭會出現成熟吸血鬼才有的記印。」

如果她不是臉上堆著笑容，聲音裡透著溫柔關愛，這些話聽起來應該挺嚴厲的。所幸從她嘴巴說出來，滿是擔憂與困惑的語氣。

「所以，我不是吸血鬼？」我脫口而出。

她的笑聲宛如優美音樂。「的確還不是，柔依，不過我認爲妳額頭已經有完整的記印是個好徵兆。」

「喔……我……好，那很好。」我不知道要說什麼。

幸好這時阿嬤開口，把我從尷尬中拯救出來。

「柔依，這位是夜之屋的女祭司長，奈菲瑞特。多虧她用心照顧妳，那時妳——」阿嬤停頓半晌。「妳睡得很熟。」阿嬤顯然不想再一次用「昏迷不醒」這樣的字眼。

「歡迎來到夜之屋，柔依．紅鳥。」奈菲瑞特親切地說。

我看看阿嬤，再看看奈菲瑞特。我一頭霧水，結巴地說：「紅鳥？這，這不是……不是我的姓，我姓蒙哥馬利。」

「是嗎？」奈菲瑞特揚起她淡褐色的眉毛說：「展開新生命的好處之一，就是有機會重新開始。以前沒機會選擇的，現在可以重新選擇。如果讓妳選，妳希望自己叫什麼名字？」

我毫不猶豫地說：「柔依．紅鳥。」

「那麼，從這一刻開始，妳就是柔依．紅鳥。歡迎展開新生命。」她伸出手，我以為她要和我握手，於是很自然地伸出我的手。不過她沒有握住我的手，而是抓住我的前臂。這動作有點古怪，但不知為什麼，感覺起來又很對。

她抓著我前臂的感覺是溫暖而結實的，笑容洋溢著歡迎之情。她讓人驚歎，也讓人敬畏。事實上，她就像所有吸血鬼，**超越**人類，顯得比人類強壯、聰明、有才華。她煥發著光彩，彷彿身體裡面有亮光點燃了。我知道，這樣形容吸血鬼很諷刺，因為這與一般人對吸血鬼的刻板印象完全不符。這些刻板印象，我已經知道，有些的確是真的，譬如畏避陽光，晚上最有力量，需要喝血才能存活（噁），崇拜黑夜化身的女神。

「謝……謝謝妳，能認識妳真好。」我努力讓自己至少聽起來還算聰明正常。

「就像我之前跟妳阿嬤說的，從沒有一個雛鬼以這樣不尋常的方式來到這裡：昏迷不醒，還帶著完整的弦月記印。妳記得自己發生什麼事嗎，柔依？」

我張嘴想告訴她，我完全記得：跌倒、撞到頭……彷彿自己是靈魂，飄浮著看自己的身體……跟隨居然有形體可見的話語進入洞穴……最後遇見夜后妮克絲。不過，就在我要說出口時，心裡升起一個奇怪的感覺，好像被人一拳打在肚子上。那個清楚明確的感覺要我閉嘴別說。

「我，我眞的不怎麼記得……」我停頓片刻，伸手去摸還在痛的傷口。「至少撞到頭之後的事情就記不得了。我是說，撞到頭之前的事情我全都記得。躡蹤使者爲我標上記印，我回家告訴父母，和他們大吵一架，然後我就跑去找阿嬤。我身體很不舒服，走到通往懸崖的小路……」接下來的事情我記得，我**全**記得：切羅基族的鬼魂，他們圍著營火跳舞。那個感覺對我大吼，**閉嘴**！「我……我猜我跌倒了，因爲我咳得太厲害，然後撞到頭。接下來我記得的就是紅鳥阿嬤在唱歌，然後我醒來發現自己在這裡。」我一口氣說完，很想挪開視線，不看奈菲瑞特銳利的綠色眼眸，不過那個要我閉嘴的感覺命令我繼續注視她的眼睛，要我裝出沒隱瞞什麼的樣子。我根本搞不清楚自己爲什麼要隱瞞。

「頭受傷之後，某段記憶變空白是很正常的。」阿嬤打破沉默，就事論事地說。

我好想親她，謝謝她。

「沒錯，是這樣。」奈菲瑞特立即接話，表情沒那麼犀利了。「席薇雅，別擔心妳孫女的身體，她會沒事的。」

她態度恭敬地跟阿嬤說話，我心中的緊張終於卸下。如果她喜歡紅鳥阿嬤，那她應該是不壞的人，呃，我是說，不壞的吸血鬼，或者隨便什麼啦。對吧？

「我相信妳知道，吸血鬼有不尋常的復元能力，」奈菲瑞特停頓了一下，笑著看了我一眼：「就算雛鬼也一樣。她的復元狀況很好，離開醫務室絕對不會有事。」她的目光又從阿嬤移到我身上。「柔依，妳要不要現在就和新室友見面？」

不要。我用力把這句話吞下去，點點頭告訴她：「好啊。」

「很好！」奈菲瑞特說。幸好她沒注意到這時的我活像擺放在花園中的小矮人雕像，站在那裡傻笑。

「妳確定不需要讓她留在這裡多觀察一天嗎？」阿嬤問。

「我知道妳會擔心，不過我跟妳保證，柔依的傷正以不可思議的速度痊癒。」

她又對我笑了笑，雖然我緊張得半死，還是擠出一個微笑回視她。她好像真的很高興見到我來這裡。老實說，看到她，我竟覺得變成吸血鬼或許不是什麼壞事。

「阿嬤，我沒事，真的。我的頭只稍微會痛，其他地方都覺得很好。」說完這話，我才發現果真如此。我現在完全沒咳嗽了，肌肉也不再痠痛，除了頭還有點痛之外，其他地方感覺非常好。

然後，奈菲瑞特做了一件事，讓我不禁驚訝，也讓我立刻喜歡上她，而且開始信任她。

她走到阿嬤面前，慢慢、愼重地這麼說：

「席薇雅．紅鳥，我鄭重向妳發誓，妳的孫女在這裡一定很安全。每個雛鬼都有一個成年導師照顧。爲了向妳保證，我願意當柔依的導師。現在妳必須信任我，將她交給我照顧。」

奈菲瑞特握著拳頭，放在心臟的位置，恭敬地向阿嬤鞠躬。阿嬤回話之前只猶豫了一下子。

「我接受妳的保證，奈菲瑞特，夜后妮克絲的女祭司長。」她也將拳頭放在心臟的位置，對奈菲瑞特鞠躬，然後轉過身擁抱我。「我愛妳，柔依鳥兒。有任何需要，打電話給我。」

「我會的，阿嬤，我也愛妳。謝謝妳送我來這裡。」我輕聲說，聞著她身上熟悉的薰衣草味，努力克制想哭的衝動。

她輕輕地吻了我臉頰，然後邁開堅定有力的步伐，快速走出房間，留我自己一人生平第一次與吸血鬼獨處。

「那麼，柔依，妳準備好展開新生活了嗎？」

我抬頭看她，再次驚歎她的美。如果我蛻變完成，眞的變成吸血鬼，也能擁有她那樣的自信和威能嗎？或者，只有女祭司長才能具備這些？瞬間，我腦中閃過一個念頭：當女祭司長一定很棒。但我隨即恢復清醒。我不過是個孩子，一個困惑迷惘的小孩，絕對不是當女祭司長的料。我現在只想搞清楚怎麼融入新環境。所幸奈菲瑞特已經讓我覺得，往後發生的事應該還不難承受。

「沒錯，我準備好了。」我很高興這語氣聽起來比我自己感覺的更有信心。

7

「現在幾點了？」

我們走在一條和緩曲折的狹窄走廊上。這裡的牆壁很奇怪，由深色石塊砌成，布滿突出的磚頭。沒走幾步，就可見到牆上鐵製的黑色老燈台掛著閃爍的煤氣燈，散發出柔和的黃色亮光。很高興我的眼睛能適應這種光線。走廊上沒半扇窗，我們也沒遇見任何人。不過我一路上緊張地四處張望，想像著第一次見到吸血鬼青少年的感覺。

「快凌晨四點，也就是說，今天的課程已經結束約一小時了。」奈菲瑞特說，微笑著看我。我相信她一定注意到我震驚的表情。

「課程是晚上八點開始，上到凌晨三點。」她解釋：「課餘有需要的話，三點半以前都可以找到老師請教。健身房開到破曉，至於破曉的正確時間，等到妳蛻變完成自然就會知道。在那之前，妳可以看破曉時間的公告，公告會張貼在很多地方，譬如每間教室、師生休息室，以及學生聚集的地方，像是飯廳、圖書館和健身房。當然，妮克絲神殿全天候開放，不過正式的儀式是在放學後舉行，每週兩次。明天剛好會舉行儀式。」奈菲瑞特看看我，親切地笑笑。「現在聽起來很複雜，不過妳很快就會搞懂的。而且妳的室友會幫妳，我也會。」

我正準備開口問她另一個問題，卻看見一團橘色的毛球悄無聲息地衝入走廊，撲進奈菲瑞特的懷裡。我嚇得往後跳，還發出愚蠢的尖叫聲。然後，等我發現那團橘色毛球不是會飛的怪物或什麼，只是一隻巨大的貓咪，頓時覺得自己好蠢。

奈菲瑞特笑了出來，搔搔毛球的耳朵。「柔依，這是史蓋拉。他通常會躲在這裡，等我走過就撲到我身上。」

「我沒見過這麼大的貓。」我伸手讓他聞我。

「小心，他會咬人。」

我來不及將手抽開，史蓋拉的臉開始在我手指上磨蹭。我屏住呼吸，不敢亂動。

奈菲瑞特將頭歪向一邊，彷彿在聆聽風中的話語。「他喜歡妳，這眞的很不尋常。除了我，他向來誰都不喜歡，甚至會把其他貓趕出他在校園裡的這個地盤。這傢伙是個惡霸。」她這麼說，口氣卻很溫柔。

我學奈菲瑞特，小心翼翼地搔他耳朵。「我喜歡貓，」我輕聲說：「以前有養一隻，不過我媽再嫁後，就送到流浪貓協會去了，因爲她新老公約翰不喜歡貓。」

「我發現人對貓的感覺，以及貓對人的感覺，通常可以用來衡量人的個性。」

我的視線從貓的身上轉移到她翠綠的眼眸，我看得出她對變態家庭的了解遠比她嘴巴說的這些話還多。這項發現讓我覺得和她更親近，也因此我的壓力很自然地又減輕一些。「這裡有很多貓嗎？」

「是啊，很多。貓和吸血鬼一向關係密切。」

沒錯，我其實早就知道。歷史老師薛道史（我們都叫他「吹牛老薛」）教世界史時提到過，貓曾經被大量屠殺，因爲那時大家認爲貓會把人變成吸血鬼。**是啊，有夠荒謬。又一樁事例，足以證明人類有多愚蠢**……我腦袋裡突然冒出這樣的想法。我驚訝自己這麼輕易就開始把「正常」的人當成「人類」，也就是說，我已經認爲他們和我是不同的生物。

「妳想，我也可以擁有貓咪嗎？」我問。

「如果有貓咪選擇妳，妳自然就屬於他。」

「選擇我？」

奈菲瑞特笑笑，撫摸著史蓋拉。他閉上眼睛，滿足地大聲發出咕嚕咕嚕聲。「在這裡，主動權在貓咪，是他們選擇我們，而我們無法擁有他們。」這時史蓋拉從奈菲瑞特懷中跳開，輕輕抖了抖豎起的尾巴，消失在走廊盡頭，彷彿要證明奈菲瑞特所言不假。

奈菲瑞特笑了出來。「他眞的很有個性，不過我就是喜歡他。我想，就算他不是妮克絲送我的禮物，我一樣喜歡他。」

「禮物？史蓋拉是夜后給妳的禮物？」

「沒錯，可以這麼說。夜后會賦予每個女祭司長某種特殊的**感應力**，也就是妳認爲的特殊能力。這是我們辨認女祭司長的憑藉之一。感應力可以是不尋常的認知能力，譬如能看穿別人心思的讀心術，或者能預見未來的靈視。不過，感應力也可以是親近、牽動自然界事物的能力，譬如與風火水土四個基本元素的其中一個有特殊感應，或者與動物特別親近。夜后賜給我兩項禮物，其中最主要的就是感應貓咪的能力。即便對一般的吸血鬼而言，我和貓咪的關聯也是非比尋常的。另外，妮克絲還給了我特殊的療癒能力。」她笑著說：「所以我才知道妳復元得非常好。我的天賦讓我知道的。」

「哇，眞不可思議。」我只想到可以這麼回答。我的腦袋已經因爲過去一天發生的一連串事情，累得昏昏沉沉。

「來吧，我帶妳去妳的房間。我想，妳應該又餓又累了。晚餐即將開始，再……」奈菲瑞特又把頭歪到一邊，彷彿有人在她耳邊悄聲告訴她現在幾點。「再一個小時。」她給了我一個心照不宣的微笑。「吸血鬼永遠都知道現在幾點。」

「這也好酷。」

「親愛的小雛鬼，這只是『酷』冰山的一小角。」

我希望她這比喻與鐵達尼號般的大災難無關。我們繼續沿著走廊往前走，我邊走邊想著「時間」和其他有的沒的，突然記起我剛才要問，卻被史蓋拉打斷的事情。不過話說回來，我的思緒本來就很容易岔到別的地方去。

「等等，妳說課程八點開始？晚上八點？」好吧，我通常不會這麼遲鈍，不過她說的話有些在我聽來眞的像外星語，怎麼聽就是聽不懂。

「妳稍微想想就明白了。在這裡，晚上上課是合情合理的。當然，妳一定知道，不論成鬼或雛鬼，吸血鬼不會因爲直接曬到太陽而炸開，也不會出現科幻小說裡作者瞎扯亂掰的其他身體反應。不過，日照的確會讓我們不舒服。妳今天不就覺得被陽光照得很難受嗎？」

我點點頭。「甚至戴上我的Maui Jims也沒什麼用。」然後我趕緊補上一句話：「喔，Maui Jims是太陽眼鏡的品牌。」但我說出這句話的同時，再度覺得自己很白癡。

「沒錯，柔依，」奈菲瑞特耐心地回答：「我知道是太陽眼鏡。事實上，我對太陽眼鏡懂得可不少。」

「喔，老天，對不起，我——」我立時把話打住，納悶這裡可不可以說「老天」或「上帝」，不知道這會不會冒犯到奈菲瑞特。她可是女祭司長，而且對她身上的夜后記印很引以爲傲。該死，呼喊老天會不會也冒犯到妮克絲？喔，老天，那可不可以說「該死」或「見鬼」呢？這可是我最喜歡的粗話（好吧，這是我唯二常說的粗話）。信仰子民宣稱吸血鬼崇拜的女神是假的，還說吸血鬼幾乎都是自私、邪惡的生物，只在乎金錢和享受，成天想喝人血，他們全都該死，該下地獄見鬼去。所以這是不是代表我應該小心講粗話的場合……

「柔依。」

我抬頭發現奈菲瑞特正端詳著我，滿臉關切，這才發現她剛才或許想引起我的注意，但我只自顧自地在自己腦袋裡自言自語，完全沒注意。

「對不起。」我再次道歉。

奈菲瑞特停下腳步，手搭著我的肩，將我轉身面向她。

「柔依，別再道歉了。記住，這裡所有人都曾經像妳一樣忐忑不安，我們都是過來人，完全能了解妳現在的感受、妳對蛻變的恐懼、妳對即將變成另一種生物的那種震驚。」

「而且完全不由自主。」我靜靜地補上這句。

「沒錯，不過別擔心，不會一直都這麼慘的。等妳長大，變成成熟的吸血鬼，妳的人生又會回到妳手中，可以自己做決定，做自己想做的事，走上妳的心靈和天賦帶引妳去的路。」

「那得要我變得成成熟的吸血鬼才行。」

「妳會的，柔依。」

「妳怎麼能確定?」

奈菲瑞特的視線落在我額頭上的深色記印。「妮克絲選中妳。雖然我們不知道原因，但她的記印的確清楚地標在妳身上。她選擇妳不會只是爲了看妳失敗。」

我想起夜后的話：**柔依．紅鳥，夜的女兒，我命妳為我的眼和耳，幫助我來看、來聽當今這個善惡已失衡的世界**。我趕緊避開奈菲瑞特犀利的眼神，好希望知道爲什麼我內心仍有股聲音叫我別說出和夜后相遇的事。

「大概……大概是一天內發生太多事情了。」

「的確，尤其妳現在還空著肚子。」

我們繼續往前走，手機突然響起的聲音把我嚇了一大跳。奈菲瑞特嘆了口氣，對我微笑表示歉意，然後從口袋裡掏出手機。

「我是奈菲瑞特。」她說。她靜靜聽了一會兒之後，我看見她皺起眉頭，瞇起眼睛。

「不會，妳是該打電話給我，我這就立刻回去看她。」然後她迅速闔上手機。「不好意思，柔依，有個雛鬼稍早前摔斷了腿，她好像安靜不下來，我得回去看看，好確定她沒事。妳自己沿著這條走廊走到大門外吧，那裡有一張石凳，妳可以坐在那裡等我。我很快就回來。靠左邊走，一直向左邊彎，妳就會看見大門。放心，妳不會錯過這道門的，它非常醒目，是一道很老舊的大木門。」

「好，沒問題。」我話還沒說完，奈菲瑞特已經回頭消失在蜿蜒的走廊裡。我嘆了口氣，眞不喜歡自己一個人留在這個全是大吸血鬼和小吸血鬼的地方。奈菲瑞特離開後，這些搖曳的小煤氣燈看起來沒那麼友善了。反之，它們顯得詭異，在這石塊打造的古老走廊裡投射出幢幢鬼影。

我決心不自己嚇自己，堅定地慢慢朝我們本來要去的方向走。可是沒多久，我就開始希望能遇到其他人（即便他們其實是吸血鬼也好）。太安靜了，而且令人毛骨悚然。走廊右邊偶爾岔出兩、三道側廊，不過我聽從奈菲瑞特的交代，一路靠左走。事實上，我的眼睛也一路向左看，因爲右邊側廊幾乎都漆黑一片。

可是，走近下一個側廊的轉彎處時，我沒將視線移開。這是有原因的，因爲我聽到了某種聲音。更具體來說，我聽到了笑聲。不知爲何，那個輕笑的女聲讓我頭背上寒毛直豎，也讓我停下腳步。我望向那條側廊，看見陰暗處好像有東西在動。

柔依……黑暗裡低聲傳出我的名字。

我驚訝得直眨眼。我真的聽到自己的名字嗎？或者這是我幻想出來的？那聲音好熟悉。夜后妮克絲又出現了嗎？是她在叫我嗎？我雖然害怕，但也很好奇，屏住呼吸，往那條側廊走近幾步。

才繞過轉彎處，前方便傳來動靜，我立即停步，本能地更靠近牆。離我不遠的小凹室裡有兩個人。一開始我沒搞懂自己看到了什麼，但旋即恍然大悟。

這時我應該馬上離開的。我應該靜靜地退出，不要去想剛剛看到的景象。但我沒這麼做，好像雙腳突然異常沉重，抬不起來，只能站在原地繼續看。

那男人——不，不是男人。我震驚地發現原來他是一個年輕人，頂多只比我大一兩歲。他站在那裡，背貼著凹室的石牆，頭後仰，發出沉重呼吸聲。他的臉藏在陰暗處，只依稀可以看到一點模樣，但我看得出他很帥。這時，一陣喘息般的笑聲吸引我的視線往下看。

有個女孩跪在他面前。我只能看見她的頭髮。那是一頭金髮，好濃密，彷彿她頭上披著某種古代的面紗。她的手慢慢沿著他大腿往上游移。

走！我的理智對我這麼喊。**離開這裡**！我開始往後退，但他的聲音讓我楞住。

「停！」

我雙眼圓睜，以爲他在跟我說話。

「你眞的不想要嗎？」

她開口說話時，我鬆了一大口氣，甚至感到有點暈眩。他是在跟她說話，不是跟我。他們甚至沒察覺我在這裡。

「對，我不要。」他這句話彷彿從牙齒縫隙擠出來。「妳站起來。」

「你喜歡的，你知道你喜歡的，就像你知道你仍然要我。」

她嘶啞的聲音裝得很性感，不過我也聽得出她語氣裡的怨懟。她聽起來好哀怨。我看到她的手指往上移動，然後突然伸出食指，往他大腿狠狠劃下去。我驚訝得圓睜著雙眼。眞不敢相信，她的指甲像把利刃劃破他的牛仔褲，一道鮮血湧出。看著那汩汩的紅色汁液，我整個人呆住。

我不想，而且我覺得噁心，但看到那血，我不由自主，嘴裡開始生出津液。

「不！」他氣急敗壞地說，手按在她肩膀上，試圖將她推開。

「喔，別裝了。」她又笑了，聲音聽起來是如此卑鄙、嘲諷。「你知道我們會永遠在一起的。」她伸出舌頭，沿著那道血液舔舐。

我嚇得發抖，不想留在原地，但就是動彈不得，像著了魔。

「夠了！」他繼續推她的肩膀，「我不想傷害妳，可是妳眞的快把我惹毛了。妳爲什麼還不明白？我們別再這樣了。我不想要妳。」

「你要我！你一直都要我的！」她拉下他褲子的拉鍊。

我不能待在這裡，我不該看見這畫面。我努力將視線從他血淋淋的大腿移開，往後退一步。

他抬起眼睛，看見我。

這時，奇怪的事情發生了。透過我們交會的眼神，我可以感覺到他的撫觸。我凝視著他，視線無法移開。跪在他面前的女孩似乎消失了，整個側廊裡只剩下他和我，以及他血液的香甜氣味。

「你不要我了嗎？現在看起來不是這麼回事喔。」她語氣裡帶著令人反胃的滿足感。

我覺得我的頭開始前後晃動，前後不停晃動。同時，他大叫一聲「不」，努力要把她推開——把她推開，好朝我衝過來。

我用力將目光從他身上扯開，踉蹌往後退。

「不！」他再次大叫。我知道這次他說話的對象是我，不是她。她一定也突然明白過來了，因爲她大喊一聲，彷彿野獸齜牙低吼的聲音，身子開始急遽旋轉。我的身體解凍了，趕緊轉身，跑回正廊。

我以爲他們會追上來，不敢停下腳步，一路跑到奈菲瑞特說的那道巨大的老木門。我站在那裡，靠在冰冷的木門上，設法穩住呼吸，以便聆聽後頭追來的腳步聲。

如果他們追過來，我該怎麼辦？我的頭又開始劇烈地陣陣抽痛。我覺得好虛弱，好害怕，而且噁心想吐。

沒錯，我當然知道口交這回事。我想，當今美國大概沒有一個年輕人不知道，多數成年人以爲我們會隨便給男孩子吹喇叭，隨便得就像以前他們順手遞一片口香糖給朋友一樣。夠了，這根本是鬼扯。他們的這種成見，讓我火大。當然有些女孩以爲替男生吹喇叭很「酷」，不過，噁，她們錯了。我們這些有腦袋的人都知道，被人這樣利用，根本一點都不酷。

是的，我的確**知道**口交這回事，但從來不曾親眼見過，所以剛剛的景象是嚇到我了。不過，和金髮女孩對他做那種事相比，更讓我驚慌的是我自己看見他鮮血時的反應。

我竟然也想舔。

這不正常吧？

還有，我和他四目相交的感覺也很詭異。那代表什麼呢？

「柔依，妳還好嗎？」

「要死！」我嚇一跳，脫口而出。奈菲瑞特站在我身後，一頭霧水地看著我。

「妳不舒服嗎？」

「我──我……」我心亂如麻。絕不能告訴她剛剛看見的事。「我的頭好痛。」我終於說出話來。我說的是眞話，我的確頭痛得要死。

她關心地蹙起眉頭。「我來幫妳吧。」奈菲瑞特將她的手輕輕按在我額頭傷口縫線的地方，然後閉上眼睛。我聽見她喃喃說著我聽不懂的語言。她的手開始溫熱，而且熱度彷彿變成液體，滲入我的皮膚裡。我閉上眼睛，舒服地嘆息，感覺頭痛開始褪去。

「好點了嗎？」

「好多了。」我聲音小到幾乎聽不見。

她將手移開，我睜開眼睛。「這樣應該就不會痛了。我搞不懂，怎麼會突然又痛起來。」

「我也不懂，不過現在沒事了。」我趕緊打住這話題。

她靜靜地端詳我好一會兒，我緊張地屏息以待，然後她問我：「是不是有什麼事讓妳心煩？」

我嚥了嚥口水。「想到要見新室友，我有點緊張。」我沒有撒謊。雖然現在讓我煩心的不是這事，不過這事的確讓我緊張。

奈菲瑞特慈祥地笑著說：「沒事的，柔依，我現在就帶領妳展開新生活吧。」

奈菲瑞特打開厚重的木門，我們走進校園前方的大中庭。她退到一旁，讓我一覽整個校園，瞠目結舌個夠。這裡的學生身上穿的制服看起來很酷，彼此很像，卻又好像各有特色。他們三三兩兩走過中庭和人行道時，有說有笑，聲音聽起來很正常，跟人類沒兩樣。我看看這裡的年輕人，再看看校園，不知道該先對哪個目瞪口呆。我決定從校園開始，因爲校園比較沒那麼嚇人（其實是因爲我很怕在學生群中見到**他**）。這地方就像什麼詭異夢境裡的場景。現在是深夜，照理說應該漆黑一片，卻有皎潔月光映照在巨大老橡樹上，樹影遮掩了下方的所有東西。巨大校舍以紅磚和黑石打造，旁邊鋪砌人行道。煤氣燈安在已經生鏽晦暗的銅製燈座裡，一盞盞沿著人行道豎立著。校舍有三層樓高，屋頂聳峙，高得詭異，先是往上削尖，最頂端又變成一片平坦。我看見教室裡的厚重簾幔已經拉開，柔和的黃色燈光讓裡頭的影子上下飛舞，整棟校舍看起來活潑生動，愉悅可親。主校舍前方連著一座圓塔，更讓人覺得這裡不像學校，倒像城堡。我發誓，比起濃密杜鵑花叢和整齊草坪環繞的人行道，護城河絕對更適合這地方。

隔著中庭，主校舍對面有另一座較小的建築物，看起來更舊，而且像教堂。這棟建築和那排遮蔽中庭的老橡樹後方，我看見環繞著整座校園的巨大石牆的影子。在貌似教堂的建築物前方有個女人的大理石雕像，身上披著飄逸的長袍。

「妮克絲！」我脫口而出。

奈菲瑞特驚訝地揚起一邊眉毛。「沒錯，柔依，這就是夜后的雕像，後面那棟建築物就是她的神殿。」她示意我跟著她走上人行道，然後張開手臂橫掃眼前，向我展示這一大片令人驚歎的校園。「我們今天所說的夜之屋，是新法國諾曼式的建築風格，石材全都是從歐洲進口的。一九二〇年代中期剛蓋好時，被信仰子民用來當作奧古斯汀修道院，後來轉變為『凱西亞堂』，是有錢人家的孩子念大學前的預備學校。五年前，我們決定要在這個區域開一間自己的學校，於是買下『凱西亞堂』。」

我隱約記得當年它還是私校時不可一世的樣子。事實上我之所以記得這學校，只是因為當年有則新聞讓我忘不了。新聞說有一群在「凱西亞堂」念書的小鬼被抓到吸毒，把大人嚇壞了。大概是這樣。事實上大家早就知道那些有錢人家的孩子幾乎都會碰毒品。

「我很驚訝他們願意把這所學校賣給你們。」我隨口回應。

她的笑聲低沉，聽起來有點可怕。「他們不想賣，不過我們開出的條件，連他們傲慢的校長都拒絕不了。」

我很想問那是什麼意思，不過她的笑聲讓我起雞皮疙瘩。再說，我還得忙著四處張望。好，我注意到的第一件事是，有吸血鬼實心記印的人都長得很好看。我的意思是好看到簡直離譜。沒錯，我知道吸血鬼都很迷人，這點眾所周知。世界上最優秀的男女演員都是吸血鬼，而且許多舞者、音樂家、作家和歌手也是。吸血鬼支配了整個藝術圈，難怪他們都很有錢，而這也正是信仰子民認爲他們自私、傷風敗俗的眾多原因之一。**不過，說真的，他們只是嫉妒，氣自己沒那麼好看**。信仰子民會去看吸血鬼演的電影、戲劇，去聽他們的音樂會，買他們的書和藝術作品。不過他們同時又會說吸血鬼的壞話，瞧不起他們。還有，他們可從來不跟吸血鬼交往。瞧，夠僞善吧？

總之，置身在這麼多俊男美女之間，我自慚形穢得想鑽到旁邊的板凳底下，儘管他們很多人都會跟奈菲瑞特打招呼，還對我微笑說哈囉。在扭捏地跟他們回說哈囉的空檔，我偷瞄那些從我們旁邊走過的學生。每個學生都必恭必敬地對奈菲瑞特點頭行禮。其中有幾個還兩手握拳交叉放在胸口，正式地對她鞠躬，而奈菲瑞特微笑著，也微微鞠躬回禮。這些小鬼是不像成年吸血鬼那麼迷人，但他們確實也長得很好看——事實上，應該說他們看起來很有意思，額頭上有弦月輪廓，衣服不像學校制服，倒像模特兒在伸展台上展示的設計款——不過他們就是沒有成年吸血鬼那種由內而外散發出來的，非人的迷人光彩。喔，我還注意到，果然像我之前猜測的，他們的制服的確以黑色為主。（你或許會這麼想，真正懂藝術的人見到這種乏味的哥德風黑色穿著，肯定覺得了無新意。我隨便說說的啦……）不過我想我得承認，這些衣服穿在他們身上真是好看：黑色中帶著深紫、深藍或翠綠的細條紋；每件制服都有一個絢麗的金色或銀色圖案，繡在外套的胸前口袋或上衣口袋。我看得出來其中有些圖案相同，不過不清楚那代表什麼。另外，留長髮的學生似乎多得出奇。我是說真的，不只女孩留長髮，男生也留，老師也留，就連偶爾穿越人行道的貓咪也都是一團長毛。真怪。凱拉上星期剪了個短到像鴨屁股的髮型，幸好我和她嚕了半天，沒跟著剪。

我也注意到，這裡的大鬼和小鬼還有另外一個共通點：他們都流露出好奇的目光，盯著我的記印瞧。好極了。所以，我連來到這裡展開新生命，都得帶著反常標誌。這雖然不令人意外，卻令人不舒服。

8

穿越校園到達宿舍的距離相當遠，所以我和奈菲瑞特得走上一大段路。她好像故意慢慢走，好讓我有更多時間問問題，或到處張望。這我倒不在意。步行經過宛如城堡的一棟棟校舍，旁邊有奈菲瑞特指點我注意這個或那個細節，恰好可以讓我熟悉環境。感覺有些詭異，不過是感覺很好的詭異。況且，走路讓我覺得自己很正常。事實上，雖然說起來奇怪，現在我又覺得我是我了。我不再咳嗽，身體不痠痛，連頭也不抽痛了。還有，我也絕對一丁點兒都不再想剛剛無意中撞見的，令人不安的景象了。我會忘了它，刻意地忘記。我現在最需要面對的是新生活和額頭上那個詭異的記印。至於吹喇叭這檔子事，就忘了吧。

我還極度不願意接受現實，忍不住告訴自己，如果不是三更半夜走在校園，旁邊還有個吸血鬼作伴，我幾乎可以假裝今天和昨天沒兩樣。差不多沒兩樣。

好吧，或許不是**差不多**，不過我的頭痛確實好多了，而且我們終於抵達目的地。奈菲瑞特打開女生宿舍的大門時，我也準備好要會見新室友了。

大門裡面的景象，讓我吃了一驚。我不清楚自己期待看到什麼，或許是一堆黑漆漆，令人毛骨悚然的東西吧。沒想到這裡竟然這麼漂亮。整個起居室以柔和藍色和古銅色做爲基本色調，有舒服的沙發，還有大到可以讓人坐在上頭的蓬鬆大抱枕，一團團散落在房間各角落，眞像淡彩色的巨大M&M's巧克力豆。幾盞古董水晶懸吊燈座投射下來的柔和煤氣燈光，讓這裡看起來像是某位公主的城堡。奶黃色的牆壁上掛著好些大幅油畫，畫的都是古代女性，每個看起來都很有異國情調，而且威風。幾張茶几上堆放著書籍、錢包和看起來很正常的女生的玩意兒，此外還有現摘的花朵，多半是玫瑰，插在水晶花瓶裡。我發現這裡有幾台平面電視，還聽到其中一台傳出MTV頻道實境節目「眞實世界」的聲音。這一切，是我踏進大門的一瞬間就全部看到、聽到的。也在那一瞬間，儘管我努力堆起笑容，表示友善，起居室裡的眾女生們一見到我，立刻安靜下來，猛盯著我瞧。喔，我收回剛剛的話。其實她們猛盯著瞧的不是**我**，而是我額頭上的記印。

「各位小姐，這位是柔依·紅鳥。我們歡迎她來到夜之屋。」

有半晌我以爲沒有人會開口說話。這種新生報到時特有的尷尬氣氛，讓我此刻好想死。然後，其中一台電視機旁的那群女孩中有人站出來，她是個苗條的金髮美女，外貌完美得眞不像話。她讓我想起年輕版的莎拉·潔西卡·派克，就是《慾望城市》的那個女主角。（順便說一下，我不喜歡她，因爲她那種自信亮麗的模樣太……太……假，太讓人看不順眼。）

「嗨，柔依，歡迎來到新家。」她那種莎拉．潔西卡．派克式的笑容竟出奇地溫暖眞誠，看得出來她努力把視線瞄準我的雙眼，而不是盯著我實心的深藍記印。一時間我很愧疚，覺得自己不該把她拿來跟莎拉．潔西卡．派克做負面比較。「我是愛芙羅黛蒂。」她說。

愛芙羅黛蒂？或許我剛剛根據第一印象做的比較不算太草率。怎麼會有正常人取個希臘神話中掌管愛與美的女神的名字？拜託，分明太自以爲了不起了。不過我還是有禮貌地擠出笑容，裝出愉悅的語氣跟她打招呼：「嗨，愛芙羅黛蒂。」

「奈菲瑞特，要我帶柔依到她的房間嗎？」

奈菲瑞特猶豫了一下。眞奇怪，她竟有這種反應。她沒立刻回答，而是站在原地，雙眼直盯著愛芙羅黛蒂。接著，就在奈菲瑞特的沉默目光明顯壓過愛芙羅黛蒂之際，她露出了燦爛的笑容。

「謝謝妳啊，愛芙羅黛蒂，那樣很好。我是柔依的導師，不過我相信若由同年齡的女孩帶她認識環境，她一定會覺得更自在。」

愛芙羅黛蒂眸子裡閃過的眼神是憤怒嗎？不，一定是我自己幻想的。如果我新近擁有的詭異直覺沒告訴我那是憤怒，我眞的寧願相信那是我的幻想。其實，不需要我的直覺來提醒，我已經知道事情不對勁，因爲愛芙羅黛蒂正在笑，**而我認得那笑聲**。

我的肚子彷彿被人打了一拳，突然明白，這女孩，愛芙羅黛蒂，就是我先前在側廊見到，跟那個男生在一起的女孩！

繼笑聲之後，愛芙羅黛蒂以輕快愉悅的口吻說：「當然，我很榮幸能帶她到處看看！妳知道，我一直很樂意幫妳做事，奈菲瑞特。」這句話虛假又冰冷，就跟波霸女星潘蜜拉．安德森那對可笑的巨乳一樣。不過奈菲瑞特只是點點頭，然後轉身看著我。

「柔依，我現在就把妳留在這裡了。」奈菲瑞特說，捏捏我的肩膀。「愛芙羅黛蒂會帶妳去妳的房間，妳的新室友會幫妳打點，然後帶妳去吃晚餐。待會兒在飯廳見。」她又對我露出慈母般的溫暖笑容，我心裡竟跑出一股幼稚到近乎荒謬的衝動，好想抱著她，求她別丟下我，別讓我和愛芙羅黛蒂獨處。「不會有事的。」她說，彷彿看穿我的心思。「柔依鳥兒，妳會發現一切都會沒事的。」她悄聲說，聽起來眞像我阿嬤，害我得用力眨眼才沒掉下淚來。她對愛芙羅黛蒂和其他女孩快速點頭道別，然後離開宿舍。

門關上的聲音悶悶的。喔，該死……我眞想回家！

「來吧，柔依。寢室從這邊走。」愛芙羅黛蒂說，示意我跟她走上向右側蜿蜒的那道樓梯。我們往上爬時，我努力不去理會身後旋即爆出的竊竊私語。

我們兩人都沒說話。我覺得很不安，好想放聲尖叫。在側廊時她看見我了嗎？反正我絕對不會提這件事，打死都不會。對我來說，這件事壓根兒沒發生過。

我清清喉嚨，打破沉默。「宿舍看來很棒。我是說眞的很漂亮。」

她斜眼看我。「不只棒，不只漂亮，簡直不可思議。」

「嗯，那眞好，很高興妳告訴我。」

她笑了一聲，那聲音讓人不舒服，根本像冷笑。就像先前第一次聽到她這樣笑，我頸背上的雞皮疙瘩又冒出來。

「這裡之所以不可思議，全是因爲有我。」

我望著她，心想她大概在開玩笑吧，不料看到的卻是她一雙冷冰冰的藍眼睛。

「對，妳沒聽錯。這地方之所以酷，全是因爲我很酷。」

喔，我的天啊，太奇怪了吧，她怎麼說出這種話？聽到這麼囂張的話，我實在不知道該怎麼回應。我是說，除了要應付生活改變、物種蛻變、轉校這三重壓力，難不成我還得花力氣跟這種自以爲了不得的騷貨打交道？況且我還不知道她曉不曉得我在側廊看到她。

好，我只想設法融入這裡，我只希望能把這所學校當成自己的家，所以我決定選擇一條最安全的路：閉上嘴巴，不亂說話。

我們兩個都不再說什麼。走到樓梯最上方是一條大走廊，走廊兩側有很多房門。愛芙羅黛蒂停在一道漆成漂亮淡紫色的門前，我緊張得屏住呼吸。但她沒敲門，反而轉身看著我。她那完美無瑕的臉龐突然變得冷冰冰，像是充滿恨意，當然也就沒那麼漂亮了。

「好，柔依，我們現在把話說清楚。妳那個記印夠怪異，大家都在談論妳，好奇妳到底發生什麼事。」她不屑地翻瞪著白眼，誇張地舉手捏住喉嚨，聲音一變，顯得又蠢又怪里怪氣。「喔～～！那新來的女孩額頭上的記印已經填滿顏色！這代表什麼呢？她很特別嗎？她有不可思議的力量嗎？喔，天啊，天啊！」她將手從喉嚨放下，瞇起眼睛看著我。現在她的聲音和眼神一樣惡毒。「妳給我聽清楚，我是這裡的**老大**，什麼都得聽我的。如果妳想好好在這裡待下去，最好記住這點。否則，我會讓妳過得很悲慘。」

好，她真的惹毛我了。「妳聽著，」我說：「我才剛到這裡，不想找麻煩。別人要怎麼說我的記印，我也沒辦法。」

她的眼睛又瞇起來。啊，毀了，難道真的要跟她對打嗎？我這輩子還沒打過架呢！我的胃揪成一團，準備好閃躲或逃跑，或任何別讓她把我撂倒的招數。

接著，就像她剛才突然變臉，充滿恨意，令人害怕，此刻她的臉部肌肉突然放鬆，露出笑容，又迅速變回那個甜美的金髮女孩了（別以為我會被她騙倒）。

「很好，所以我們算相互了解了。」

什麼嘛？我只了解她大概忘了吃藥。

愛芙羅黛蒂不等我回答，就帶著才剛出現的詭異、溫暖笑容，舉手敲門。

「請進！」裡頭傳出輕快的聲音，帶著奧克拉荷馬腔。

愛芙羅黛蒂打開門。

「嗨，妳們大家，快進來吧。」我的新室友，也是個金髮女孩，露出燦爛笑容，像鄉野純樸的龍捲風，衝上前來。不過，她一看見愛芙羅黛蒂，笑容立刻從臉上滑落，腳步也立即打住。

「我把妳的新室友帶來了。」愛芙羅黛蒂的話沒什麼不對，不過那語氣就是帶著憎恨，而且還故意裝出誇張的奧克拉荷馬腔。「史蒂薇．蕾．強生，這是柔依．紅鳥。柔依．紅鳥，這是史蒂薇．蕾．強生。哇，現在我們是三顆小玉米粒，依偎在一根玉米棒上，無比親密，不是嗎？」

我瞥了史蒂薇．蕾一眼，她看起來就像受驚的小白兔。

「愛芙羅黛蒂，謝謝妳帶我來。」我趕緊說話，逼近愛芙羅黛蒂，讓她自然地往後退，退到門外走廊上。「待會兒見。」我丟出這麼一句話，搶在她的臉色從驚訝轉爲憤怒之前，迅速關上門。然後我轉身看著史蒂薇・蕾，她的臉色仍然很蒼白。

「她是怎麼回事？」我問。

「她……她……」

雖然我根本不認識史蒂薇・蕾，但看得出來她很掙扎，不知道該不該說，該說到什麼程度。所以我決定幫她一把。誰叫我們就要成爲室友了。「她是個賤人！」我說。

史蒂薇・蕾雙眼圓睜，咯咯笑了出來。「她人是不怎麼好，這點很確定。」

「她需要吃藥，**這點**也很確定。」我補上這句，逗得她笑得更厲害。

「我想，我們應該可以處得很好，柔依・紅鳥。」她說，臉上仍掛著笑容。「歡迎來到新家！」她跨步讓到一旁，雙手張開橫掃，向我展示這個小房間，彷彿歡迎我進入宮殿。

我左右張望，眨眨眼，眨了好幾次。首先映入眼簾的，是一張眞人大小的鄉村歌手肯尼・薛士尼海報，掛在兩張床其中一張上方的牆面，床邊桌上有一頂牛仔帽，還有一盞老式的煤氣燈，燈座造型很像一隻牛仔靴。喔，不會吧，史蒂薇・蕾還眞的是奧克拉荷馬州的道地奧克仔！

她忽然給我一個大大的擁抱，表示歡迎，把我嚇了一大跳。看到她短短的鬈髮和圓圓的笑臉，我不禁聯想到可愛的小狗狗。「柔依，我很高興妳現在好多了！聽說妳受傷，我很擔心欸。我眞的很高興妳終於來到這裡。」

「謝謝。」我說，繼續環視如今也是我的房間的房間，感覺很奇怪，心情很激動，眼淚都快掉下來了。

「有點嚇人，是不是？」史蒂薇．蕾一雙嚴肅的藍色大眼睛凝視著我，眼裡已充滿同情的淚水。我怕一開口就會哭出來，於是以點頭代替回答。

「我懂。我來這裡的第一晚，哭了一整夜。」

我把淚水往肚子裡吞，問她：「妳來這裡多久了？」

「三個月。喔，妳知道嗎，他們告訴我我快要有室友時，我高興得不得了！」

「妳知道我要來？」

她用力點點頭。「是啊！奈菲瑞特前天告訴我，躡蹤使者已經感受到妳，就要爲妳標上記印了。我以爲妳昨天就會到，不過後來聽說妳發生意外，被帶去醫務室。發生什麼事了？」

我聳聳肩回答：「我去找我阿嬤時跌了一跤，撞到頭部。」現在我心裡沒有那種叫我閉嘴的奇怪直覺，但我不確定到底可以對史蒂薇．蕾吐露多少。幸好她馬上點頭，彷彿她了解一切，沒多問我受傷的事，也沒提到我額頭上奇怪的實心記印。這讓我鬆了一口氣。

「妳被標上記印時，妳爸媽是不是快瘋了？」

「徹底抓狂。妳爸媽呢？」

「我媽還好啦。她說，只要能讓我離開鳥不生蛋的亨利耶塔，就是好事。」

「奧克拉荷馬州的亨利耶塔鎮？」我追問，很高興話題轉移，不再繞著我打轉。

「眞慘，沒錯。」

史蒂薇・蕾一屁股坐在肯尼・薛士尼海報前的那張床上，示意我坐到對面那張床。我坐下時很驚訝地發現，自己屁股底下竟然是家裡那床鮮亮粉紅搭配綠色的超酷Ralph Lauren牌棉被。然後我將視線移到床邊的小橡木茶几上，忍不住眨眨眼，上頭竟擺著我那只討人厭的醜鬧鐘，以及我懶得戴隱形眼鏡時會戴的書呆子眼鏡。連我和阿嬤去年夏天拍的照片也在那裡。在房間靠我這側的電腦後方的書架上，我看見我的那套《花邊教主》系列小說，以及其他一些我最喜歡的書，包括布蘭姆・史托克寫的《吸血鬼德古拉》（有夠諷刺吧）。此外還有一些CD、我的筆記型電腦，以及——**喔，我的媽呀**，連動畫電影《怪獸電力公司》裡的玩偶也出現了。**真是有夠丟臉**。而我平常背的背包就放在我床邊的地板上。

「這些東西都是妳阿嬤幫妳拿來的。她人眞好。」史蒂薇・蕾說。

「她人不只很好，而且很勇敢，竟然有辦法應付我媽和她愚蠢的老公，跑到我家把這些東西拿來給我。我可以想見我媽肯定在她面前呼天搶地。」我嘆了口氣，搖搖頭。

「是啊，我想我是很幸運，至少在這件事情上我媽表現得很酷。」史蒂薇・蕾指指她額頭上的弦月輪廓。「不過我爹地就抓狂了，哭喊著說我是他的『寶貝女兒』之類的。」她聳聳肩，咯咯笑著說：「至於我的三個哥哥覺得這很酷，還問我可不可以幫他們介紹吸血鬼小妞。」她翻翻白眼。「笨男生。」

「笨男生。」我附和著，對她笑笑。如果她也覺得男生很蠢，那我們肯定處得來。

「現在我差不多都適應了。我的意思是，這裡的課程是很奇怪，不過我很喜歡，尤其是跆拳道。我還滿喜歡踢人屁股的。」她淘氣地咧嘴笑著，眞像金髮小精靈。「我也喜歡這裡的制服，一開始我眞的不敢相信呢。有誰會**喜歡**學校制服啊？不過在這裡我們可以在制服上加東西，讓制服看起來很特別，這樣一來就不會像一般制服那麼臭屁、呆板了。此外，雖然男生多半很蠢，這裡有些男同學眞的很帥。」她眼睛一亮。「不過，只要能離開亨利耶塔，我就很高興了，其他事情我全不在乎，雖然陶沙市有點可怕。或許是因爲這裡太大了。」

「陶沙不可怕啊。」我不加思索地說。不同於許多來自斷箭一帶的郊區孩子，我很清楚陶沙這裡的路，這都得感謝阿嬤帶著我進行她所謂的「實地參訪」活動。我繼續告訴她：

「只要妳知道自己要去哪裡就行了。在布萊帝街有間很大的珠寶博物館，妳可以在那裡製作自己想要的項鍊。隔壁是『紐約風蘿拉小館』，蘿拉做的甜點是全陶沙市最棒的。櫻桃街也很酷，我們這裡就離那條街不遠。事實上，我們是在著名的『菲爾布魯克藝術博物館』和尤帝卡廣場附近。這裡是逛街買東西的好地方，而且……」

說到這裡，我才突然發現自己在說什麼。吸血鬼青少年可以和正常孩子玩在一起嗎？我開始搜尋腦海裡的記憶。不，我從沒在菲爾布魯克藝術博物館、尤帝卡廣場的"Gap"、「香蕉共和國」服飾店或「星巴克」咖啡館見過額頭上有彎月輪廓的孩子，也沒在電影院見過。天啊！今天之前，我從沒見過青少年吸血鬼呀。難道他們會把我們關在這裡整整四年？我突然覺得有點呼吸困難，升起幽閉恐懼症的感覺。我趕緊問：「我們可以外出嗎？」

「可以啊，不過得遵守一些規定。」

「規定？譬如什麼？」

「譬如不能把學校制服穿出去——」她突然把話打住。「糟糕！**制服**……我們動作得快一點，晚餐快開始了，妳趕快換衣服。」她從床上跳起來，開始在我這側的衣櫃裡翻找，還不斷回頭跟我說話。「奈菲瑞特昨晚叫人送了些衣服來。別擔心尺寸不合。即使還沒見到我們，他們也有辦法知道我們穿幾號。說來是有點詭異，成年吸血鬼就是知道那麼多他們好像沒有理由知道的事。總之，別擔心。我之前說這裡的制服沒妳想像中可怕，這話是真的。妳可以搭配自己要的東西。像我這樣。」

我看著她，我是說真的仔細端詳。她穿著如假包換的名牌Roper牛仔褲，就是年輕人會穿的那種緊到不行，後面沒有口袋的款式。怎麼會有人覺得這種沒有後口袋，緊到快爆開的褲子很酷？老實說我真的搞不懂。史蒂薇．蕾長得瘦巴巴，這牛仔褲讓她的屁股看起來變大了。還沒看到她的腳，我心裡就料定，她一定穿——牛仔靴。我把視線往下移，嘆了口氣。果然。褐色皮革，平底尖頭的牛仔靴。至於紮進那件鄉村風格牛仔褲裡的，是一件黑色長袖棉上衣，看起來像是那種會在精品店Saks或Neiman Marcus見到的高檔貨，有別於那些薄得透光的便宜貨——在標價老是過高的休閒服飾店Abercrombie裡，他們會騙我們，說這種衣服一點都不暴露。她回頭瞥向我時，我發現她每隻耳朵上都穿了兩個洞，耳洞上掛著小銀環。她轉過身來，一手拿著一件黑色上衣，類似她身上那件，另一手拿著一件套頭線衫。我心想，雖然我不適合這種鄉村風格的打扮，穿在她身上倒挺可愛的，有一種融合了鄉野與時尚的特殊味道。

「拿著！把這兩件穿上，就可以出發了。」

牛仔靴燈座上的閃爍煤氣燈照亮她遞過來的那件線衫胸口的銀色刺繡。我站起來接過衣服，將線衫拿高，以便看清楚。那銀色刺繡是細緻閃亮的一圈圈螺旋狀，位置就在心臟的上方。

「這是我們的標誌。」史蒂薇・蕾說。

「標誌？」

「是啊，每個年級都有自己的象徵符號。這裡有三年級、四年級、五年級和六年級，我們這種新生是三年級，所以我們的標誌就是夜后妮克絲的銀色迷宮。」

「它代表什麼意思？」我手指撫摸著銀色圈圈，問話的語氣與其說是在問她，倒更像是在問我自己。

「這代表我們要開始走上『夜之徑』，展開嶄新的生命，學習夜后，迎接新生命的無窮可能性。」

我抬頭看她，驚訝她怎麼突然口氣嚴肅起來。她有點不好意思地笑笑，聳聳肩說：「這是妳在『吸血鬼基礎社會學』會學到的第一堂課。這門課是奈菲瑞特教的，真的比亨利耶塔中學那些無聊的課程好多了。喔，我以前那間學校竟然拿母鬥雞當吉祥物。很扯吧，母鬥雞！這算哪門子吉祥物啊？」她翻瞪著白眼搖搖頭，我在一旁哈哈大笑。「總之，我聽說奈菲瑞特是妳的導師，妳真是幸運，她很少帶新生。她除了是女祭司長，還是這裡最酷的老師。」

她沒說出口的是，我不但很幸運，我還很「特別」，因額頭那個奇怪的實心記印而特別。這讓我想到，該問她一個問題了。

「史蒂薇．蕾，妳爲什麼沒問我額頭上記印的事？我的意思是，我很感激妳沒拿千百個問題來轟炸我，不過這一路過來，所有見到我的人都盯著我的記印猛瞧。愛芙羅黛蒂更是在我和她獨處的第一秒就提起這件事。可是妳連瞧都沒好好瞧一眼。爲什麼？」

她終於看著我額頭上的記印，然後聳聳肩，注視我的雙眼。「妳是我的室友，我心想，等妳準備好，妳自然會告訴我。我在亨利耶塔這種小鎮成長，早就學會如果希望某人當妳的朋友，最好別管對方太多閒事。嗯，我們要當室友四年呢，如果……」她停頓了一下。藏在話語空隙中的，是一個沒有說出口的赤裸事實：唯有我們兩個都成功熬過蛻變過程，才能當四年室友。史蒂薇．蕾用力嚥了嚥口水，然後一口氣把話說完：「我想，我只是想說，我希望我們能當朋友。」

我微笑看著她。她看起來好年輕，對未來充滿希望；實際上，她看起來極其正常，完全不是我想像中的青少年吸血鬼模樣。我燃起一絲希望，或許我終於可以融入這裡。「我也想當妳的朋友。」

「當然好！」我發誓，現在的她看起來又像隻不斷蠕動的小狗狗了。「不過，現在得快點，我們可別遲到了。」

她把我推往位於兩個衣櫥之間的那扇門，然後衝到她電腦桌上的化妝鏡前，開始梳理她的短髮。我走入那扇門，發現裡頭是間小浴室，趕緊脫下身上那件印有「斷箭之虎」的T恤，換上棉上衣，再套上那件絲質線衫。這線衫是漂亮的深紫色，上面交織著黑色小格子線。就在我準備退出浴室，返回房間拿背包，打算用我帶來的化妝品什麼的整理儀容時，我從洗手槽上方的鏡子瞥見自己的模樣。我的臉還是白的，不過已經不是稍早前那種嚇人的、病懨懨的慘白。頭髮看起來很離譜，未經梳理，亂七八糟。在左側太陽穴上方，我隱約看見深色縫合線的細微痕跡。不過，讓我目不轉睛的是額頭上的深藍色弦月記印。我凝視著它，出神地陶醉在它奇特的美感中，而浴室的燈光正巧照亮我胸口的銀色迷宮刺繡。我突然覺得這兩個符號竟能相互搭配，雖然它們的形狀不同……顏色不同……

可是我配得上它們嗎？我能融入這個奇怪的新世界嗎？

我緊閉雙眼，熱切希望晚餐的東西別凌虐我已經飽受折騰的緊張腸胃。（喔，拜託，千萬別要我喝血。）

「喔，不行……」我低聲對自己說：「可千萬別衰到狂拉肚子啊。」

9

不錯，這自助餐廳很酷。喔，我是說「用膳堂」，門口那塊銀匾上是這麼寫的。這裡一點都不像「南中」那冷冰冰又醜陋的自助餐廳，而且那裡的傳聲效果其差無比，就算我坐在凱拉身邊，有半數時間都聽不清楚她嘴裡發射出什麼連珠炮。相較之下，這裡的用膳堂溫暖又舒適。牆壁和校舍外牆一樣詭異，以突出的磚頭和黑色石塊混砌而成，房間裡面排滿了厚重的木頭野餐桌，桌子兩側長凳的椅背和椅座都鋪有軟墊。每張桌子大約坐六個學生，一張張呈輻射狀圍繞著房間正中央一張沒人坐的大桌子。這張大桌上幾乎擺滿了水果、起司和肉，還有一只水晶高腳杯，裡頭裝著看起來疑似紅酒的飲料。（什麼？在學校喝酒？）天花板很低，後方牆壁正中央是一道玻璃門，兩旁則是一扇扇窗戶。厚重的葡萄紫色絲絨簾幔都拉開了，我看見窗外漂亮的小院子裡有石板凳、蜿蜒小徑，還裝點著矮樹叢與花朵。院子正中央有座大理石噴泉，泉水從一塊像極了鳳梨的東西頂端噴湧出來。月光和閃爍流瀉的古老煤氣燈光，將已經很美的噴泉映照得更漂亮。

多數餐桌都已坐著正在吃飯聊天的學生，他們一看見史蒂薇．蕾和我走進來，全都好奇地抬頭看我們。我深吸一口氣，昂首闊步。既然他們對我的記印這麼有興趣，乾脆就給他們看個清楚。史蒂薇．蕾帶我走到房間旁側，那裡有典型的自助餐侍者，會幫忙將食物從餐檯那個玻璃東東後面遞出來給我們。

「中間那張大桌子是幹麼用的？」我們邊走我邊問。

「這是用來獻給夜后妮克絲的象徵性餐桌。餐桌上一定會留個位置給她。或許一開始妳會覺得怪異，不過很快就會習慣了，甚至覺得擺著這張餐桌感覺很對。」

其實我一點都不覺得怪。從某方面來說，這還挺有道理的。我覺得，夜后根本就活在我們當中。她的記印隨處可見，神殿前還有她昂首挺立的雕像。另外，我也注意到，整間學校到處都有代表她的小圖片或小雕像。她的女祭司長就是我的導師，而且，我得承認，我已經覺得自己跟妮克絲之間有相當深的淵源。想到這裡，我得費力才能壓抑住想舉手摸額頭上記印的衝動。我抓著餐盤，站在隊伍裡，排在史蒂薇．蕾後面。

「別擔心，」她壓低聲音對我說：「這裡的食物都很棒，他們不會要妳喝血、吃生肉之類的。」

我鬆了口氣，咬緊的牙關也鬆開了。大部分的學生已經就座用餐，所以隊伍不長。史蒂薇．蕾和我走到食物面前，我開始流口水。義大利麵！我用力嗅了嗅：**有大蒜**！

「說什麼吸血鬼無法忍受大蒜，根本是狗屎。不好意思喔，原諒我嘴巴忘了洗。」史蒂薇．蕾小小聲對我說。我們邊聊邊忙著在盤子裡堆滿食物。

「那吸血鬼喝血的事呢？」我也壓低聲音問她。

「不是。」她輕聲說。

「不是？」

「不是胡扯的。」

好極了，妙透了，酷斃了。果然和我想聽到的答案一樣——**才怪**！

我努力不去想血液之類的鬼東西，跟著史蒂薇．蕾拿起一杯茶，然後和她走到一張餐桌坐下。這裡已有兩個學生，正邊吃邊興高采烈地聊天。當然，我一加入，他們的談話就戛然而止，不過史蒂薇．蕾似乎毫不在意。我在她對面坐定後，她開始用她那口奧克腔介紹我們認識。

「嗨，你們大家，來見見我的新室友，柔依．紅鳥。柔依，這是依琳．貝茲。」她指指坐在我這側那個漂亮到不行的金髮美女。（拜託，一所學校能有幾個金髮美女？難道都沒限制嗎？）史蒂薇．蕾以就事論事的口吻，繼續用她的奧克腔說下去，還不忘以手指比畫出引號來強調：「依琳是『美女』，人很風趣，也很聰明，而且我從沒見過有誰的鞋子像她那麼多。」

依琳的藍眼睛終於從我的記印移開一會兒，這一會兒短得只夠她快速跟我說一聲「嗨」。

「這位是我們這一夥裡頭點綴用的唯一男生，戴米恩．瑪斯林。不過他是同志，所以我並不真的把他當成男的。」

戴米恩沒對史蒂薇．蕾生氣，反而一臉無所謂，平靜得很。「事實上，既然我是同志，那我覺得我應該被當成兩個男的，而不只是一個。我的意思是，妳們既能從我身上得到男性觀點，**同時**又不需要擔心我會想摸妳們的ㄋㄟㄋㄟ。」

他的臉很平滑，沒半顆青春痘，頭髮是深褐色，一雙純真的大眼睛讓我想起鹿寶寶。其實他很可愛，和許多出櫃的青少年不同。不少男同志在將自己的性傾向告訴所有早就知道的人之後（當然，他們那一無所知或不願承認現實的父母除外），就會流露出那種美美的娘娘腔。但他不會這樣，他就只是一個可愛的男孩，笑起來很討喜。我看得出來他也很努力不盯著我的記印看。真感激他的體貼。

「嗯，或許你說得沒錯。我以前從沒這樣想過。」史蒂薇．蕾咬了一口大蒜麵包後這麼說。

「不用理她，柔依。我們其他人可是正常得很。」戴米恩說：「我們眞的非常高興妳終於來了。史蒂薇．蕾快把大家逼瘋了，成天嚷嚷著，說不知道妳長什麼樣子，不知道妳究竟什麼時候會到……」

「不知道妳會不會是那種渾身臭味的怪咖，以爲變成吸血鬼就是要跟別人比邋遢，要當世界上最頹廢的傢伙。」依琳插嘴。

「還有，不知道妳會不會像**她們**那些人。」戴米恩說，眼睛瞥向我們左手邊的一張桌子。

我循著他的視線望過去，認出他說的是誰時，神經突然緊繃。「你是指愛芙羅黛蒂？」

「沒錯。」戴米恩說：「還有她那群踐個二五八萬的諂諛之徒。」

啥？我不解地眨眼望著他。

史蒂薇．蕾嘆了口氣。「戴米恩就喜歡咬文嚼字，妳會習慣的。不過，謝天謝地，他現在說的這個也不是什麼新辭彙，所以我們知道他在說什麼，不必求他翻譯。諂諛之徒就是指卑躬屈膝的馬屁精。」她驕傲地帶著奧克腔鼻音說，彷彿正在國文課上授業解惑。

「隨便啦，反正看到她們我就想吐。」依琳繼續低頭吃她的義大利麵，頭連抬都沒抬地說。

「她們？」我問。

「黑暗女兒的社團。」史蒂薇．蕾說。我注意到她說這句話時很自然地壓低音量。

「就像一種姊妹會、女學生聯誼會。」戴米恩說。

「惡劣至極母夜叉的聯誼會。」依琳又插嘴。

「喂，你們大家，我想我們不應該讓柔依對她們有先入爲主的偏見，或許她跟她們處得來啊。」

「放屁。反正她們就是惡劣至極的母夜叉。」依琳說。

「留點口德，依琳，妳得從那張嘴吃飯。」戴米恩說，裝出一副一本正經的樣子。

發現他們也都不喜歡愛芙羅黛蒂，我大大鬆了一口氣。我正想請他們多說點她的事，有個女孩跑進來，氣沖沖地將自己和手中的餐盤塞進史蒂薇．蕾旁邊的座位。她有著卡布奇諾咖啡色的肌膚（我說的是咖啡館的那種卡布奇諾，不是超商賣的那種甜膩膩的鬼東西），曲線玲瓏，嘴唇嘟翹，顴骨高聳，看起來眞像一位非洲公主。那頭烏黑秀髮也很漂亮，濃密閃亮，披在肩上。她一雙眼睛又黑又亮，看起來彷彿沒瞳孔。

「喂，拜託，給我拜託一下，」她對依琳發飆：「下次可不可以行行好，好心點把我叫醒，告訴我該吃晚餐了？」

「我想，我是妳的室友，不是妳老媽。」依琳懶懶地回她。

「妳別逼我在**大半夜**把妳那頭波浪金髮給剪掉喔。」非洲公主說。

「依照人類的習慣，這話應該這麼說：『妳別逼我在**大白天**把妳那頭波浪金髮給剪掉喔。』在我們這裡，時間是反過來的。嚴格說來，白天就是晚上，晚上就是白天。」戴米恩說。

黑髮公主不爽地瞇眼盯著戴米恩。「戴米恩，我警告你，你那套說文解字的鬼東西快把我的最後耐性磨光了。」

「簫妮，」史蒂薇．蕾趕緊轉移他們的話題：「我室友終於到了。這是柔依．紅鳥。柔依，這是依琳的室友簫妮．科爾。」

「嗨。」我含著滿嘴義大利麵跟她打招呼，她的視線從戴米恩轉移到我身上。

「柔依，妳的記印怎麼會是實心的？妳還是個雛鬼，不是嗎？」桌上所有人一聽到簫妮這麼問，驚訝得說不出話來。她看看大家，說：「怎麼了？別裝得好像你們對這件事不好奇。」

「我們是好奇，不過我們也有禮貌，不會像妳這樣大剌剌地問。」史蒂薇．蕾說，語氣堅定。

「喔，拜託，隨妳怎麼說啦。」她不甩史蒂薇．蕾的抗議。「這太重要了，所有人都想知道她那個記印是怎麼回事。大家已經開始說些有的沒的了，哪有時間玩猜謎遊戲啊。」簫妮轉頭看著我。「妳那個怪記印是怎麼回事啊？」

乾脆現在面對吧。我快速喝了口茶清清喉嚨。他們四個全都注視著我，眼巴巴等著我回答。

「嗯，我的確還是個雛鬼。我想，我和你們沒什麼不一樣。」接下來我要說的話，其實是人們還在背後胡亂猜測時，我已經深思熟慮過的。我的意思是，我早知道終究還是得回答這個問題。我不笨，或許常覺得迷惘，但真的不笨，而且我的直覺告訴我，我必須給他們一些答案，不過靈魂出竅，遇見妮克絲的那段最好先跳過。「我真的不知道這個記印是怎麼變實心的。躡蹤使者一開始標記我時，它不是這個樣子的。那天傍晚我發生了意外，跌倒撞到頭，醒來後記印就變成這樣了。我也曾納悶過，最後猜想大概和我發生意外有關吧。跌倒後我昏過去，流了很多血，或許因此加速了記印顏色變深的過程。總之，我是這麼猜想啦。」

「哈，」簫妮不滿意地說：「我還以為是什麼更有趣，可以讓人嗑牙的好玩八卦呢。」

「不好意思喔……」我喃喃地說。

「說話小心點啊，攣生的。」依琳對簫妮說，頭晃一下，指向黑暗女兒們。「妳這麼愛八卦，聽起來真像該坐到那一桌。」

簫妮皺起了臉。「和那些賤人坐在一起？等我死了再說吧。」

「我看妳們要把柔依搞糊塗了。」史蒂薇・蕾說。

戴米恩嘆了口氣，像是已經忍耐很久了。「這得靠我來解釋了。這再一次證明，對我們這一夥人來說，不管有屌或沒屌，我是多麼有價值。」

「拜託你別再說那個ㄉ開頭的字，好嗎？」史蒂薇・蕾說：「我還在吃飯欸。」

「我就喜歡他這樣說話。」依琳插嘴：「如果大家都能是什麼就講什麼，不拐彎抹角，這樣就可以減少一頭霧水的機會。譬如啦，我要去上廁所時都會講得很明白：我的尿道有尿液得洩一洩了。瞧，簡單，清楚，又明瞭。」

「噁心，想吐，好粗魯。」史蒂薇・蕾說。

「攣生的，我有同感。」簫妮說：「我是說，如果我們對撒尿、月經這類事情都能直截了當地說，日子不就可以過得簡單些嗎？」

「夠了吧？我們在吃義大利麵欸，月經這種事就別扯下去了吧。」戴米恩舉起手，彷彿這樣就真的能阻擋這話題延燒下去。「就算我是同志，我也只能忍受到這裡了。」他身體傾向我，開始跟我解釋：「首先，簫妮和依琳之所以叫彼此『攣生的』，是因爲她們兩個雖然明顯沒有血緣關係，我是說，依琳是陶沙本地的白皙皙女孩，而簫妮來自康乃迪克州，有牙買加血統，膚色就像漂亮的摩卡咖啡——」

「多謝你欣賞我的黑皮膚。」簫妮說。

「不客氣。」戴米恩繼續把話說下去：「雖然她們沒血緣關係，兩人卻相似得不可思議。」

「就像出生時被分開的雙胞胎之類的。」史蒂薇．蕾說。

依琳和簫妮兩人相視而笑，還不約而同聳聳肩。這時，我注意到她們兩人穿著同樣的服裝：胸前口袋繡著漂亮金翅圖案的深色牛仔外套，搭配黑T恤和低腰黑色休閒褲。兩人甚至戴了同樣的金色大圈圈耳環。

「我們連鞋子尺寸都一樣。」依琳說，伸出腳，好讓我們看見她那雙尖頭細跟的黑色皮靴。

「女人對鞋子的熱愛完全不受膚色影響。」簫妮也把腳舉高，炫耀另一雙漂亮的皮靴。不同於依琳的那雙，簫妮這雙的光滑黑皮革上，在腳踝的地方多了閃亮亮的銀色扣環。

「其次！」戴米恩插進來，翻瞪著白眼。「所謂黑暗女兒，長話短說的話，可以說主要是一群高年級生，自以爲負責維護學校的精神之類的。」

「不對，長話短說：她們是一群惡劣至極的母夜叉。」簫妮說。

「孿生的，我就是這麼說的嘛。」依琳笑著說。

「妳們兩個有說就跟沒說一樣。」戴米恩對她們兩個說。「我剛剛說到哪兒了？」

「學校精神之類的。」我趕緊提示。

「沒錯，照理說，她們應該是愛校愛鬼的偉大社團，而且她們的領導人會被培養成女祭司長，所以這個領導人應該是學校的核心人物、中心思想、靈魂支柱，以及吸血鬼社會的未來領袖，劈里啪啦之類的。反正，妳可以這麼想像啦，一個掌管『榮譽學會』的『全美優良獎學者』，加上一群啦啦隊員和鼓號樂隊酷妹。」

「喂，拿『酷』字來形容她們，不會有辱你的同志身分嗎？」史蒂薇·蕾問。

「我現在是把它當作暱稱來用。」戴米恩說。

「還要加上足球隊員，別忘了另外還有『黑暗男兒』。」依琳說。

「啊哈，說得對極了，孿生的。眞是罪孽啊，這麼辣的一群年輕小夥子也被吸收了——」

「她可不是說他們被吸喔。」依琳搶話，露出促狹的笑容。

「——也被，也被惡劣至極的母夜叉給吸收了。」簫妮終於把話補充說完。

「喂，妳們以爲我會忘記還有男生嗎？都是妳們一直打斷我的話。」

三個女孩給他一個表示歉意的微笑。史蒂薇．蕾比手畫腳，作勢將嘴巴的拉鍊拉上後鎖住，並將鑰匙丟掉。依琳和簫妮見狀，對著她以唇語說「白癡」。但她們畢竟都閉上了嘴巴，保持安靜，讓戴米恩把話說完。

聽到他們把「吸」字當作雙關語來開玩笑，我忍不住想著，或許我之前見到的那一幕並沒有那麼不尋常。

「然而，黑暗女兒們實際上是一群囂張的賤人，喜歡對所有人頤指氣使。她們要所有人都聽她們的話，接受她們對吸血鬼的變態看法。最糟糕的是，她們憎恨人類，如果妳對人類抱持不同態度，她們就認爲妳是不同掛的，不想和妳有瓜葛。」

「除了要找妳麻煩的時候。」史蒂薇．蕾說。我從她的表情看得出來，她肯定親自嘗過這種「麻煩」。我想起早先愛芙羅黛蒂帶我到我們房間時，她臉色嚇到慘白的樣子。我在心裡記著，以後要問問她到底是怎麼回事。

「雖然如此，別讓她們嚇到妳。」戴米恩說：「如果她們在附近，妳就小心自己背後，這樣就夠了，還有……」

「哈囉，柔依，眞高興這麼快又見到妳。」

這次我一聽就認出她的聲音了，那種滑溜甜膩得很噁心的蜜糖音。我們這張桌子的每個人都嚇得跳起來，我也不例外。她穿著和我類似的線衫，不過胸口上的刺繡是三個像夜后般的銀色女人剪影，其中一個拿著像剪刀的東西。她的黑色褶裙**非常**短，雙腿穿著綴滿銀色亮點的黑色緊身褲襪，腳上的黑色長筒靴高到膝蓋。她後面站著兩個女孩，幾乎是相同的穿著打扮。其中一個是黑人女孩，頭髮長到不可思議（肯定是很棒的編織髮辮），另一個又是金髮女孩（仔細察看她的眉毛後，我敢確定，她不是天生金髮——如果她是，那我也是）。

「嗨，愛芙羅黛蒂。」我跟她打招呼。其他人好像都嚇到說不出話了。

「希望沒打擾到你們。」她說得眞不誠懇。

「沒有。我們只是在聊今晚要拿出去丟的垃圾。」依琳說，裝出一個大大的假笑。

「喔，這種事妳當然知道嘍。」她冷笑著說，然後故意背向依琳，把依琳氣得握緊拳頭，差點跳過桌子對著愛芙羅黛蒂揮拳。「柔依，有件事我早先要告訴妳，不過一時忘了。我是想邀請妳來參加明天晚上我們黑暗女兒舉行的月圓儀式，這是不對外公開的。我知道，要一個才剛到這裡沒多久的人這麼快就參加儀式，是不太尋常。不過，可以這麼說吧，妳的記印已清楚顯示，妳應該不同於一般的雛鬼。」她視線滑過那完美的鼻子，睥睨地朝下看著史蒂薇．蕾。「我已經跟奈菲瑞特提過了，她也覺得讓妳參加我們的活動對妳有好處。晚點再告訴妳細節，等妳沒忙著應付那些……呃……**垃圾**。」她歪抿著嘴，對我們這桌的其他人投以譏諷的微笑，甩甩頭髮，和那兩個跟班轉身揚長而去。

「惡劣至極的母夜叉賤人。」簫妮和依琳不約而同地齊聲說。

10

「我經常想，到頭來愛芙羅黛蒂一定會被她的妄自尊大害慘。」戴米恩說。

「妄自尊大，」史蒂薇．蕾解釋道：「那種自以爲是神的傲慢。」

「我恰好認得這個成語。」我仍然望著愛芙羅黛蒂和她同黨的背影。「我們學校的英文課剛上過希臘悲劇《米蒂亞》，裡面的男主角傑森就是因爲『妄自尊大』而落得悲慘下場。」

「我眞想好好敲敲她那顆愛吹喇叭的頭，把裡面的妄自尊大給敲出來。」依琳說。

「孿生的，我會替妳抓著她，讓妳敲個夠。」簫妮說。

「不行！你們大家都知道，這件事我們討論過了。在這裡打架的懲罰是很嚴重的，非常嚴重。她不值得我們這麼做。」

我看到依琳和簫妮同時臉色發白，很想問問會嚴重到什麼程度。不過史蒂薇．蕾繼續說話，這次是對著我。

「小心點，柔依，黑暗女兒有時會表現得很友善，尤其是愛芙羅黛蒂。這是她們最可怕的時候。」

我搖搖頭。「喔，不，我不會去她們的什麼月圓東東。」

「我覺得妳必須去。」戴米恩輕聲說。

「奈菲瑞特批准了。」史蒂薇・蕾說，依琳和簫妮在一旁點頭附和。「這表示她期望妳去。妳不能拒絕妳的導師。」

「更何況她是奈菲瑞特，妮克絲的女祭司長。」戴米恩說。

「我能不能說我還沒準備好……準備好她們要我做的事，然後去問奈菲瑞特，我可不可以……不知道欸，你們是怎麼說的……可不可以請假，不去參加這次的月圓東東？」

「嗯，妳是可以這麼做，不過，然後奈菲瑞特會告訴黑暗女兒，然後她們就會認爲妳怕她們。」

眞沒想到在這麼短的時間內，愛芙羅黛蒂和我就已經結下這麼大的梁子。「唉，史蒂薇・蕾，或許我已經怕她們了。」

「那就千萬別讓她們知道。」史蒂薇・蕾低頭看著餐盤，試圖掩飾自己的窘態。「這比站起來和她們對抗還慘。」

「親愛的，」戴米恩拍拍史蒂薇・蕾的手，說：「別折磨自己了。」

史蒂薇·蕾給了戴米恩一個表示感謝的甜美微笑，然後對我說：「去吧，勇敢一點，去吧。她們在儀式裡不至於太過分的。在校園裡她們不敢這麼放肆。」

「沒錯，她們要幹那些惡劣的狗屎勾當都會跑到校外，比較不容易被成鬼抓到。」簫妮說：「她們在學校裡會裝出噁心的甜姐兒模樣，這樣一來，就沒人知道她們的眞面目了。」

「沒人知道，除了我們。」依琳說，還伸手掃過整間用膳堂，所以她說的我們不只包括我們這幾個，還包括這裡的所有人。

「我不知道欸，或許柔依眞的可以跟她們當中一些人處得不錯。」史蒂薇·蕾說，口氣裡沒有一絲諷刺或嫉妒。

我搖搖頭。「不，我不可能跟她們處得來，我不喜歡她們那種樣子，老想控制別人，把別人整得可憐狼狽，只爲了自己爽。反正我就是不想去她們的月圓儀式！」我堅定地說，想起我繼父和他那群哥兒們。眞諷刺，他們那些大人跟這群自認爲是女神女兒的少女竟然這麼相像。

「如果可以的話，我，或者我們任何一個人，都願意陪妳去。不過，這個儀式只有黑暗女兒才能參加，要不然就得受到邀請。」史蒂薇·蕾難過地說。

「沒關係，我應付得來的。」我突然不餓了，只覺得很累，非常非常累。眞想改變話題。「好，跟我解釋一下胸口的不同刺繡符號吧。妳告訴過我，我們的符號是代表妮克絲的螺旋迷宮。戴米恩的也是螺旋，所以這表示他也是……」我停頓一下，回想史蒂薇・蕾是怎麼稱呼新生的。「三年級。不過依琳和簫妮的刺繡有翅膀，而愛芙羅黛蒂有別的東西。」

「妳是說她除了瘦得只剩皮包骨，卻翹得老高，踐得誇張的屁股之外，還有別的東西？」依琳嘟囔著。

「她是指命運三女神。」戴米恩趕緊插嘴，以免簫妮又補充什麼鬼話。「命運三女神是夜后妮克絲的孩子。六年級生要繡上命運三女神的圖案，其中一個女神阿特洛波絲手拿著剪刀，象徵學校生活結束。」②

「對我們有些人來說也是生命結束。」依琳說，表情陰鬱。

大家聽到這句話後沉默不語。我受不了這種令人難安的沉默，清清喉嚨開口說：「那依琳和簫妮胸口上的翅膀圖案呢？」

「那是愛洛斯的翅膀。他是從妮克絲的種子裡孕育出來的孩子——」

「代表**愛**神。」簫妮插嘴，坐在椅子上扭屁股。

戴米恩皺眉看著她，繼續說：「愛神的金色翅膀是四年級生的象徵。」

「因爲我們是**愛**的年級啊。」依琳哼著歌，雙手高舉過頭，屁股扭啊扭。

「事實上，這是希望我們記得妮克絲愛的能力，而翅膀象徵我們會持續往前進。」

「那五年級的象徵符號是什麼？」我問。

「是妮克絲的金色馬車，後面拖曳著一長條星河。」戴米恩說。

「我覺得這是四個年級當中最漂亮的符號。」史蒂薇．蕾說：「那些星星閃啊閃的，閃得很有勁。」

「馬車代表我們會繼續踏上妮克絲的旅程，星星代表神奇的兩年已經過去了。」

「戴米恩，你眞是乖學生，記得這麼清楚。」依琳說。

「我就說嘛，應該找他來幫我們準備人類神話學的考試。」簫妮說。

「我想，是**我**之前就告訴過**妳**，我們需要他幫忙，而——」

「總之，」戴米恩開口阻止她們兩個繼續拌嘴。「這就是四個年級的標誌。簡單至極，眞的。」他看著那兩個安靜下來的雙胞胎。「如果妳們上課能專心點，別老是傳紙條，盯著妳們以爲很可愛的男生搞花癡，自然就會知道每個標誌代表的意思。」

②譯註：命運三女神（Fates）是指希臘神話中掌管命運的三位女神，包括：克羅娑（Clotho），負責給予人生命。拉雀西施（Lachesis），決定生命的長短。阿特洛波絲（Atropos），負責剪斷人的生命之絲。

「你眞的很愛假正經欸，戴米恩。」蕭妮說。

「尤其你還是個男同志欸。」依琳補充。

「依琳，妳的頭髮今天怎麼有點翹？我沒有惡意啦，不過或許妳眞的該換換洗髮精。這種事情眞的要很小心，不然接下來髮尾就會開始分叉了。」

依琳的藍眼睛睜得大大的，不自禁地伸手去摸頭髮。

「不會吧，戴米恩，眞不敢相信你會說這種話。你明明知道她最寶貝她的頭髮了。」蕭妮氣鼓鼓，把自己脹得像隻咖啡色的河豚。

戴米恩只是微笑，低頭繼續吃他的義大利麵。好一副清白無辜的樣子。

「喂，你們大家，」史蒂薇．蕾趕緊說，同時站起來，也拉著我的手肘跟她一起站起來。「柔依看樣子是累癱了。還記得你們自己當初剛來到這裡的情形吧？我們得回房間去了。我也還得準備吸血鬼社會學的考試。明天見吧。」

「好吧，再見。」戴米恩說：「柔依，眞高興認識妳。」

「是啊，歡迎來到見鬼中學。」在史蒂薇．蕾拉著我走出用膳堂之際，只聽得依琳和蕭妮異口同聲喊著。

踏上走廊朝剛才來的方向往回走時，我說：「謝謝妳，我眞的累了。」我很高興自己認得這條可以通到主校舍入口的走廊。我們停下腳步，因爲眼前有隻毛髮滑亮的銀灰色貓咪正橫過走廊，追逐一隻看起來飽受欺凌的小斑貓。

「小惡魔！別捉弄坎咪！小心戴米恩剝了你的皮。」

史蒂薇．蕾伸手去抓灰貓，但給他逃掉了。不過這一來他便不再追小斑貓了，一溜煙跑向我們剛剛來的那個方向。史蒂薇．蕾皺眉望著他。

「簫妮和依琳眞該好好管教她們這隻貓。他成天老是瞎搞使壞。」我們離開這棟校舍，走進破曉前的柔和黑暗中。她瞥了我一眼，說：「那隻小坎咪是戴米恩的貓，小惡魔則是依琳和簫妮的。他選擇了她們兩個，兩個一起要。沒錯，聽起來很怪，但一陣子之後妳就會像我們一樣，覺得她們眞的是雙胞胎。」

「不過，她們人好像不錯。」

「喔，她們很棒，雖然愛鬥嘴，不過對朋友忠心耿耿，不會讓人說妳的壞話。」她咧嘴笑著說：「好啦，**她們**或許也會說妳的是非，不過那不一樣，因爲她們不會在妳背後說。」

「我很喜歡戴米恩。」

「戴米恩很可愛，而且很聰明。不過有時我還滿替他難過的。」

「怎麼說？」

「六個月前他剛到這裡時有個室友，不過那傢伙一發現戴米恩是同性戀，就跑去跟奈菲瑞特投訴，說他不要跟同志一起住。話說回來，戴米恩從頭到尾都沒有故意隱瞞的意思啊。」

我皺起眉頭，眞受不了這種有「同志恐懼症」的人。「奈菲瑞特接受那傢伙這種態度嗎？」

「沒有，她跟那傢伙說得很清楚——對了，他來這裡之後改名叫索爾。居然取北歐神話雷神的名字，夠囂張吧？」史蒂薇・蕾搖搖頭，翻瞪著白眼，繼續說：「總之，奈菲瑞特很清楚讓索爾知道他太過分了，而且她讓戴米恩決定要搬去別的房間或者和索爾繼續住。戴米恩決定搬出去。是妳也會搬出去吧？」

我點點頭。「對，我絕不可能和索爾那種有同志恐懼症的人住在同間寢室。」

「我們也都這麼覺得。從那時起，戴米恩就自己一個人住。」

「這裡沒別的同性戀嗎？」

史蒂薇・蕾聳聳肩。「有幾個女孩是同性戀，而且都出櫃了，毫不隱諱。其中有幾個很酷，會和我們其他人交往，不過她們多半自成一個小圈子。她們對夜后很虔誠，沉迷於宗教活動，成天待在妮克絲的神殿裡。當然，還有些愛玩派對的女孩，很白癡，以爲搞女女戀很酷，不過通常旁邊有帥哥在看時，她們才會故意互相玩親親。」

我搖搖頭。「妳知道嗎，我一直都搞不懂，爲什麼有些女孩以爲，在男生面前和女性友人親熱，可以幫自己交到男朋友？隨便想也知道，這樣會有反效果吧。」

「對啊，難不成要一個只在妳和女生接吻時，才會覺得妳很辣的男朋友？眞搞不懂。」

「沒有別的男同志嗎？」

史蒂薇嘆了口氣。「除了戴米恩，是還有幾個，不過在他看來，他們要不是太怪里怪氣，就是太娘娘腔。我眞替他難過。我想，他應該很寂寞，連他父母都沒寫信給他。」

「是因爲吸血鬼這事把他們嚇壞了嗎？」

「不是，他們根本不在乎他變成吸血鬼。喔，別跟戴米恩提起，因爲他們的態度讓他很傷心。我想，他被標記時，他們反倒鬆了口氣。他們沒想到兒子竟然是同性戀，不知道該拿他怎麼辦。」

「哪需要拿他**怎麼辦**？他還是他們的兒子啊，只不過他喜歡的是男人。」

「他們住在德州達拉斯，他爸是信仰子民教會的超級大信徒，我記得好像是牧師之類的——」

我舉起手。「夠了，妳不用多說，我完全懂。」眞的懂。信仰子民保守封閉的心態，那種「我們走的才是正路」的想法，我太熟悉了。光是想到這一點，就讓我渾身無力，提不起勁。

史蒂薇・蕾打開宿舍大門。起居室只剩幾個女孩正在看喜劇影集《七〇年代秀》的重播。史蒂薇・蕾意思意思地跟她們揮手打招呼。

「喂，妳要不要拿瓶汽水什麼的帶回樓上喝？」

我點點頭，跟著她穿越起居室，走進旁邊一個比較小的房間。裡頭有四台冰箱、一個大水槽、兩台微波爐、許多櫥櫃，室內正中央擺了一張很漂亮的白色木桌，就跟一般廚房沒兩樣，只不過這個廚房好像是專爲放那四個大冰箱而設計的，感覺頗奇怪。所有東西都乾乾淨淨、整整齊齊。史蒂薇・蕾打開其中一個冰箱，我越過她肩頭望進去，發現裡頭裝滿各種飲料，從各種汽水、果汁，到那種喝起來很噁心的嘶嘶氣泡礦泉水都有。

「妳要喝什麼？」

「任何可樂都行。」我說。

「冰箱裡的食物我們都可以拿。」她邊說邊遞給我兩罐健怡可樂，然後自己拿了兩罐柳橙汁。「另外這兩台冰箱裡有水果、蔬菜之類的東西，那邊那台有做三明治用的瘦肉。他們會隨時把冰箱裝得滿滿的，不過成鬼堅持我們要吃得健康，所以妳在這裡找不到薯片、奶油海綿蛋糕之類的東西。」

「也沒有巧克力？」

「有，櫃子裡有一些很貴的上等巧克力。成鬼說，適量的巧克力對我們青少年很好。」

拜託，誰吃巧克力會適量吃啊？這話我只放在心裡，沒說出口。我們往回走，越過起居室，上樓前往寢室。

「所以，呃，吸血鬼——」每次要說出這幾個字，我就變得有點結巴——「很講究健康飲食？」

「是啊。不過，我想，基本上他們只講究雛鬼需要吃得健康。我是說，妳沒見過肥嘟嘟的吸血鬼吧，不過妳應該也沒見過吸血鬼啃芹菜、紅蘿蔔，或在沙拉裡挑菜吃吧。成鬼多半都在他們自己的餐廳吃飯，聽說他們吃得很好。」她看了我一眼，壓低聲音說：「有人說他們吃很多紅肉，很多**三分熟**的紅肉。」

「噁。」我真不想見到奈菲瑞特大口嚼著血淋淋牛排的詭異畫面。

史蒂薇．蕾也打了個哆嗦，繼續說：「有時，會有導師和雛鬼一起吃晚飯，不過他們通常只會坐在一旁喝一兩杯酒，不會眞的跟我們一起用餐。」

史蒂薇．蕾打開房門，我吐了一口氣坐在床上，脫掉鞋子。天啊，快累死了。我搓著雙腳，繼續納悶著爲什麼吸血鬼大人不和我們一起吃飯。最後我決定不再花時間想這件事。我的意思是，想這件事只會引發更多疑問，譬如：他們究竟吃什麼？一旦變成吸血鬼大人，我必須吃些什麼？嗯。

但是，我的腦袋裡有個角落還在喃喃自語，因爲這件事讓我想起了昨天我看到西斯流血時的反應。這是昨天才剛發生的事嗎？還有，稍早前在走廊見到那男孩流血時，我也有奇怪的感覺。不，我不要想他們兩個了，一點都不要。於是，我趕緊將注意力重新拉回健康飲食的議題。

「好吧，如果他們自己不特別注意健康飲食，爲什麼堅持要我們注意？」我問史蒂薇・蕾。

她看著我的眼睛，顯得憂心、恐懼——不只是有點恐懼，而是相當恐懼。

「他們要我們吃得健康的理由，就跟要我們每天運動一樣，都是爲了讓我們身體強壯。因爲虛弱、肥胖或生病，都是身體排斥蛻變的最初徵兆。」

「這樣一來就會死。」我靜靜地說。

「這樣一來就會死。」她靜靜地回應。

11

我沒想到自己會睡著。我以爲我會躺在那裡想家，想著我生命出現的這個奇怪轉折。走廊上那男孩的雙眼閃爍著從我腦際飄過，攪得我心煩意亂，不過我太累了，無法專注想著那畫面，就連愛芙羅黛蒂變態的仇視表情，雖然詭異，也在我朦朧的睡意中逐漸飄遠。事實上，我只記得，睡著之前我最後擔憂的是我的額頭。額頭又痛起來了，仍然是記印和太陽穴上方的傷口在作怪？還是因爲那裡快冒出一顆巨大的青春痘了？還有，在這所吸血鬼學校上學的第一天，我的頭髮起床後該不會亂翹吧？不過，一等抱著棉被蜷縮起來，聞到熟悉的羽絨被和家的味道，我就出奇地感到好安全，好溫暖……然後沉沉睡著了。

連噩夢都沒做。但我夢到貓咪，眞讓人費疑猜。夢裡有沒有性感帥哥？沒有。酷炫吸血鬼神奇威能？當然也沒有。就只有貓咪。其中有隻很特別，是一隻小小的橘色虎斑貓，腳掌一丁點兒大，鼓鼓的肚子裡好像裝著小寶寶。她發出老太婆一樣的聲音，不斷對我喵喵咆哮，問我怎麼這麼久才來這裡。然後，她的貓咪聲音變成惱人的嗶嗶聲，而我……

「柔依，拜託，把妳那個蠢鬧鐘關掉！」

「什……啊？」喔，可惡，討厭的早上。我的手四處亂探，摸索那只煩人鬧鐘的開關。我提過嗎，只要沒戴隱形眼鏡，我就跟瞎子沒兩樣？抓起書呆子眼鏡戴上，瞄了眼時間。下午六點半，而我才剛睡醒。感覺真怪。

「妳要先沖澡嗎？還是我先？」史蒂薇．蕾睡意仍濃地問我。

「我先洗吧，如果妳不介意的話。」

「我是不……」她打了個大呵欠。

「好。」

「不過，我們得快一點。我是不知道妳的習慣啦，但我一定得吃早餐，不然還沒到午飯時間，可能就餓死了。」

「有穀物脆片嗎？」我突然變得有精神起來。我超愛穀物脆片，甚至擁有一件印著「我♥穀物脆片」字樣的T恤可資證明。我尤其愛「巧古拉伯爵」牌的穀物脆片。這名字跟吸血鬼「德古拉」還真像。唉，這又是一個尋我開心的巧合還是怎樣？

「有，會有各式各樣的穀物脆片、貝果麵包、水果、水煮蛋等。」

「我很快就好。」我突然餓了起來。「嗨，史蒂薇．蕾，要特別注意穿著嗎？」

「不用。」她又打了個呵欠。「隨便挑件線衫或外套，只要上面有繡我們三年級的符號就行了。」

我確實動作迅速地沖完了澡。但我眞的有些緊張，很怕自己看起來不像樣，非常希望有幾小時來整理頭髮，好好化個妝。我趁史蒂薇．蕾進浴室沖澡，借用她的化妝鏡，然後決定淡妝打扮或許勝過刻意妝飾。眞怪，額頭上的記印似乎改變了臉上的焦點。我的眼睛原本就漂亮，又大又圓烏溜溜，睫毛也很濃密。凱拉就經常抱怨上帝不公平，說我的睫毛是三個女孩的睫毛分量，而她的睫毛既短又稀疏，還是金色的。（想到這裡……我眞的好想念凱拉，尤其今天開始我要在新學校上學，卻沒有她陪伴。或許晚點打電話或寫e-mail給她。要不……我隨即想到西斯提起過什麼派對的事，心想或許算了。）總之，記印不知怎麼地讓我的眼睛看起來更大更黑亮。我抹上具煙燻效果，帶少許銀色亮點的黑色眼線，而不是像那些沒有自知之明的女孩，厚重地塗抹濃黑眼線，以爲看起來很酷——是喔，**沒錯**，那樣看起來活像嚇人的浣熊。我將眼線抹勻，再塗點睫毛膏，刷些古銅色蜜粉在臉上，最後塗上唇蜜（以掩飾我因爲焦慮而用手指掐自己嘴唇的痕跡）。

然後，我凝視著鏡中的自己。

幸好我的頭髮還算整齊、服貼，就連美人尖也沒像以往三不五時突出得太誇張。我看起來還是……嗯……不一樣了，但仍是同一個我。記印在臉上造成的效果絲毫沒有消褪。因爲它，我的臉部更凸顯出我的血緣特徵：一雙烏溜溜的大眼睛，印第安切羅基族典型的高聳顴骨，驕傲、直挺的鼻梁，以及遺傳自阿嬤的橄欖色肌膚。夜后的深藍記印似乎開啓了聚光燈，照亮了這些特徵，讓我裡面那個切羅基族女孩被釋放出來，閃亮耀眼。

「妳的頭髮看起來很棒。」史蒂薇．蕾說，邊走回房間，邊拿著毛巾擦乾那頭短髮。「我希望我的頭髮變長時也能這樣服貼，不過就是沒辦法，每次一長就會亂捲亂翹，而且看起來活像馬尾巴。」

「我喜歡妳的短髮。」我退一步讓開，然後抓起我那雙可愛、黑亮的芭蕾舞平底鞋。

「是喔，這頭短髮可讓我成了怪胎。在這裡大家都留長髮。」

「我注意到了，不過眞的想不通。」

「這是蛻變過程會出現的現象之一。吸血鬼的頭髮生長的速度非比尋常，指甲也一樣。」

我想起愛芙羅黛蒂用指甲劃破那男孩的牛仔褲和皮膚，努力不顫抖。

幸好史蒂薇．蕾沒察覺到我的異樣，繼續說著。

「妳會懂的。過一陣子後，不必看別人衣服上繡的符號，妳也能知道他們是幾年級。總之，妳在『吸血鬼社會學』這門課上會學到這些東西。喔，我想起來了……」她快速翻動她桌上的幾張紙，找到她要找的東西，伸手遞給我。「這是妳的課表。我們會一起上第三堂和第五堂。第二堂是選修，看看妳要選哪門課。」

課表最上方以粗黑體印著我的名字，「柔依．紅鳥，三年級新生」，旁邊還寫上一個日期。令我驚訝的是，那日期是我被躡蹤使者標上記印的五（?!）天前。

「沒有幾何學？」我脫口而出，非常驚訝，不過還是努力保持鎮定。

「幸好沒有，但下學期得上經濟學。不過應該不像幾何學那麼可怕吧。」

「擊劍？馬術研究？」

「我說過了啊，他們要我們維持健康。擊劍還不錯啦，雖然很難學，像我就不怎麼會。不過會有高年級生和我們搭配練習，有點像是小助教吧。我要說的是，有些學長眞是帥呆了！我這學期沒修馬術課，他們讓我上跆拳道。我告訴妳，我眞的愛死跆拳道！」

「眞的？」我很狐疑。**不知道馬術課會是怎樣**？

「眞的。那妳要選哪一門選修課？」

我回頭再看一下課表。「妳修哪一門？」

「音樂入門。樊托老師很酷，而且我，呃……」史蒂薇．蕾咧嘴笑著，羞紅了臉。「我想當鄉村歌手。我是說，肯尼．薛士尼、費絲．希爾、仙妮亞．唐恩都是吸血鬼啊，而且這

the house of night

柔依・紅鳥 三年級新生 *2007.10.24*

1 第一堂課	吸血鬼社會學入門	215教室 老師：奈菲瑞特
2 第二堂課 選修一科	戲劇入門	表演藝術中心 老師：諾蘭
	or	
	素描入門	312教室 老師：多拿爾
	or	
	音樂入門	314教室 老師：樊托
3 第三堂課	文學入門	214教室 老師：潘特西莉亞
4 第四堂課	擊劍	體育館 老師：藍克福特
xxxxxxxxxxxx	LUNCH 午餐時間	xxxxxxxxxxxx
5 第五堂課	西班牙語入門	216教室 老師：嘉蜜
6 第六堂課	馬術研究入門	馬場 老師：蕾諾比亞

只是其中三個呢。還有，葛西．布魯克斯就是在奧克拉荷馬州這裡長大的，妳知道，他是吸血鬼當中最棒的鄉村歌手。所以我看不出來爲什麼我不能像他們一樣。」

「非常有道理。」我說。爲什麼不能？

「妳想和我一起上音樂課嗎？」

「如果我會唱歌，或玩任何像樂器的東西，那應該很不錯，只可惜我樣樣不通。」

「喔，那或許就不要吧。」

「事實上我正在考慮選戲劇課。我以前在『南中』上過戲劇課，覺得還不錯。妳對諾蘭老師熟嗎？」

「熟啊，她來自德州，口音很重，後來去紐約念戲劇，學生都很喜歡她。」

聽到史蒂薇．蕾說諾蘭老師口音重，我差點笑出來。她自己的奧克腔鼻音重到像拖車營地廣告裡的聲音，不過我當然不會說出口，免得傷她的心。

「嗯，那就選戲劇吧。」

「好，拿著課表，我們走吧。」我們衝出房間，跑下樓梯。她突然說：「喂，搞不好妳是下一個妮可．基嫚！」

我想，能當下一個妮可．基嫚是不錯啦（不過我可沒打算像她一樣嫁給有躁症的矮子，然後搞到離婚）。史蒂薇．蕾這麼一提，我才想到自從躡蹤使者把我的人生徹底打亂後，我還沒好好思考過自己的未來。不過，依我現在的想法，我還是想當獸醫。

這時，一頭黑白相間的長毛胖貓跳下我們前面的階梯，追逐一隻看起來跟牠一模一樣的貓咪。四周圍有這麼一大群貓，我想，這裡應該也需要獸醫吧。（嘿，吸血鬼獸醫……我可以把診所取名爲「吸血鬼獸醫院」，廣告上就這麼寫：「免費替你抽血！」）

廚房和客廳已經滿滿都是女生，有的吃飯聊天，有的匆忙走動，鬧哄哄一團亂。史蒂薇．蕾帶著我擠過人群，還匆匆把我介紹給身邊川流而過，實在搞不清楚誰是誰的女孩。我一邊隨口跟她們打招呼，一邊始終忙著四處尋找「巧古拉伯爵」的穀物脆片。就在我開始擔心會不會沒供應時，便看見它們躲在幾個「家樂氏」香甜玉米片大盒子的後面（這種玉米片也不錯啦，可當第二選擇，不過它不是巧克力味，而且裡面也沒有好吃的小棉花糖）。史蒂薇．蕾快速給自己倒了一大碗「幸運符」穀物脆片，然後我們兩人窩到廚房裡那張大桌子旁邊，快速吃了起來。

「嗨，柔依。」

那個聲音。我看見史蒂薇．蕾迅速將頭埋低，死盯著眼前那碗穀物脆片，但在這之前的一剎那，我就知道來者何人了。

「嗨，愛芙羅黛蒂。」我努力不讓語氣裡出現絲毫情緒。

「我怕待會兒見不到妳，所以先過來問問，確定妳知道今天晚會的地方。我們黑暗女兒的月圓儀式凌晨四點開始，就在學校的儀式結束後。妳可能沒時間吃晚餐，不過別擔心，我們會準備吃的。喔，晚會的地點在活動中心，就在東牆的旁邊。學校儀式開始前，我會在妮克絲神殿前面等妳，我們可以一起進去參加儀式，然後我再告訴妳稍後怎麼走到活動中心。」

「不過，我已經答應史蒂薇．蕾，我會和她一起去參加學校的儀式。」我真討厭這種緊迫盯人的人。

「是啊，眞不好意思。」我好高興聽見史蒂薇．蕾抬頭附和我。

「喂，妳知道活動中心在哪兒，對不對？」我問史蒂薇．蕾，盡可能語氣輕快，裝得傻傻的。

「是啊，當然知道。」

「那，到時候妳會告訴我怎麼去那裡，是吧？這樣愛芙羅黛蒂就不用擔心我迷路了。」

「是啊，樂意之至。」史蒂薇．蕾爽快地說，聽起來又是原本那個開朗的女孩了。

「那就沒問題啦。」我給愛芙羅黛蒂一個大大的笑臉。

「好，那就好。四點見，別遲到。」她說完後猛轉身，扭腰擺臀大步離去。

「如果她屁股再扭大力一點，肯定會把什麼東西撞破。」我說。

史蒂薇．蕾噗嗤笑了出來，差點從鼻孔噴出牛奶。她咳著說：「我在吃東西欸，拜託妳別搞笑！」將食物嚥下去後，她微笑對我說：「妳沒任她擺布。」

「妳也沒有啊。」我出聲嚼著最後一口穀物脆片。「準備上課了嗎？」

「對。來，上課的教室很容易找。妳第一堂課的教室就在我教室旁邊。所有三年級的核心課程都在同一棟。走吧，等一下我告訴妳怎麼走。」

我們沖洗碗盤後，匆匆將它們丟進五台洗碗機中的一台，然後衝進外頭美麗的秋夜之中。哇，晚上上學的感覺還眞是奇怪，雖然我的身體告訴我，這樣很正常。我們跟著其他學生穿越過一道厚重木門。

「三年級的教室就在這裡。」史蒂薇．蕾帶著我繞過一個轉角，爬上一小段階梯。

「那是洗手間嗎？」我們匆匆走過兩扇門之間的小噴泉時我問她。

「沒錯。我的教室在這裡，妳的教室就在隔壁。待會兒見。」

「好，謝謝。」我朝她喊著。

至少離廁所很近，萬一緊張得拉肚子，不用跑太遠。

12

「柔依，這裡！」

聽見戴米恩的聲音，看見他揮手指著他旁邊的空位，我心中的大石頭頓時落地，高興得差點哭出來。

「嗨。」我坐下，滿懷感激地對他微笑。

「第一天上學，妳準備好了嗎？」

還沒。

我點點頭，「準備好了。」我想再多跟他聊聊，不過上課鐘聲快速響了五聲，繚繞的餘音才停歇，奈菲瑞特就已經一陣風似地走進教室。她穿著開衩的黑色長裙，露出一雙好看的細高跟長筒靴，上半身則是絲質的深紫色線衫，左胸口以銀線繡了一個雙手高舉捧著一彎弦月的女神。奈菲瑞特將一頭赭紅頭髮往後攏，編成一條粗大髮辮。鑲在臉龐四周的一串串細緻的波紋刺青，讓她看起來就像古代的女戰士祭司。她面帶微笑看著我們，我看得出來全班都跟我一樣，被她那令人震懾的氣質深深吸引住了。

「晚安！我一直很期待今天這堂課。探討亞馬遜族社會的豐富內容，是我最喜歡的課題之一。」然後她看著我說：「柔依．紅鳥今天加入我們，時機眞的很對。我是柔依的導師，希望大家都能歡迎、接納她。戴米恩，你可以帶柔依去拿課本嗎？她的櫃子就在你的櫃子旁。在你跟她解釋櫃子使用方式時，我要你們其他人寫一點筆記，寫下你們對那些被稱爲亞馬遜族的古代吸血鬼戰士的印象。」

就像一般的學校課堂，教室裡立刻響起紙筆沙沙聲和學生低語交談的聲音。戴米恩帶我到教室後面，那裡有一整面牆的櫃子。他打開標有銀色號碼「12」的那個櫃子，裡頭整整齊齊架著好幾片大隔板，上面擺滿了課本和各種文具用品。

「夜之屋沒有一般學校的那種置物櫃。在這裡，第一堂課的教室就是我們這一班每天報到的班級教室，每個學生在這間教室都會有自己的櫃子。這間教室永遠都開著，所以妳可以隨時回來拿課本或文具，就像一般學校走廊的置物櫃。拿著吧，這是社會學課本。」

他遞給我一本厚厚的書，書皮是皮革製的，封面上除了書名「吸血鬼社會學入門」，還壓印了一個女神的剪影。我抓了一本筆記本和幾支筆，要闔上櫃子的門時猶豫了一下。

「沒有鎖之類的嗎？」

「沒有，」戴米恩壓低聲音說：「這裡不需要鎖。如果有人偷東西，成鬼一定知道。萬一眞的有人笨到做出這種事，我不敢想像他們會有什麼下場。」

我們回座位坐下，我開始寫出我對亞馬遜族唯一知道的事：她們是女戰士，不需要男人。但其實我的心思沒放在這上面，而是納悶著，爲什麼戴米恩、史蒂薇·蕾，甚至依琳和簫妮都這麼怕惹出什麼麻煩。我不是說我喜歡惹事生非啦。我是個好孩子，當然，不是十全十美，但眞的是好孩子。到目前爲止，我只受到過一次留校處罰，而那根本不是我的錯。眞的。有個臭男生居然叫我吸他的小雞雞。我能怎麼辦？哭？吃吃傻笑？噘嘴生氣？嗯……不……我狠狠賞了他一個耳光（其實我比較喜歡簡簡單單用一個「扁」字），就這樣我被要求放學後留校。

反正放學後留校也不是什麼壞事。我趁機把功課寫完，還有時間看《花邊教士》。看來在夜之屋，留校的處罰不只是放學後去老師辦公室「安靜」個四十五分鐘。我得記得問史蒂薇·蕾……

「首先，我們夜之屋仍遵循亞馬遜族的哪些傳統？」奈菲瑞特問，我的思緒被拉回課堂上。

戴米恩舉手。「鞠躬敬禮，同時將拳頭放在心臟的位置，這項傳統就是從亞馬遜族來的。另外，握手的方式也是，我們是抓住對方的前臂，而不是抓住對方的手。」

「完全正確，戴米恩。」

哈，原來如此。

「好，那你們對亞馬遜族還知道些什麼？」她問全班。

坐在教室另一側的一位金髮女孩說：「亞馬遜族是母系色彩非常重的社會，就跟所有的吸血鬼社會一樣。」

嘿，她說話的樣子好像很聰明。

「沒錯，伊莉莎白，不過人們談到亞馬遜族時，總會在歷史之上添加一層傳說。我說的傳說是指什麼？」

「嗯，是指大家——尤其人類——都以爲亞馬遜族憎恨男人。」戴米恩說。

「完全正確。事實上我們都知道，母系社會未必會憎恨男性，我們吸血鬼社會也一樣。連夜后妮克絲也有伴侶，就是冥神俄瑞波斯，而且夜后對他全心全意。不過亞馬遜族的確比較特別，這群女性吸血鬼決定自己當戰士，保護自己。正如你們多數人早就知道的，今天我們的社會雖然仍是母系社會，但我們也敬重、欣賞『夜的男兒』，將他們視爲我們的伴侶和保護者。現在，打開第三課，我們來看看最偉大的亞馬遜族女戰士潘特西莉亞。但你們千萬要謹慎，記得將傳說與真正的歷史區分開來。」

於是，就從這裡開始，奈菲瑞特講述了一堂我有生以來聽過最棒的課。不知不覺一小時過去了，聽到下課鐘聲響，我嚇了一大跳。我剛把社會學課本放回小櫃櫃時（好吧，我知道戴米恩和奈菲瑞特都說「櫃子」，不過，拜託，看起來就讓人想起幼稚園裡的小櫃櫃啊），聽到奈菲瑞特叫我的名字。我抓著一本筆記本和一支筆，趕緊跑到她的桌子旁。

「妳還好嗎？」她親切地對我微笑。

「還好。很好。」我趕緊答話。

她揚起一邊眉毛看著我。

「嗯，我想我是有點緊張，也有點搞不清楚狀況。」

「當然，有很多事得學習、適應。換學校本來就很辛苦，更何況不但換學校，連生命也完全改變。」她望向我肩頭後方。「戴米恩，你可以陪柔依去戲劇課的教室嗎？」

「當然。」戴米恩說。

「柔依，那麼，今晚月圓儀式見。對了，愛芙羅黛蒂有沒有正式邀請妳去參加黑暗女兒的晚會？」

「有。」

「我想再跟妳問一下，好確定妳是眞的願意參加。當然，如果妳有點排斥，我會了解的。不過我眞的鼓勵妳去。我希望妳把握每個機會融入這裡，而黑暗女兒是校園裡的菁英團體。她們似乎一開始就對妳感興趣，有意思吸收妳加入，對妳來說這是一種肯定。」

「我會去的。」我努力讓聲音和笑容保持平靜，彷彿我不在意。顯然她希望我去，而我不想讓奈菲瑞特對我失望。況且，我絕對不會讓愛芙羅黛蒂以爲我怕她。

「那很好。」奈菲瑞特高興地說。她捏捏我的手臂，我情不自禁地報以笑容。「如果有事找我，我的辦公室就跟醫務室同一側。」她瞥了一眼我的額頭。「我看傷口的縫線快消失了，很好。妳的頭還痛嗎？」

我不自覺地舉起手摸了摸太陽穴上方。昨天摸的時候，感覺至少還有十針，現在竟然只剩下一、兩針。眞是太～～太奇怪了。更奇怪的是，今天早上我甚至完全忘記自己受過傷。

這時我更發覺，我也沒想起過媽媽、西斯，甚至紅鳥阿嬤……

「不痛。」我突然察覺奈菲瑞特和戴米恩正等著我回話，趕緊說：「不，我的頭一點都不痛了。」

「很好！你們兩個快去，免得遲到了。我知道妳喜歡戲劇課。我想，諾蘭老師今天要講的是獨白。」

在走廊上，我疾步追趕戴米恩的步伐，這時突然想到一件事。

「她怎麼知道我要選戲劇課？我今天早上才決定的。」

「成年吸血鬼有時就是無所不知。」戴米恩壓低聲音說：「我收回剛剛的話。應該這麼說吧，成鬼**永遠**都無所不知，尤其是女祭司長。」

一想到自己有事情瞞著奈菲瑞特，聽到戴米恩這麼說，我實在不敢繼續想下去。

「嗨，你們大家！」史蒂薇．蕾跑過來。「吸血鬼社會學上得如何？開始上亞馬遜族了吧？」

「是啊，很酷的課。」我真高興話題不再圍繞著過於神祕的吸血鬼。「我都不知道她們眞的會切掉右乳，免得拉弓射箭時礙事。」

「如果她們的胸部像我一樣平，就不用這麼麻煩了。」史蒂薇．蕾說，低頭看著自己的胸部。

「或者像我。」戴米恩誇張地嘆了口氣。

他們爲我指引前往戲劇課教室的方向時，我還繼續笑個不停。

諾蘭老師不像奈菲瑞特那樣散發一種讓人震懾的力量，她給人的是精力充沛的感覺。她的體格像運動員般強健，身形卻是下半身肥胖的梨形身材，一頭褐黑色的頭髮又直又長。史蒂薇・蕾說得沒錯，她的確有口濃重的德州腔。

「柔依，歡迎妳！隨便找個地方坐吧。」

我跟大家說聲嗨，然後坐在伊莉莎白旁邊，我認得這位上吸血鬼社會學時發言的女孩。她看起來很友善，而且我知道她很聰明。（坐在聰明的學生旁邊絕對沒有壞處。）

「待會兒每人挑選一段獨白，下個禮拜上台表演。不過在此之前，我想你們應該希望能有人示範一下獨白劇該怎麼表演，所以我請了一位很有天分的高年級生，來這裡朗誦悲劇《奧塞羅》裡一段有名的獨白給大家聽。這齣戲是古代吸血鬼劇作家莎士比亞寫的。」諾蘭老師停頓了一下，從門上的玻璃窗往外望。「他到了。」

門打開，**哇，我親愛、窩心的上帝啊**，我確信我的心臟眞的完全停止跳動了，也確知自己肯定像個白癡，嘴巴張得大大的。他是我見過最俊俏的年輕小夥子。修長挺拔，一頭微微鬈曲的黑髮跟超人的頭髮一樣可愛。雙眼是令人讚歎的深藍色，還有……

啊！毀了！毀了！毀了！竟然是側廊裡的那個男孩。

「進來，艾瑞克。一如往常，你果然準時到達。我們正準備欣賞你的獨白表演。」她轉身面向全班。「你們多數人應該都認得五年級生艾瑞克・奈特，也知道他是去年全世界『夜之屋』盃獨白比賽的冠軍，那次的總決賽是在倫敦舉行。他在好萊塢和百老匯也造成一股旋風，因為我們上學期製作的舞台劇《西城故事》，就是由他擔任男主角東尼。艾瑞克，現在全班都是你的觀眾了。」諾蘭老師笑著說。

我身體突然變得全自動化了，自然而然地跟著同學鼓掌起來。艾瑞克笑容洋溢，落落大方，在這寬敞、通風的大教室裡，踏上前方正中央的小台子。

「嗨，大家好。」

他對著我講話。我的意思是，他就**直接**對著我講話。我可以感覺到自己的臉正逐漸發燙。

「獨白好像很嚇人，不過關鍵是把台詞吃透記熟，然後想像你真的**和**一群演員在演戲。要相信你不是一個人站在舞台上，就像這樣……」

接著，他開始念出《奧塞羅》裡的獨白。我對這齣戲所知不多，只知道這是莎士比亞的悲劇，不過艾瑞克的表演真的很精彩。他本來就長得很高，起碼有一百八十公分，一念出獨白，整個人竟變得更高大，更成熟，更有威力。他的聲音變得低沉，出現一種我無法辨認的腔調。那雙令人讚歎的眼睛變得陰鬱，瞇成一條縫，而他呼喚奧塞羅妻子德絲蒙娜的名字時，神情彷彿在祈禱。你已經知道他有多愛她，即使他還沒念出結尾兩句話：

她因我涉過的險而愛我，
我因她的憐憫而愛她。

他說出最後這兩句時目光鎖住我，就像昨天在側廊那樣，彷彿教室裡沒有其他人，全世界只剩我和他。我感覺內心深處湧起一股悸動，類似我被標上記印之後兩次聞到血液時的激動感覺，但是此刻教室裡並沒有一滴血濺灑出來。這裡有的只是艾瑞克。他結束獨白後，面帶微笑，以手指觸唇，彷彿朝著我送出飛吻，然後鞠躬。包括我在內，全班報以熱烈掌聲。真的，我情不自禁。

「獨白就是要像這樣。」諾蘭老師說：「教室後方的紅色書架上有獨白的劇本，你們每個人去拿幾本來看看，找出對你來說最有意義的一幕，也就是最能觸動你靈魂的那幕。我會在教室來回走動，你們對任何一幕獨白劇有問題都可以問我。等選定要表演的那幕後，我會告訴你們，準備時要注意哪些步驟。」然後她依然充滿活力地微笑、點頭，示意我們開始去翻閱那數不清的獨白劇本。

我仍覺得臉熱心跳，呼吸急促，不過還是跟著其他同學站起來。只是我忍不住轉頭看了艾瑞克一眼，他正要離開教室（好可惜），轉身前正巧看見我癡迷地望著他。我羞得滿臉泛紅（又來了）。他注視著我的雙眼，對我微笑（再一次），然後轉身離開教室。

「真是×媽的帥呆了。」有人在我耳邊悄聲說。我轉過身，赫然發現「模範學生」伊莉莎白小姐盯著艾瑞克的背影瞧，還不斷搧熱。

「他有女朋友嗎？」我脫口而出，完全像個白癡。

「希望他沒有。」伊莉莎白說：「聽說他曾和愛芙羅黛蒂交往，不過幾個月前我來這裡時，他們好像就已經分手了。拿著吧。」她塞了兩本獨白劇本給我，說：「我叫伊莉莎白，沒有姓氏。」

我臉上出現問號。

她嘆了口氣。「我姓『費務』。妳能想像嗎？我剛到這裡時，我的導師告訴我，可以隨自己意願更改姓名，於是我知道從此以後可以擺脫原來的姓氏了。不過後來要挑選新的姓又覺得壓力好大，所以我決定只留名字，不管姓氏。」伊莉莎白·無姓氏聳聳肩說。

「喔，嗨。」我跟她正式打招呼。這裡果真有些怪怪的孩子。

「喂，」我們走回位子時她說：「艾瑞克在看妳呢。」

「他看的是大家。」我雖然嘴裡這麼說，卻感覺到我愚蠢的臉又開始熱熱紅紅起來。

「對，但他**真正**注視的人是妳。」她咧嘴笑著，補了一句：「喔，我覺得妳那個實心記印很酷。」

「謝謝。」不過，現在我的臉紅通通，這記印看起來搞不好詭異得要死。

「挑選獨白劇本有問題嗎，柔依？」諾蘭老師突然問我，嚇了我一大跳。

「沒有，諾蘭老師。我以前在『南中』的戲劇課曾念過獨白劇。」

「很好。如果需要我幫妳解釋背景或人物，就告訴我一聲。」她拍拍我的胳臂，繼續巡視全班。我打開第一本書，開始翻閱，努力想忘記艾瑞克，專注在獨白劇上（但徒勞無功）。

他**是**在看我。爲什麼？他一定已經發現在走廊的人就是我。他對我是出於什麼樣的興趣？他讓差勁透頂的愛芙羅黛蒂幫他吹過喇叭，那我還希望他喜歡我嗎？看來我是不應該再抱持這種希望。我是說，我當然不願意接手被她用過的。或許他跟這裡大部分的人一樣，只是對我那個詭異的實心記印感到好奇。

可是，好像又不是……他目光注視的好像眞的是**我**，而我也喜歡他注視我。

之前我心不在焉地翻閱書，此刻我低頭看一眼，書恰好翻開在「給女演員的戲劇性獨白」的章節，而這一頁上的第一段獨白取自西班牙劇作家荷西·艾切戈賴的《永遠荒謬》。

見鬼，這大概是徵兆。

13

我是自己找到文學課教室的。沒錯，是很好找，就位於奈菲瑞特剛才上課的那間教室的對面。不過，能夠不像個白癡新生需要請人帶路，讓我覺得更有自信了。

「柔依！我們替妳留了位子！」我一走進教室，史蒂薇．蕾就朝我猛招手。她坐在戴米恩旁邊，整個人興奮得跳上跳下，看起來又像隻快樂的小狗狗了。瞧她那副模樣，我忍不住笑了出來。我真的很高興見到她。「喂，喂，喂！快一五一十告訴我，戲劇課如何？妳喜歡嗎？妳喜歡諾蘭老師嗎？她的刺青是不是很酷？每次看到她的刺青，我就想起面具，還真像呢。」

戴米恩抓住史蒂薇．蕾的手臂，要她冷靜。「喘口氣吧，讓她回答。」

「對不起喔。」她不好意思地說。

「諾蘭的刺青，我猜，是很酷。」我說。

「妳猜？」

「喔，我沒注意看。」

「什麼？」她瞇起眼睛追問：「是因爲有人取笑妳的記印嗎？眞是的，那些粗魯無禮的傢伙。」

「不是，不是啦。其實，那個伊莉莎白．無姓氏還說她覺得我的記印很酷。我恍神了，因爲，呃……」我覺得自己的臉又燙起來。我之前決定要向他們打探艾瑞克的事，但現在臨開口之際卻猶豫著該不該說。我應該把側廊的事情告訴他們嗎？

現在換戴米恩開始興奮。「我嗅到八卦的味道了。快說，柔依，妳會恍神是因爲～～～？」

他將尾音拉長拉高，讓句子變成問句。

「好啦，好啦，總歸一個名字：艾瑞克．奈特。」

史蒂薇．蕾嘴巴張得大大的，戴米恩假裝昏倒，不過他立刻挺起身子，因爲這時上課鐘聲響起，潘特西莉亞老師一陣風似地走入教室。

「待會兒聊！」史蒂薇．蕾壓低聲音說。

「一定要！」戴米恩以唇語告訴我。

我故作無辜狀地對他們笑笑。眞沒料到，提起艾瑞克會讓他們一整個小時無比雀躍。要不是這件事還牽扯到愛芙羅黛蒂，我肯定自己也會因爲他們倆這種反應而高興起來。

文學課眞是令人驚豔。首先，教室和我以前見過的教室完全不同。這裡每吋牆面都貼著奇怪有趣的海報、圖畫，以及一些看起來像原版眞品的藝術作品。天花板上還垂吊著好多風鈴及水晶。潘特西莉亞老師（上過剛才那堂吸血鬼社會學後，我現在知道，潘特西莉亞取的原來正是那位備受敬重的亞馬遜女戰士的名字，不過在這裡大家都叫她潘老師）就像從電影裡走出來的人物（嗯，我說的是科幻頻道播的電影）。她那頭紅金色的頭髮留得很長，有雙淡褐色的大眼睛，曼妙身材大概會讓所有男生流口水（不過話說回來，要讓毛頭小子流口水本來就不難）。她的刺青是漂亮的古凱爾特族細條紋繩結圖案，從額頭往下延伸到面龐，環繞著顴骨，使得兩邊顴骨看起來更高聳醒目。她穿著一件看起來很昂貴的黑色寬鬆休閒褲，上衣則是開襟的苔蘚綠絲質線衫，衣服胸前繡有和奈菲瑞特衣服上同樣的女神。現在回想起來（這次我想的可不是艾瑞克），我才記起諾蘭老師的上衣口袋也繡著相同的女神。嗯……

「我是一九〇二年四月出生的。」潘特西莉亞老師這句話立刻抓住我的注意力。拜託，她看起來不到三十歲欸。「所以一九一二年四月時我十歲，那場悲劇我記得非常清楚。請問，我說的是哪一場悲劇？有人知道嗎？」

好吧，我的確知道她說的是什麼事情，不過這不是因為我是無可救藥的歷史迷，而是因爲我小時候非常著迷李奧納多．狄卡皮歐，於是我媽買了整套有他演出的電影DVD給我，當作十二歲生日禮物。這部影片我看過最多次，印象最深刻（每次看到他滑下那塊木板，整個人凍得像可口的冰棒往下沉，鏡頭愈拉愈遠，我就哭得一把鼻涕一把眼淚）。

我看看四周，好像沒人知道。嘆了口氣，我舉起手。

潘老師笑笑，叫我的名字：「好的，紅鳥小姐。」

「一九一二年四月鐵達尼號沉沒。這艘船是在四月十四日週日晚上撞到冰山，幾個小時之後，也就是十五日的凌晨完全沉下去。」

我聽見身旁的戴米恩吸了一口氣，史蒂薇・蕾則小小聲地驚呼一聲。天啊，難道我真的看起來這麼笨，以至於他們聽見我說出正確答案，竟訝異得不敢置信？

「看到新來的雛鬼有一些見識，我真的很高興。」潘特西莉亞老師說：「完全正確，紅鳥小姐。悲劇發生時我住在芝加哥，那天報童站在街角大喊著悲劇頭條的聲音，我一輩子都忘不了。這場悲劇真的很可怕，而尤其令人難過的是，原本可以避免這些人喪命的。這個事件代表某個時代的結束，另一個時代的開始，也讓船運業進行很多必要的改革。這些我們都會在課堂上提到。另外，那個晚上發生的事件是如何驚心動魄，我們將會從華特・勞德那本經過細心考據寫成的書《鐵達尼號沉沒記》讀到。勞德不是吸血鬼——這一點真是令人遺憾。」她低聲補充這麼一句，然後繼續說道：「不過我一樣覺得他處理那個晚上的手法令人嘆服，而且他的寫作風格和敘述語氣非常有趣，可讀性非常高。好，我們開始讀這部作品吧！每排最後一位同學請到教室後面的長櫃子拿書發給自己那排的同學。」

哇，酷！這肯定比讀狄更斯的《孤星淚》有趣多了（**誰在乎**裡面的孤兒皮普和女主角艾絲泰娜啊？）。我拿到《鐵達尼號沉沒記》，安坐著打開筆記本準備……嗯，做筆記，以前我難得做的事。潘老師開始大聲朗讀第一章給大家聽，她眞的朗讀得很棒。我在夜之屋的頭三堂課即將結束，堂堂我都喜歡。難道吸血鬼學校眞的比我以前那個無聊的學校好嗎？我以前會每天上學，因爲不得不去，況且我的所有朋友都在學校裡。倒不是說「南中」的**所有**課程都很無聊，不過我們的確不會讀到鐵達尼號（而且，講述這堂課的老師在它沉船時已經出生了！）和亞馬遜族。

我邊聽著潘老師朗讀，邊環顧四周。這班大約有十五個學生，之前兩班也差不多。大家打開書，專心聽著老師朗讀。

隨後，我的視線被教室另一側後方的一頭濃密紅毛所吸引。我剛剛說得太快了，並不是每個學生都在專心上課，譬如這個紅髮男生就頭枕著手臂，呼呼大睡。我知道他睡得很熟，因爲他那張肥嘟嘟、白皙、長滿雀斑的臉就朝著我這個方向。他的嘴巴開開，看來應該有流口水。眞不知道潘老師會怎麼處置這個學生。她看起來不像那種會任由學生在教室後面睡懶覺的老師，不過這會兒她還是繼續朗讀，中間穿插講述二十世紀初期她親身見聞的第一手資料。我眞的很喜歡聽她說這些事情，尤其最愛當年那些新潮開放、抽菸喝酒的新女性（我如果生長在一九二〇年代，也一定要當個新女性）。下課鐘聲響起前一刻，潘老師交代我們在下次上課前先預習下一章，然後她要我們自己安靜討論，顯示她其實注意到了那個還在呼呼大睡的學生。他扭動了一下，終於抬起頭，趴著的前額一側印著一圈紅紅的睡痕，跟旁邊的記印相對照，顯得很突兀。

「艾略特，我得和你談一談。」潘老師坐在講台桌子後面喚他。

他慢慢站起來，拖著那雙沒有繫鞋帶的鞋子，懶懶地走到她桌前。

「談什麼？」

「艾略特，你這堂文學課就這樣浪費了，更重要的，你在浪費生命。男性吸血鬼應該是強壯、有榮譽心，而且獨一無二的。無數世代以來，他們一直是我們的戰士和守護者。如果你不遵守紀律，連上課時都不保持清醒，你怎能成功蛻變，成爲一個比一般男人更了不起的戰士呢？」

他聳聳那看起來軟趴趴的肩膀。

她的表情好嚴峻。「你今天這堂課的課堂表現是零分，我給你一次機會彌補。你寫篇短短的報告，內容是二十世紀初期美國發生的一件重要大事，任何一件都行。明天交。」

他什麼都沒說，直接轉身就走。

「艾略特，」潘老師這次壓低聲音，充滿不悅，跟剛剛朗讀和講課時的聲音相比，顯得很嚇人。我可以感覺到她身上散發出巨大威力，心想她這樣哪會需要男性保護。艾略特停下腳步，轉身看著她。「我還沒說你可以走。你決定寫什麼來彌補今天的零分？」

他站在那裡，一聲不吭。

「我在問你話，艾略特，現在回答我！」嚴厲的聲音讓她四周的空氣躁動不安起來，我手臂上的皮膚感到一陣刺刺麻麻。

他似乎不為所動，再次聳聳肩說：「我大概不會寫吧。」

「這說明你的個性有很大的問題，艾略特，這樣眞的很不好。你不僅對不起你自己，也對不起你的導師。」

他又聳聳肩，心不在焉地摳摳鼻子。「龍老師早知道我是什麼德性。」

鐘聲響了，潘老師一臉厭惡地揮手要艾略特離開。戴米恩、史蒂薇·蕾和我這時已經起身，朝門口走去，艾略特低著頭從我們身旁經過，以像他這樣遲緩懶散的傢伙所不可能有的速度往前衝，撞到走在我們前面的戴米恩。戴米恩「唉唷」一聲，步伐踉蹌了一下。

「死同性戀，滾開啦。」那混帳孩子吼著，用肩膀把戴米恩擠開，以便搶在他前面走出門。

「我應該把那混蛋狠狠扁一頓！」史蒂薇．蕾快步走向戴米恩，他正在前面等著我們。

他搖搖頭。「沒關係啦，艾略特這傢伙問題大了。」

「是啊，那傢伙腦袋裝大便。」我說，瞪著走廊遠端那隻懶蟲的背。他的頭髮眞難看。

「腦袋裝**大便**？」戴米恩哈哈大笑，一手勾著我，另一手勾著史蒂薇．蕾，以《綠野仙蹤》裡主角手勾手的那種姿勢在走廊上往前走。「我們的柔依就是這點讓我喜歡。」他說：「她講髒話眞有一套。」

「大便哪是髒話啊？」我替自己辯護。

「我想，這就是妳厲害的地方，親愛的。」史蒂薇．蕾笑著說。

「喔。」我也跟著他們笑。我眞的、眞的好喜歡他說「**我們的**柔依」時聽起來的感覺……就像我眞的是其中一分子……彷彿我眞的回家了。

14

擊劍課好酷，完全出乎我意料之外。上課地點是在體育館裡的一個大房間，裡頭很像舞蹈教室，一整面牆從地板到天花板鋪滿鏡子。房間另一側牆邊天花板垂吊著幾具眞人大小的人體模型，讓我想起三D立體的射擊標靶。大家都稱呼藍克福特老師爲「龍・藍克福特」，或簡稱「龍老師」。見到他之後，我旋即明白爲什麼大家這麼叫他。他的刺青就是兩條龍，龍頭盤據在眉毛上方，張著大嘴，對著他額頭上的弦月記印吐出火焰；龍身如巨蟒般迤邐而下，纏扭在他的下頷。這樣的刺青眞的太驚人，想不注目都難。龍老師是我平生第一個這麼貼近見到的男性成年吸血鬼，初見時我不禁有點困惑。我想，若你問我想像中的男性吸血鬼長什麼樣，我描述的樣子應該與他截然相反。老實說，我心目中的吸血鬼應該長得像電影明星：帥氣挺拔，看起來壞壞的。你知道的，就像電影明星馮・迪索那種型。可是龍老師是個矮子，一頭金色長髮攏向腦後，直接在髮腳紮成一束馬尾，可愛的臉型帶著溫暖笑容（如果不計較模樣凶殘的龍刺青的話）。

但是他一帶領大家做暖身練習，我立刻感受到他的威力。他以傳統方式握劍行禮的瞬間（稍後我才知道他手上的東西應該叫「銳劍」），立刻變成另一個人，移動轉身時身手矯捷，姿勢優雅，眞不可思議。他佯攻、長刺，動作利落，毫不費力。全班所有人，包括像戴米恩這麼厲害的學生，相形之下都笨拙得像木偶。龍老師帶著大家做完暖身，就將大家兩兩分組，要大家練習所謂的「標準動作」。他示意戴米恩和我一組，讓我鬆了一口氣。

「柔依，很高興妳加入夜之屋。」龍老師邊說，邊以亞馬遜族吸血鬼的傳統方式抓著我的手臂代表握手。「戴米恩會跟妳解釋劍服每個部位所代表的意思，另外我會給妳講義，好讓妳接下來幾天可以研讀。我想，妳之前沒接觸過這種運動吧？」

「沒有。」我回答，然後緊張地補了一句：「不過我很願意學，我是說，用劍的感覺很酷。」

龍老師笑著糾正我：「鈍劍。在這堂課上，妳會學習怎麼使用鈍劍。鈍劍是劍術三種武器當中最輕的一種，很適合女生。妳知道嗎，擊劍是女性可以和男性依循相同規則一起競賽的少數運動之一？」

「我不知道。」聽到這裡，我立刻燃起興趣。能夠在運動比賽時踹男生屁股，多痛快啊。

「這是因爲劍手的智慧與專注可以彌補他的弱點，甚至能把原本的弱點，譬如力道太弱或伸手可及的距離太短，轉化成優勢。換句話說，妳或許不像妳的對手一樣強壯敏捷，可是只要妳比他聰明，或者更專注，就有機會擊敗他。對不對，戴米恩？」

戴米恩咧嘴笑著說：「沒錯。」

「戴米恩是數十年來我有幸指導的劍手當中最專注的一個，所以他是個很危險的對手。」

我偷偷瞥了戴米恩一眼，他驕傲快樂得紅光滿面。

「接下來這個禮拜，我會請戴米恩指導妳起勢的動作。記住，擊劍所需要的技巧是有順序與位階性的，也就是說，如果某個技巧沒學好，後續的技巧就很困難，這樣一來，就會有難以彌補的弱點，永遠處於劣勢。」

「好，我會記得。」我說。龍老師親切地對我笑笑，然後轉身離開，去指導正在練習的一對對學生。

「他的意思是，如果我要妳反覆練習同一個動作，妳不要因此覺得沮喪或無聊。」

「所以你的意思是，你會變得討人厭，但這一切的背後是有目的的？」

「沒錯，而且其中一個目的就是要讓妳那可愛的小屁屁變得更挺。」他得意洋洋地說，還用手中那把鈍劍的側面拍我的屁股。

我輕輕打了他一下，翻瞪起白眼。但經過二十分鐘的長刺、回原位、再長刺的反覆動作後，我確知他所言不假，我的屁股明天肯定痛到不行。

下課後我們快速沖澡。幸好女生更衣室裡的淋浴間有簾子一間間隔起，不必一群人像獄囚或什麼的，以原始方式在大庭廣眾下洗澡。然後我跟著其他人衝去餐廳——喔，應該說「用膳堂」。我是眞的用衝的，因爲我快餓扁了。

午餐是自行取用的沙拉吧，裡頭什麼都有，從鮪魚沙拉（噁）到那種奇怪的迷你小玉米。這東西讓人看了一頭霧水，嘗起來也不像玉米，到底是什麼啊？玉米筍？矮種玉米、變種玉米？我將自己的盤子堆得滿滿，還拿了一大塊看起來、聞起來像剛出爐麵包的東西，然後溜進史蒂薇．蕾旁邊的座位，戴米恩緊跟在我後面。依琳和簫妮正在爭論誰的文學課報告比較優，即使她們兩人同樣都拿了九十六的高分。

「好，柔依，說吧。艾瑞克．奈特怎麼樣？」我才用叉子將一大口沙拉放進嘴裡，史蒂薇．蕾就立刻這麼問我。她此話一出，那兩個孿生的馬上閉嘴，全桌的注意力立刻聚焦到我身上。

我想過了，上戲劇課時艾瑞克的事可以告訴他們，至於撞見他被吹喇叭那件倒楣事，就先別提了。於是我這麼說：「他一直看我。」看見大家皺眉不解，我才發現那滿嘴的沙拉讓我的話變成：「搭直千窩。」我將食物嚥下去，又說了一次：「他一直看我，上戲劇課的時候。他的目光，嗯，我不知道，總之令人困惑。」

「妳所謂『一直看我』是什麼意思？」戴米恩問。

「嗯，他一走進教室就看著我，不過最明顯的是他在為我們示範獨白演出時。他念的是《奧塞羅》裡的獨白，當念到關於愛情之類的句子時，他直直盯著我，然後要離開教室時，又回頭看我一眼。」我嘆了口氣，他們盯著我看的銳利眼神讓我坐立難安。「算了，或許這只是他表演的一部分。」

「艾瑞克·奈特是全校最辣的帥哥欸。」簫妮說。

「不對，應該說他是全地球最性感的男人。」依琳說。

「比不過肯尼·薛士尼啦。」史蒂薇·蕾迅速丟出這句話。

「算妳對，只求妳別開口閉口都是妳的鄉村歌曲！」簫妮對著史蒂薇·蕾皺眉，然後將注意力轉回我身上。「**別**讓這大好機會從妳身邊溜走。」

「對，」依琳附和：「千萬**別**這樣。」

「從我身邊溜走？那我該怎麼辦？他連一句話都沒對我說啊。」

「唉，柔依，親愛的，那妳有對他笑一笑嗎？」戴米恩問。

我眨眨眼，回想自己有沒有對他微笑？慘了，我確定沒有，我確定自己只是坐在那裡，像個白癡盯著他猛看，或許還張大嘴巴流口水呢。好吧，或許沒眞的流口水，不過肯定一副蠢樣。「我不曉得欸。」我這麼說，不想說出令人扼腕的事實，但這種回答根本唬不了戴米恩。

他哼了一聲說：「下次記得對他微笑。」

「或許再說聲嗨。」史蒂薇．蕾說。

「以前我以爲艾瑞克只是臉蛋正點。」簫妮說。

「身材也正點。」依琳補充。

「直到他甩了愛芙羅黛蒂，」簫妮繼續說：「我才覺得他上面那顆腦袋裡還有點東西。」

「因爲我們已經知道他下面那裡不錯。」依琳說，眉毛上下揚動。

「哈，沒錯！」簫妮說，舌頭舔著嘴唇，彷彿正考慮要吃下一大塊巧克力。

「妳們兩個好齷齪。」戴米恩說。

「我們只是說他有全陶沙市最性感的屁屁啊，假正經小姐。」簫妮說。

「幹麼說得好像你從未注意過。」依琳說。

「如果妳開始跟艾瑞克說話，肯定會惹毛愛芙羅黛蒂。」史蒂薇．蕾說。

所有人轉過身，盯著史蒂薇．蕾，彷彿她剛剛分開了紅海或什麼。

「這倒是眞的。」戴米恩說。

「的確如此。」簫妮說，依琳點點頭。

「所以，他以前眞的和愛芙羅黛蒂交往過，就像大家傳言的？」我說。

「沒錯。」依琳告訴我。

「這種傳言很好笑，但千眞萬確。」簫妮說：「如果他現在喜歡妳，那就更有好戲看了。」

「喂，他看的或許只是我額頭上的怪記印。」我衝口而出。

「或許不是。妳眞的很可愛，柔依。」史蒂薇．蕾說，露出甜美的笑容。

「或許他一開始看妳是因爲妳的記印，不過後來他覺得妳很可愛，所以就繼續一直看。」戴米恩解釋。

「不管怎樣，他這樣盯著妳看，肯定會惹毛愛芙羅黛蒂。」簫妮說。

「這樣很好。」依琳如此認爲。

史蒂薇．蕾揮揮手，彷彿要揮掉他們這幾個人的評論。「別管愛芙羅黛蒂，也別去想是不是因爲妳的記印或什麼的，反正下次他對妳微笑，妳就跟他說聲嗨，這樣就夠了。」

「小事，」簫妮說。

「一樁。」依琳把話接完。

「好吧。」我咕噥著回話，低頭吃我的沙拉，心裡希望艾瑞克・奈特的事情就跟他們想的一樣，小事一樁。

夜之屋這裡的午餐和「南中」或我曾用過餐的其他學校一樣，有一項共通點：結束得太快。而午餐過後的西班牙語課上得我一頭霧水。嘉蜜老師就像一股西班牙小旋風，渾身帶勁。我一見到她就喜歡她（她的刺青看起來很怪，像羽毛，讓我想起某種西班牙小鳥），不過她整堂課都用西班牙語講。整堂課欸。我或許應該提一下，八年級之後，我就沒念過西班牙語；我也坦白承認，從那時起，我再也沒有花心思在上面過。所以我這堂課根本是鴨子聽雷，不過我還是乖乖抄下功課，告訴自己要好好複習生字。眞恨身墜五里霧的感覺。

馬術研究入門在馬場上課。這是校園南牆邊一棟磚造的長形矮建築物，旁邊緊臨著偌大的室內騎馬場。整個場地瀰漫著鋸木屑和馬的氣味，混合著皮革味，構成一種聞起來滿舒服的氣味——雖然你知道這種「舒服」的氣味有部分來自便便，馬的便便。

我緊張地跟著一小群學生站在畜欄裡，有位高個兒的高年級生一臉嚴肅地要大家站在那裡等待。這班大概只有十位學生，全都是三年級。喔，好極了，那個惹人厭的紅髮艾略特竟然也在。他懶懶地靠在牆上，腳不斷踢著鋸木屑，揚起的塵土惹得旁邊那個女孩打噴嚏。她給他一個白眼，往旁邊移了幾步。拜託，他是想惹毛**所有人**嗎？還有，他怎麼不用髮膠（或梳子）把那頭像鳥巢的亂髮整理一下？

馬蹄聲讓我的注意力從艾略特身上轉移開。一抬頭，我看到一匹壯碩的母馬正疾馳奔入畜欄裡，在我們面前幾步戛然停步。我們一群人像白癡一般瞠目結舌，馬背上的騎士則優雅地跨下了馬。她有一頭及腰的濃密長髮，髮色太過金黃，幾近白色，雙眼呈現一種奇怪的石板灰。她身材纖細，站姿讓我想起那些沉迷於舞蹈課的女學生，即使沒在跳芭蕾，也一樣站得挺直，臀部微翹。這位女騎士的刺青是一系列複雜的繩結圖案，而在這深藍色圖案裡，我確信我看見了跳躍的馬。

「晚安，我是蕾諾比亞。而**這**——」她指著母馬，向全班投來一個睥睨的眼神，然後才把句子說完：「是一匹馬。」她的聲音在牆壁間迴盪。這匹黑色母馬從鼻孔噴氣，彷彿要幫她加強語氣。「你們是三年級的新生，之所以被選中來上這堂課，是因爲我們覺得你們可能有這方面的才能。不過，事實上，你們之中能撐完這學期的人不到一半，而在能撐過這學期的人當中，到最後也只有不到一半的人能訓練成像樣的騎士。有任何問題嗎？」她雖這麼問，卻沒停頓足夠的時間讓我們發問，就緊接著說：「很好，現在跟我來，開始上課。」她轉過身，走向馬廄，我們跟著進入。

我很想問是哪些「我們」認爲我可能有騎馬的才能，不過我此刻膽戰心驚，不敢開口，只能急急忙忙跟著大家走在她後頭。她停在一排空著的馬廄前，每間馬廄外面都放置了草耙和手推車。蕾諾比亞轉身面向我們。

「馬可不是大隻的狗，也不是小女孩浪漫幻想中那種永遠會了解你在想什麼的好朋友。」站在我旁邊的兩個女孩聽到這話，彷彿被人說中般顯得侷促不安。蕾諾比亞的灰眼珠斜睨了她們一眼。

「馬術是一種工作，需要你投注心力、智慧和時間。我們現在就從工作這部分開始。走道另一頭的馬具房裡有長靴，自己去挑一雙，這裡有手套，一人選一間馬廄，開始忙吧。」

「蕾諾比亞老師……」有個身材略顯滾圓、臉蛋可愛的女孩戰戰兢兢地舉手發問。

「叫我蕾諾比亞就行了。我取這名字，是爲了紀念古代的吸血鬼皇后，不需要再加上其他頭銜。」

我一點兒也不知道她所說的蕾諾比亞皇后是誰，但在心裡暗暗記下，稍後一定查個清楚。

「說吧，妳不是有問題嗎，艾蔓達？」

「喔，呃，對。」

蕾諾比亞揚起一邊眉毛看著她，等她說話。

艾蔓達大聲嚥了口口水。「是要忙些什麼，老師……我是說，蕾諾比亞？」

「當然是打掃馬廄。將馬糞清入手推車裡，滿了就倒在牆旁邊的堆肥區。馬具房旁邊的儲藏室裡，有新鮮的鋸木屑可以用。你們有五十分鐘的時間。我四十五分鐘後會回來檢查。」

我們全都不敢置信地眨著眼睛看她。

「可以開始了。立刻動手。」

我們趕緊行動。

我知道這聽起來很奇怪，不過我眞的不介意清理馬廄。我是說，馬糞其實沒那麼噁心，尤其這裡的馬廄顯然隨時都有人清理。我抓起長靴（這種大大的橡膠靴子看起來有夠醜，不過眞的可以蓋住我的牛仔褲，直覆蓋到膝蓋），套上手套，準備開始工作。聲效很棒的擴音器傳出音樂，我很確定這是恩雅最新發行的CD裡的歌曲（我媽嫁給約翰之前也會聽恩雅的歌，不過後來他說這像女巫的音樂，不准我媽聽；就是因爲這樣，我一直很喜歡恩雅）。我一邊清理馬糞，一邊聽著令人難以忘懷的凱爾特歌詞，不知不覺已經清理完畢。我將手推車裡的馬糞倒掉，裝上乾淨的鋸木屑。然後，我正專心將新鋪在地上的鋸木屑耙平時，突然感覺有人盯著我瞧。

「做得很好，柔依。」

我嚇了一大跳，趕緊轉過身，看見蕾諾比亞就站在我的馬廄外。她一手拿著一把大馬刷，另一手握著一條韁繩，韁繩繫著一頭雙眼純眞無邪的灰斑色母馬。

「妳以前做過這種工作吧。」蕾諾比亞說。

「我阿嬤以前有匹很可愛的灰色閹馬，我都叫他兔寶寶。」說完後，我才發覺自己這話聽起來有夠蠢。我脹紅了臉，趕緊解釋：「喔，那時我才十歲，他的顏色讓我想起兔寶寶，所以我就這樣叫他，後來就變成他的名字。」

蕾諾比亞的嘴角略往上揚，露出若有似無的一抹微笑。「兔寶寶的馬廄都是妳打掃的嗎？」

「是。我喜歡騎他。阿嬤說要騎馬的話，事後得清理馬廄。」我聳聳肩說：「所以我負責打掃。」

「妳阿嬤是個有智慧的女人。」

我點點頭。

「妳那時候介意清理兔寶寶的馬廄嗎？」

「不，我不介意。」

「很好，來見過普西芬妮。」蕾諾比亞對著身旁的母馬點點頭。「妳剛剛清理的就是她的馬廄。」

母馬走入馬廄，朝我而來，將口鼻直接蹭上我的臉，輕輕噴息，搔得我好癢，忍不住咯咯笑。我搓搓她的鼻子，情不自禁地親了親她口鼻上的絨毛。

「嗨，妳好，普西芬妮，妳好美喔。」

蕾諾比亞看著我和母馬打招呼，認識彼此，滿意地點點頭。

「再五分鐘下課鐘聲就響了，妳可以離開。不過如果妳願意留下來，我想，妳已經獲得幫普西芬妮刷毛的殊榮了。」

我好驚訝，正在拍馬頸的手停住，抬頭望著她。「沒問題，我願意留下來。」我聽見自己這麼說。

「太好了。刷完後就把馬刷放回馬具房。明天見，柔依。」蕾諾比亞將馬刷遞給我，拍拍馬兒，留下我們兩個獨處。

普西芬妮將頭伸進裝著新鮮乾草的鐵製秣槽中，開始嚼食起來，我在一旁刷著她的毛。刷馬時會有的這種放鬆感覺，我幾乎忘記了。兩年前兔寶寶突然死於可怕的心臟病，阿嬤難過到不想再養別隻。她說「兔子」（她是這麼叫他的）是無可取代的。所以我已經有兩年沒接近過馬了。不過此刻一靠近馬，那種感覺又全都回來了。氣味、溫暖、嚼食發出的令人心情平靜的聲音，還有馬刷拂過她光滑皮毛時的唰唰聲。

這時，隱約傳來蕾諾比亞嚴厲不悅的聲音，她正對著一個學生大發雷霆，我猜，應該是那個惹人厭的紅髮小鬼。我從普西芬妮的馬肩部位望過去，朝一整排馬廄的另一端瞄了一眼，果然是那個紅髮小鬼，他無精打采地站在他負責的馬廄前。蕾諾比亞站在他旁邊，雙手叉腰。就算我只從側面匆匆瞥了這麼一眼，都看得出來她氣炸了。這傢伙的任務就是來這裡惹毛所有老師嗎？而他的導師居然是龍老師？好吧，龍老師看起來人很好，不過一拿起劍，喔，我是說**鈍劍**，立刻從好好先生變成可怕危險的吸血鬼武士。

「那紅髮懶鬼肯定想找死。」我回頭繼續刷普西芬妮的毛，對她這麼說。她耳朵往後拍，鼻子噴著氣。「對吧，我就知道妳也這麼認爲。想知道我們這一代怎麼憑藉自己的力量將懶蟲和廢物逐出美國嗎？」她好像聽懂我的話，於是我開始發表我那套「別製造廢物」的主張……

「柔依！原來妳在這裡！」

「啊～～！史蒂薇．蕾！妳要把我嚇死啊！」普西芬妮被我的尖叫聲嚇得倒退了幾步，我趕緊拍拍她，給她壓驚。

「妳到底在幹麼呀？」

我拿起手中的馬刷朝她的方向搖晃。「妳覺得我這是在幹麼，史蒂薇．蕾？難不成在修腳趾甲？」

「別鬼扯了，學校的月圓儀式馬上要開始了。」

「啊，該死！」我再拍了一下普西芬妮，然後趕緊離開馬廄，衝到馬具房。

「妳根本就忘記了，是不是？」史蒂薇．蕾說，邊扶著我的手，好讓我踢掉腳上的長靴時保持平衡，然後我趕緊換回我那雙可愛的芭蕾舞平底鞋。

「沒忘。」我撒謊。

這時我才察覺自己也忘了學校儀式過後黑暗女兒的非公開晚會。

「啊，**要死了**！」

15

在前往妮克絲神殿的半途中，我注意到史蒂薇．蕾似乎異常安靜。我轉頭看了她一眼。她是不是臉色蒼白啊？我有一種不寒而慄、毛骨悚然的感覺。

「史蒂薇．蕾，發生了什麼事嗎？」

「嗯，讓人很難過，也有點可怕。」

「到底是什麼事？與月圓儀式有關嗎？」我的胃開始痛起來。

「不是，妳會喜歡月圓儀式的，至少學校辦的這場很棒。」我知道她的意思，她是指跟稍後我要去的黑暗女兒的那場晚會相比。不過現在我不想談這件事。史蒂薇．蕾接下來說的話，讓黑暗女兒的問題相形見絀，變成次要問題了。「上一堂課裡有個女孩死了。」

「什麼？怎麼死的？」

「跟其他人一樣，沒能熬過蛻變，身體就……」史蒂薇．蕾停頓了一下，顫抖著說：

「就在跆拳道課快結束的時候，她一直咳嗽。其實一開始做暖身操，她就有點喘不過氣。我當時沒多想。或許有想到，但不願意放在心上。」

史蒂薇．蕾對我露出哀傷的淡淡笑容，好像覺得自己很可恥。

「有什麼方法可以救這些學生嗎？就是，妳知道的，當他們開始……」我將話語打住，含含糊糊比了一個手勢，心中忐忑。

「沒有，一旦身體開始排斥蛻變，就無計可施了。」

「既然這樣，就別再因爲沒多花心思注意那女孩咳嗽而感到愧疚了，反正妳本來也幫不了忙。」

「我知道，只是……太可怕了，更何況伊莉莎白人眞的很好。」

我的心劇烈地震了一下。「伊莉莎白．無姓氏？死掉的女孩就是她？」

史蒂薇．蕾點點頭，用力眨眼，顯然正努力不讓自己哭出來。

「怎麼會這樣？」我的聲音微弱得像在說悄悄話。我還記得伊莉莎白很體貼，沒對我的記印投以異樣眼光，還注意到艾瑞克一直在看我。「可是我在戲劇課還見到她，她看起來很好呀。」

「就是這樣。這一秒妳旁邊那個孩子看起來很正常，可是下一秒……」史蒂薇．蕾又開始顫抖。

「然後就像什麼事也沒發生，一切照常進行？即便學校裡才剛有人死掉？」我還記得去年「南中」有群高二學生週末出車禍，其中兩個死掉，週一學校就找來心理輔導師，而且那個禮拜所有的體育活動全都取消。

「沒錯，一切照常進行。他們認爲我們應該要習慣隨時都有這種事發生。妳以後就會知道了。每個人都表現得好像沒事一樣，高年級生更是如此。只有三年級新生及伊莉莎白的好朋友，譬如她的室友，會對這件事有反應。三年級生，也就是我們，依照要求應該表現合宜，克服情緒。至於伊莉莎白的室友和好友或許會避開大家，難過個幾天，不過她們也被要求盡快恢復正常。」她壓低聲音繼續說：「說眞的，我想，除非我們眞正蛻變完成，否則成鬼根本不把我們當**一回事**。」

我思索她這番話。奈菲瑞特好像沒有不把我當一回事，她甚至說過，我的記印變實心是很好的徵兆。我對自己的未來變化，並不像奈菲瑞特那麼有信心。不過，我當然不會提起這件事，免得讓人覺得奈菲瑞特對我另眼相看。我不想成爲「怪胎」，我只想當史蒂薇·蕾的朋友，融入這個新團體。

「這眞的很可怕。」我只能這麼說。

「是啊，不過至少這種事一旦發生，也很快就結束。」

我一方面想知道更多細節，另一方面卻又怕到連開口追問都不敢。

幸好，就在我鼓起勇氣，開口追問我害怕得不想知道的事情之前，簫妮出現，打斷我們的談話。

「拜託，怎麼這麼久？」簫妮站在神殿前的階梯上叫喊。「依琳和戴米恩已經在裡面幫我們佔位置了。不過妳們應該知道，一旦儀式開始，他們就不會讓任何人進去了。快點！」

我們衝上階梯，簫妮在前面帶路，三個人跑進神殿。一進入妮克絲神殿幽暗的拱頂門廊，就置身於焚香馥郁的煙霧繚繞中。我不自覺地遲疑一下，史蒂薇．蕾和簫妮轉身看我。

「放心，不用緊張，沒什麼好怕的。」史蒂薇．蕾看著我，對我說：「至少這裡沒什麼好怕的。」

「學校的月圓儀式很棒，妳會喜歡的。對了，待會兒成鬼會在妳額頭上畫五芒星符號，並說『祝福滿滿』，妳只要跟著回報一聲『祝福滿滿』就行了。」簫妮解釋道：「然後妳就跟著我們到守護圈③上我們的位子。」她對我笑了笑，叫我安心，旋即快步走進光線昏暗的

③譯註：有的人類稱之為「結界」，也有人明白地使用「魔法陣」、「魔法圈」等各種稱呼，指經由儀式操練而設立的神聖空間。但我們在吸血鬼世界裡習慣稱之為「守護圈」。英文通常只是一個簡單的字：circle。

內室。

「等等。」我抓住史蒂薇．蕾的袖子。「我不希望妳們覺得我很蠢，不過五芒星不是邪惡或什麼的象徵嗎？」

「我來這裡之前也這麼認爲，其實什麼邪惡不邪惡都是信仰子民胡扯的，他們要妳這麼相信……眞是的。」她聳聳肩繼續說：「我甚至搞不懂爲什麼他們執意要大家——喔，我是說人類——相信這是邪惡的象徵。事實上，不知多少年來，五芒星始終象徵著智慧、保護和完美，諸如此類。它只不過是顆五個芒角的星星，其中四個角代表宇宙四元素風火水土，朝上的第五個角代表靈，如此而已，根本沒有妖魔鬼怪在裡頭。」

「控制。」我喃喃地說，很高興此刻我們找到其他話題，不用再談論伊莉莎白或死亡。

「什麼？」

「信仰子民想控制所有事情。他們要大家永遠相信同樣的事情，這就是控制的一部分。所以他們要所有人都認爲五芒星是不好的東西。」我厭惡地搖搖頭，繼續說：「算了，走吧。我已經準備好了，我們進去吧。」

我們更深入拱廊，這時我聽見水流聲。走過一座美麗的噴泉後，走廊緩緩向右蜿蜒。在一道厚重的石頭拱門裡站著一位我不認識的吸血鬼。她穿得全身黑，下半身著長裙，上半身則是燈籠袖的絲質上衣。唯一的裝飾是胸前的那個銀色女神刺繡。她的長髮是小麥的顏色，深藍色的螺旋圖案從額頭上的弦月記印往下延伸，環繞著她美麗無瑕的臉龐。

「她是安娜塔西亞，龍老師的妻子，教授『咒語及儀式』的課程。」史蒂薇·蕾很快地悄聲告訴我，然後走上前，手握成拳放在心臟位置，向安娜塔西亞致敬。

安娜塔西亞露出微笑，將手指伸入捧在手中的一個石碗裡蘸一下，然後在史蒂薇·蕾的額頭上畫一個五芒星符號。

「祝福滿滿，史蒂薇·蕾。」她說。

「祝福滿滿。」史蒂薇·蕾回應。她穿越這道門，進入煙霧繚繞的房間之前，轉身投給我一個鼓勵的眼神。

我深深吸一口氣，決定將伊莉莎白、死亡以及萬一如何這些念頭趕出腦海，至少在儀式進行期間暫時拋開。我毅然決然地走到安娜塔西亞面前，學史蒂薇·蕾，將拳頭放在胸口。

安娜塔西亞將手指伸進碗裡蘸了蘸，我現在看清楚裡面裝的是油。「很高興見到妳，柔依·紅鳥，歡迎來到夜之屋，開始妳的新生命。」她在我額頭的記印上畫了五芒星，並說：「祝福滿滿。」

「祝福滿滿。」我喃喃地說。濕潤的星狀符號在額頭上成形，我驚訝地感覺到全身被電流穿過般顫抖。

「進去吧，到妳的朋友那裡去。」她親切地說：「毋需緊張，我相信夜后已經守護著妳。」

「謝—謝謝妳。」我還是有點緊張，趕緊走入房間。裡面到處是蠟燭。從天花板垂吊而下的鐵製枝形吊燈上，立著一根根白色大蠟燭。沿牆排列的巨大分枝燭台上有更多蠟燭插著。在這神殿裡，附在牆上的燭台不再像學校其他地方那樣，都是安安靜靜地燒著煤氣，而是**真的**插著燃燒的蠟燭。我知道這裡以前是信仰子民用來紀念聖奧古斯汀的教堂，不過我從沒見過有教堂長這副模樣，不但只靠蠟燭照明，而且沒有給會眾坐的長椅。（附帶一提，我眞不喜歡教堂裡的長椅。難道非得讓人坐得那麼不舒服嗎？）事實上，這個偌大的房間裡只有一張古老的木桌擺在正中央，有點像用膳堂正中央那張桌子，差別只在這張沒擺上食物和酒之類的東西。這張桌子上也有一尊大理石的女神雕像，雕像雙手高舉，與成鬼胸口上的刺繡圖案非常類似。桌子上有盞分枝燭台，除了插著火熾光亮的粗厚白蠟燭，還插著幾根香煙裊裊的粗大香柱。

然後，我發現石頭地板上有一處凹陷的地方，裡頭升起狂亂搖曳的火焰，周圍沒有任何遮蓋。我的視線被它吸引住了。熊熊燃燒的黃色火焰高可及腰，好美麗，彷彿一種危險但有節制的美，吸引著我向它靠近。幸好史蒂薇．蕾此時向我招手，轉移了我的注意力，我才沒衝動地走向火焰。接著我注意到房間周圍站著一大圈人，包括學生和成年吸血鬼。真奇怪，從一進到房間到現在，我竟然都沒注意到他們。我既緊張又驚訝，費力移動腳步，走到圈子上，在史蒂薇．蕾身邊站定。

「終於來了。」戴米恩壓低聲音說。

「對不起，我們遲到了。」我說。

「別煩她，她已經夠緊張的了。」史蒂薇．蕾說。

「噓！儀式要開始了。」簫妮噓我們。

房間四個幽暗的角落出現四個身影，緩緩往眾人圍成的圓圈移動，身影也慢慢清晰，原來是四個女人。她們才進入圓圈，便在邊緣站定。她們所在的四個位置，應該就是羅盤上的東南西北四個方位。接著，從我剛才進入房間時通過的門廊，走出另外兩個身影，其中一個是很高的男人——喔，糾正一下，應該說是男性吸血鬼（這裡所有的成年人都是吸血鬼）。天哪，他長得也太帥了吧。這才是典型的吸血鬼，人們刻板印象中的那種帥哥吸血鬼。沒想到我竟能近身目睹。他修長挺拔，超過一百八十公分，看起來就像應該活在電影大銀幕裡。

「瞧，**這**就是我選修詩學的唯一理由。」簫妮悄聲說。

「我和妳一樣，孿生的。」依琳如癡如夢地說。

「他是誰？」我問史蒂薇・蕾。

「羅倫・布雷克，吸血鬼桂冠詩人。他是近兩百年來第一位男性桂冠詩人，兩百年欸。」她悄聲說：「而且他才二十多歲，我說的是實際年齡，不只是外表看起來的年齡。」

我還沒來得及說任何話，他就開始吟誦起來。一聽到他的聲音，我的下巴啪啦掉下來，整個人楞住，只能著迷地聆聽。

她行走於美中，宛如夜晚
潔淨無雲，繁星滿天

他邊吟誦邊慢慢走向圓圈。他的聲音仿佛音樂，伴同他一起進屋的女子開始搖擺，接著在圓圈外圍優美地跳起舞來。

絕佳的光亮與黑暗
會聚在她的容貌與雙眼

跳舞女子吸引了所有人的目光。我突然心頭一震，發現她原來是奈菲瑞特。她穿著絲質長袍，上面綴滿水晶珠子。在燭光映照下，她舞動著，全身閃閃發亮，化身爲鑲滿星斗的夜空。她的舉手投足，似乎讓這首古老的詩的每一個字活了起來，栩栩如生，再現眼前（我的神智至少還夠清醒，聽得出這是大詩人拜倫的「她行走於美中」）。

化為柔光，圓潤芳醇
在亮麗的白晝不可得見

羅倫念出最後一句的同時，奈菲瑞特和他不知怎地已經來到圓圈裡面的正中央。然後奈菲瑞特從桌上拿起一只高腳杯，舉高杯子，彷彿向圍成圓圈的眾人敬酒。

「歡迎妮克絲的子女來到夜后的月圓儀式！」

成年吸血鬼齊聲回應：「歡喜相聚！」

奈菲瑞特微笑，將杯子放回桌上，然後拿起一只單支燭台，上面插著一根已點燃的細長白蠟燭。她橫過圓圈半徑，走到圓圈的一個位置——我猜應該是這個圓圈的起始點——站定，面向一位我不認識的女吸血鬼。她握拳放在胸口，向奈菲瑞特致敬，然後轉身背對奈菲瑞特。

「喂，」史蒂薇．蕾低聲說：「當奈菲瑞特逐一呼喚宇宙四元素，設下妮克絲的守護圈，大家都要隨著她的呼喚，逐次面向東南西北四個方向。現在，第一個方向是東方，召喚的是風。」

所有人，包括我（雖然動作有點遲緩）全都轉身面向東方。從眼角我瞥見奈菲瑞特雙手舉到頭上，她的聲音在神殿四周的石牆上迴盪。

「我向東方召喚風，求你爲這個守護圈帶來知識，讓我們的儀式充滿智慧。」

一當奈菲瑞特開始祈求，我立刻感覺空氣變了。四周的空氣乍然流動，拂亂我的頭髮，耳邊響起風吹過葉隙嘆息的聲音。我環顧四周，以爲會看到每個人都被一陣迷你旋風圍繞，卻沒看見任何人的頭髮飛揚。眞詭異。

站在東邊的女性吸血鬼從衣服褶層裡取出一根黃蠟燭，奈菲瑞特點燃後，她將蠟燭舉高，然後將燭光搖曳的蠟燭放在自己腳邊。

「向右轉，這次是火。」史蒂薇．蕾又低聲提示我。

大家向右轉，奈菲瑞特繼續說：「我向南方召喚火，求你在這個守護圈裡燃起意志，好讓我們的儀式有凝聚力，強大有力。」

原本輕拂著我的風瞬間被一股暖烘烘的感覺取代。這種感覺並不難受，而是像踏進熱水浴缸時全身瞬間暖熱起來。雖然不是熱燙，卻足以讓我的身體微微出汗。我瞄了史蒂薇·蕾一眼，看見她頭稍微抬高，雙眼緊閉，但臉上絲毫沒有出汗的跡象。突然，烘熱的感覺往上升，我把視線移回奈菲瑞特。她已經點燃潘特西莉亞手中的紅蠟燭。跟面向東方的吸血鬼一樣，潘特西莉亞舉高蠟燭，彷彿在獻祭，然後將蠟燭放在自己腳邊。

這次我不需要史蒂薇·蕾以手肘戳我，直接就向右轉，面向西方。不知爲什麼，我除了知道該轉身，也知道接下來要召喚的元素是水。

「我向西方召喚水，求你以慈悲浸洗這個守護圈，讓滿月之光賜給我們療癒與理解的能力。」

奈菲瑞特點燃面向西方那位吸血鬼手中的藍蠟燭。那位吸血鬼舉高蠟燭，然後放在腳邊，這時我耳裡盈滿海浪的聲音，鼻子裡聞到鹹鹹的海水氣味。我迫不及待轉身面向北方，知道接下來將會擁抱大地。

「我向北方召喚土，求你在這個守護圈裡滋長實踐的力量，今夜的所有心願與祈禱都能實現。」

突然，我感覺腳底踩著柔軟的如茵草地，鼻子聞到乾草香味，耳朵聽到鳥兒啼鳴。綠蠟燭被點燃，放置在代表「土」的吸血鬼腳邊。

照理說，我應該會害怕這一波波湧來的奇怪感覺，但它們出現時萬般輕柔，讓我覺得**好舒服**！舒服到我得摀嘴克制自己，免得在奈菲瑞特面向正中央的熊熊火焰，而我們所有人轉身面向圓心時，大聲笑出來。那位帥到不行的詩人隔著火焰站在奈菲瑞特對面，我看見他手裡握著紫蠟燭。

「最後，我召喚神靈來圓滿我們的守護圈，求你聯繫我們，好讓你的子女一起興盛。」眞不可思議，就在詩人吸血鬼以中央的巨大火焰點燃手中紫蠟燭，然後將蠟燭放在桌上時，我覺得自己的靈魂眞的跳動起來，就像胸口有鳥兒噗噗振翅。奈菲瑞特開始在圓圈裡繞行，對我們說話，凝視我們雙眼，以話語包圍我們。

「此刻是月亮至圓的時分。萬物有盈有虧，就連妮克絲的孩子，她的吸血鬼兒女也躲不過這定律。然而就在今晚，生命、魔法與創造的力量達到最高點，就像我們女神的月亮處於至圓至亮的狀態。這是建造的時刻……有所作為的時機。」

我看著奈菲瑞特說話，一顆心怦怦跳，這才驚訝地察覺，原來她正在對我們講道。這是敬拜儀式，但守護圈的設立及奈菲瑞特的話語互相交融的力量，深深打動了我，而我可是從未被任何人的講道感動過。我環顧四周，心想或許是由於場景氛圍的緣故吧。焚香讓室內煙霧朦朧，閃爍搖曳的燭光增添魔幻氣氛。奈菲瑞特充分展現出女祭司長該有的氣質。她的美光芒四射，聲音具有引人專注的魔力。在場沒人像上教堂一樣縮在長椅裡睡覺，或偷偷摸摸玩數獨。

「就在此刻，夜后的奇幻美麗國度與俗世之間的界限變得稀薄。就在今夜，我們可以輕易地穿越不同世界，看見妮克絲的美麗與魅力。」

我感覺到她的話語沖刷過我的肌膚，填滿了我的喉嚨。我顫抖著，突然覺得額頭的記印溫溫熱熱，刺刺麻麻。這時，詩人吸血鬼以充滿力量的低沉磁嗓開始說話。

「這是氤氳化形，時空交融，開啓創世的時刻。生命是循環，也是神祕。我們的女神了解這一點，她的伴侶俄瑞波斯也明白。」

聽到他這話，對於伊莉莎白的死，我覺得好過些了。突然，死亡似乎不再那麼可怕。死亡只是自然世界的一部分，而我們就是處於這樣的世界。

「光明……黑暗……白晝……黑夜……死亡……生命……這一切都由神靈和女神的撫觸繫縛在一起。我們若能維持平衡，仰望女神，就懂得編織月光的咒語，用以造就一塊純粹神奇的織物，有生之年時時保守。」

「閉上你們的眼，妮克絲的孩子，」奈菲瑞特說：「將你祕密的欲望說給女神聽。今晚，不同世界之間的區隔變模糊，魔法在塵世運行，或許女神妮克絲會應允你的祈求，讓你夢幻成眞。」

魔法！他們眞的在祈求魔法！有用嗎？會成功嗎？這世界**眞的**有魔法嗎？我想起自己的靈魂的確看見過話語，夜后以她清晰可見的聲音呼喚我進入洞穴，親吻我的額頭，自此改變我的生命。現在，就在幾分鐘前，奈菲瑞特召喚五個元素時，我也清楚感受到每個元素的力量。不是我幻想的，我**不可能**幻想出這種感覺。

我閉上眼，思索著似乎包圍著自己的魔法，然後以念力將心願傳送到黑夜裡。**我的祕密心願是我有所歸屬……我終於找到沒人能奪走的家**。

雖然額頭的記印有一種不尋常的溫熱感，不過奈菲瑞特要我們睜開眼睛時，我整顆頭卻很輕鬆，還升起一股難以想像的快樂感覺。她以一種既溫柔又堅定有力，融合了女性與戰士的聲音，繼續主持月圓儀式。

奈菲瑞特的頭微微向東方鞠躬，開始說：「此刻，正合隱形遊走於皎潔月光中。此刻，正合聆聽天籟，非出自人類或吸血鬼之手的音樂。此刻，正合感受合一同在，與輕撫著我們的風合一——」接著她將頭朝向南方：「與猶如第一道生命火花的閃電合一。」然後依序朝向西方和北方：「此刻，正合陶醉於永恆之海，讓溫暖雨水撫慰我們，也讓綠茵大地圍繞我們，保守我們。」

每次奈菲瑞特喚起一個元素，就有一道舒服的電流竄過我全身。

代表四元素的四個女人同時走到桌邊。她們和奈菲瑞特、羅倫各舉起一個酒盅。

「敬夜后和滿月！」奈菲瑞特說：「敬黑夜女神，我們的祝福由她而來。今夜，我們向妳致上謝意。」

元素四女拿著酒盅，散開退回她們在圓圈上的位置。

「以全能的妮克絲之名，」奈菲瑞特說。

「以及俄瑞波斯之名，」詩人補充。

「我們在妳神聖的守護圈裡向妳祈求，賜給我們知能，可以說出荒野的語言，以鳥的自由飛翔，活出貓的力量與優雅，找到生命的喜悅和幸福，從而實現我們存在的極致。祝福滿滿！」

我忍不住漾起笑容。以前從未在教堂聽過這種東東，也從未在教堂這麼有活力過。

奈菲瑞特喝了一口手中那杯酒，然後將酒盅遞給羅倫，他也喝了一口，並說：「祝福滿滿。」元素四女跟著做，快速繞著圓圈走動，讓每個人，包括雛鬼與成鬼，都從酒盅裡飲一口。輪到我時，我很高興見到站在面前的是我已經熟悉的潘特西莉亞。她遞給我酒並祝福我。我以爲這紅色的酒會苦澀，就像我媽藏起來的那瓶卡本內紅酒（我偷喝過一次，當然覺得難喝），沒想到竟然完全不會。這酒甜甜辣辣，喝了之後，我的頭似乎更輕鬆了。

大家全喝過後，所有酒盅都被放回桌上。

「今晚我希望大家至少花點時間獨處在滿月之下，讓那皎潔的月光恢復你的活力，幫助你記起你是多麼獨特……或者你將變得多麼獨特。」她對著幾個雛鬼微笑，其中也包括我。「沐浴在你的獨一無二中，浸淫在你的力量裡。我們和世人之所以不同，是因爲我們具有獨特天賦。別忘了這點，因爲這世界肯定也不會忘記。現在讓我們解除守護圈，擁抱黑夜。」

奈菲瑞特以相反順序一一向諸元素致謝，吹熄蠟燭，送走它們。當她這樣做的時候，我覺得有點哀傷，彷彿與朋友臨別依依。然後她以這句話做爲儀式結尾：「儀式到此結束，歡喜相聚，歡喜散場，期待歡喜再聚。」

眾人回應：「歡喜相聚，歡喜散場，期待歡喜再聚。」

這樣，事就成了。我生平第一次敬拜夜后的儀式到此結束。

圓圈很快解散，比我希望的還要快。我眞想繼續站在那裡，回味我剛剛體驗到的奇妙感覺，尤其是召喚諸元素時的那種感受，不過，看來是不可能了，因爲唧唧喳喳的人群如浪一般向門口流去，把我推擁向神殿外。我很高興大家都忙著聊天，沒人注意到我的沉默。我想，我肯定無法跟他們解釋剛剛發生在我身上的事，唉，我連對自己都無法解釋。

「嗨，你們說今晚會不會又有中國菜？上次月圓儀式後，他們準備的蘑菇好吃得不得了。」簫妮說：「更不用說我的幸運餅裡的籤詩寫著：『你會成名。』很酷吧。」

「我快餓死了，只要有東西吃，什麼都行。」依琳說。

「我也是。」史蒂薇．蕾附和。

「難得我這次跟妳們意見一致。」戴米恩說，挽起史蒂薇．蕾和我的手。「吃飯去吧。」

我突然想起來，「各位，」這時，儀式進行中我感受到的那種微微麻癢的舒服感覺瞬間消失，「我不能去，因爲我得——」

「我們眞是白癡，」史蒂薇．蕾朝自己額頭狠狠拍了一掌，發出啪的一聲，「竟然全忘了。」

「啊，可惡！」簫妮叫出來。

「惡劣至極的母夜叉。」依琳說。

「要不要我幫妳留一盤食物？」戴米恩窩心地說。

「不用了。愛芙羅黛蒂說她們會準備吃的。」

「說不定是生肉。」簫妮說。

「對啊，說不定是用她那下流的蜘蛛網捕捉到的，可憐孩子的肉。」依琳說。

「她是指她用兩腿夾到的男生。」簫妮解釋。

「夠了，妳們要把柔依嚇死啊。」史蒂薇．蕾說，開始將我推往門口。「我先告訴她活動中心在哪裡，待會兒餐桌見。」

走到外頭，我說：「好吧，告訴我，他們說吃生肉是開玩笑的。」

「應該是開玩笑吧。」史蒂薇．蕾的話眞沒說服力。

「好極了，我連三分熟的牛排都不太敢吃。萬一她們眞的給我吃生肉，那該怎麼辦？」

我更不敢想像會是哪種生肉。

「我想我包包裡有胃藥，要不要吃一顆？」史蒂薇．蕾問。

「要。」我已經反胃起來了。

16

「就是那裡。」史蒂薇．蕾在階梯前停下腳步，神色不安，一臉歉意。這道階梯通往佇立在小丘上的一棟圓形磚造建築，從那兒可以俯瞰學校東側的圍牆。這棟建築物四周圍繞著高大橡樹。在夜色的黑暗中，橡樹的陰影又覆蓋上一層黑暗，一片黑漆漆，我幾乎看不見那微微照亮這棟建築入口的光，更不知那是煤氣燈或蠟燭。看似彩繪玻璃的長拱形窗戶，也沒透出半點光線。

「好，謝謝妳的胃藥。」我努力讓自己聽起來很勇敢。「留個位置給我，我想她們的晚會不至於太久，我應該可以回去跟你們一起吃晚飯。」

「別急，眞的，妳或許會在那裡認識合得來的朋友。如果眞的這樣，別擔心，我不會生氣。我會告訴戴米恩和孿生的，妳是潛入她們裡面刺探敵情。」

「我才不要成爲她們的一分子，史蒂薇．蕾。」

「我相信妳。」她嘴巴雖然這麼說，雙眼卻睜得又大又圓，流露出懷疑的眼神。

「待會兒見。」

「好，待會兒見。」她回頭沿著人行道走向主校舍。

我不想看著她離去，因爲她的背影像落單的小狗，落寞凄慘。我爬上階梯，告訴自己沒什麼大不了的，絕不可能比上次被我的芭比姊姊拖去啦啦隊營隊還要慘（眞不知那時我在想什麼）。至少這次的折磨不會延續一個禮拜。或許她們也會圍成圓圈，設下另一個守護圈（其實這還滿酷的），像奈菲瑞特一樣進行很特別的祈禱儀式，然後就休息吃晚飯。那時候我就可以擺出甜美的微笑，趁機溜之大吉。小事一樁。

這道厚實大木門兩側的照明火炬，燒的是煤氣，不同於妮克絲神殿中牆壁燭台裡生猛的蠟燭火焰。我伸手想去拉那厚重的鐵製門環，但我的手才剛要接觸到門環，門突然自己朝內打開，發出一聲令人心煩意亂，彷彿嘆息的聲音。

「歡喜相聚，柔依。」

喔，我—的—天，是艾瑞克。他穿得全身黑，一頭黑色鬈髮和藍到不行的雙眼，讓我想起沒變成超人時的記者克拉克·肯特——嗯，好吧，是沒有書呆子眼鏡和油亮呆頭鵝髮型的克拉克……這樣說來，我想，他讓我眞正想起的應該還是……超人。當然是沒有斗篷、緊身衣和那個大大的S符號……

就在他蘸了油的手指在我額頭滑動，畫出五芒星時，我心裡的自言自語戛然而止。

「祝福滿滿。」他說。

「祝福滿滿。」我回答。但願我的聲音沒緊張到變粗、變啞或怪聲怪調。天哪，他好香。我聞不出那是什麼香味，但肯定不是那種過於普遍，被很多男人像澆花般猛灑的古龍水。他的氣味就像……就像……夜晚下過雨的森林……有種泥土的芬芳、清爽和……

「妳可以進來了。」他說。

「喔，呃，謝謝。」我說，還算口齒伶俐吧？一走入裡面，我隨即停下腳步。好大，裡面就是一整間很大的房間，圓弧形的牆壁上掛著黑絲絨布簾，將窗戶和銀色月光完全遮掩。我發現厚重布簾下有奇形怪狀的東西，心頭一驚，後來才想到，拜託，這是活動中心嘛，一定是他們把電視、遊戲器材之類的東西都推到牆邊，用布簾蓋起來，好讓這裡看起來比較，嗯，比較陰森恐怖。接著，我的注意力被房間正中央的圓圈吸引。這個圓圈是由裝在紅色玻璃容器裡的蠟燭所構成，這些蠟燭就像大賣場的墨西哥食物區可以買到的那種祈禱用蠟燭，聞起來有玫瑰花香和老太太身上的氣味。這些蠟燭肯定超過上百支，如魅影般的紅色燭光照亮了那圈隨意站在蠟燭後方，正忙著聊天說笑的學生。所有人都穿著黑色衣服，我馬上就發現他們衣服上沒有年級標誌的刺繡，不過每個人脖子上都戴了一條粗大的閃亮鍊子，鍊子上吊垂著一個奇怪的符號。這符號看起來像是背對背的兩彎弦月襯著一輪滿月。

「妳來啦，柔依！」

愛芙羅黛蒂人未到聲先到。她穿著一件黑色長袍，上面綴滿瑪瑙珠子，怪的是我一見到她的打扮，竟想起奈菲瑞特那件漂亮袍服，只不過這件是黑色的。她脖子上也和別人一樣戴了項鍊，不過她的鍊子比較大，而且鑲以紅色的珠寶，應該是石榴石。她的金髮飄垂在臉頰兩側，看起來像披了金色頭紗。眞的好美。

「艾瑞克，謝謝你接待柔依。接下來就交給我吧。」她說這話的語氣聽來很正常，還將她美容過的手指搭在艾瑞克手臂上，不知情的人可能會以爲這是表示友好的身體語言，但她的臉透露出完全不一樣的信息。她的表情強硬而冷漠，眼神好似火焰要射穿他的雙眼。

艾瑞克只瞄了她一下，便將手臂移開，不讓她碰觸。他迅速給了我一個微笑，沒有再瞧愛芙羅黛蒂一眼，逕自轉身離開。

好極了。我現在最不需要的，就是介入他們好聚不好散的分手過程。可是我的目光還是忍不住追隨著他的背影，直到房間另一頭。

我眞是蠢。又蠢了一次。嘆息。

愛芙羅黛蒂清了清喉嚨，我則努力（但徒勞無功）不讓自己看起來像幹了什麼不該做的事而被逮到。從她狡黠、惡意的笑容看來，她肯定注意到了我對艾瑞克的興趣（以及他對我的興趣）。我又開始納悶，她是不是知道前一天在側廊撞見他們的人就是我。

唉，反正也不可能問她。

「妳得快一點，我帶了衣服要給妳換。」愛芙羅黛蒂匆匆地說，示意我跟她進女生化妝室。她回頭瞥了我一眼，露出嫌惡的表情。「妳可不能穿這樣來參加黑暗女兒的晚會。」我們一走入化妝室，她就將原本掛在隔板上的一件衣服粗魯地遞給我，然後把我推進馬桶間。「妳把衣服脫下後掛在衣架上，待會兒就這樣直接拿回宿舍。」

似乎沒有爭論的餘地。總之，我已經覺得自己根本是局外人，在這種情況下，哪能再穿得和眾人不一樣？那會讓我覺得自己像是以鴨子的打扮出現在派對上，才發現所有人都穿著牛仔褲出席，沒人告訴我這不是化妝舞會。

我快速脫下衣服，將黑色袍服從頭上套進來，發現居然合身。我鬆了一口氣。這件衣服式樣簡單卻很好看，是那種絕不會起皺的堅韌布料製成的。長袖圓領，領子低到露出我大半個肩膀（幸好我今天穿的是黑色胸罩）。在領口、袖口和下襬褶邊（就在膝蓋上），都鑲綴著閃亮的紅色小珠珠。真的好美。我重新穿上鞋子，步出馬桶間，很高興地想著，一雙好的芭蕾舞平底鞋果真能搭配任何衣服。

「嗯，至少很合身。」我說。

不過我發現愛芙羅黛蒂根本沒在看我的衣服，而是直盯著我的記印瞧。她這舉動眞把我給惹毛了。好吧，我的記印是實心的，這是既定事實，就請妳接受吧！不過我還是什麼都沒說，畢竟，這是人家的「派對」，而我不過是客人。說得白一些：我可是寡不敵眾，最好還是乖一點。

「我要主持儀式，所以會很忙，無法整場晚會都帶著妳。」

好吧，我是應該閉嘴，不過她眞的把我的最後耐性磨掉了。「聽著，愛芙羅黛蒂，我不需要妳帶著我。」

她瞇起眼睛，我準備迎接再一次的潑辣場面。不過她竟然沒抓狂，只是露出非常不友善的微笑，看起來眞像齜牙低吼的惡犬。不是我要叫她賤人，但這稱呼實在太適合她了。

「妳當然不需要人帶，妳會輕輕鬆鬆地度過我們這場小晚會，就像妳滿不在乎地適應這裡的一切。我就說嘛，畢竟妳**是**奈菲瑞特的新寵。」

很讚，除了艾瑞克的問題和我的怪異記印，她甚至還嫉妒奈菲瑞特是我的導師。

「愛芙羅黛蒂，我不認爲自己是奈菲瑞特的新寵，我只是新生。」我努力讓自己聽起來像在講道理，甚至還擠出笑容。

夜之屋

A HOUSE OF NIGHT NOVEL

歡迎來到夜之屋，體驗成長的滋味

這不是祕密。在我們的世界，吸血鬼始終存在，與常人比鄰而居。剛剛在街頭與你擦身而過的，或在咖啡屋與你隔桌相望的，說不定就是其中一個——不，說不定你就是其中一個，雛鬼或成鬼。可以確定的，是許多演藝界的明星，以及傑出的藝術家、詩人、小說家，都是吸血鬼。

如果你是夜后選中的人，躡蹤使者必將尾隨而至，找到你，標記你，你的額頭眉宇會浮現藍色的弦月記印。然後，你必須進入「夜之屋」，接受吸血鬼養成教育。等順利通過蛻變，你就長成成熟的吸血鬼，你的記印會添上新的美麗刺青，這是夜后妮克絲的恩賜。從此，你就是夜的子女——黑暗女兒與冥界之子。請謹記：異樣不是變態，嗜血不是變壞，黑暗不一定是邪惡，光亮不必然是良善。你是否也渴望與眾不同？別害怕被視作特立獨行，向妮克絲祈求吧！或許她會有所回應。

「夜之屋」系列小說是美、加、英、澳等英語國家的銷售常勝軍，在39個國家出版各種語言版本，光美國一地的銷量即以千萬冊計。長年盤據紐約時報、美國今日報、華爾街日報等暢銷排行榜。到底夜之屋的吸血鬼具有什麼魅力，能偷走千萬讀者的心？ 如果說《麥田捕手》的成功在於道出了戰後青少年的焦慮與不滿：《夜之屋》則是完整講述了當代青少年的生活方式與面臨的成長問題。

每個雛鬼的蛻變過程都將會是一首關於青春期的敘事詩

福，不幸的是她還發現，她居然渴望血，而且擁有勾攝人類男孩的能力。

「夜之屋」充滿新奇，有吸血鬼社會學、咒語及儀式、擊劍、馬術、戲劇等課程，有其他具備異能的學生，還有才華出眾的學長愛上柔依。「夜之屋」也充 滿危機，菁英社團「黑暗女兒」敵視她、雛鬼相繼猝死，但她看見眞正的危險了嗎？而所謂「烙印」，竟導致人類社會的前男友誤闖「守護圈」，黑暗女兒召喚的惡 靈撲向他……

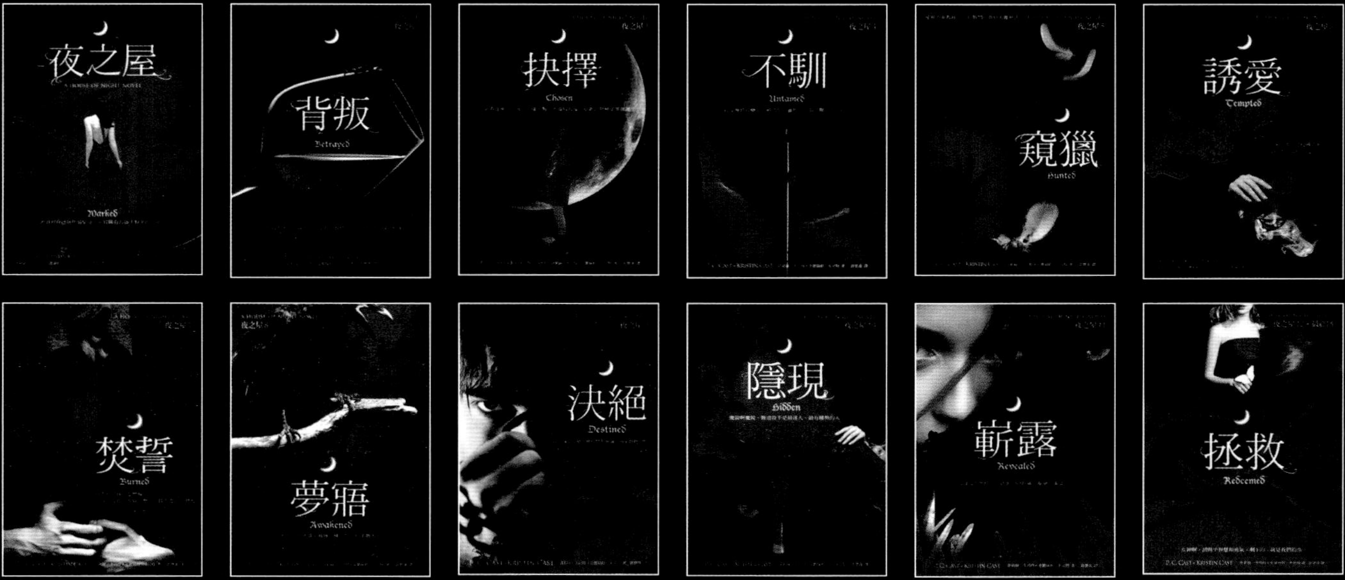

這首詩，是關於愛情的。愛情的答案到底是什麼呢？儘管少女情懷總是詩，然而有時詩揭露的不是真相，而是錯誤的誘惑。沒關係的，說到愛情，即使是妮克絲都還在學習。所以，你會談幾場轟轟烈烈的戀愛，也會在夜裡獨自心碎。

這首詩，是關於友情的。幸好，你會交到一群超級好朋友，為你設立祭祀守護圈，祈求夜后的祝福縫補破碎的心：他們與你聽著同樣的音樂、守著同樣的電視節目、說著只有你們才懂的專屬密語。

這首詩，是關於成長的。成長是每個人必經之路。年輕的生命呀！你也許會感到迷惘，對於突如其來的抉擇感到不知所措，但這正是自由意志的珍貴之處：別害怕犯錯，只要用力活著，寧可犯錯，不要後悔。

這首詩，是關於犧牲的。忘記告訴你了，不是每個被標記的雛鬼，都能通過考驗。蛻變失敗，聽說就是死亡。他們用力揮灑青春生命，歡笑、嘆息、哭泣：卻拒絕成長，希望時間就此打住，不要前進。但是，面對即將步入的成人社會，長不大是可以的嗎？後面已無退路。一旦後悔了，拒絕蛻變，就只能被淘汰，步入死亡。

然而，成長的路必然只有一條嗎？隱約中有個聲音在耳邊輕語：「你會蛻變成什麼，只有自己知道。」夜后妮克絲隱藏起來的答案，也許能在夜之屋中找到。

這裡是夜之屋，吸血鬼養成學院。長大成人雖然混亂痛苦：然而，青春從來都不正常，看似正常才最不正常。準備好進入夜之屋，開始你的青春成長紀事了嗎？

祝福滿滿。

「隨便啦。妳準備好了沒？」

我不想再和她爭論，於是點點頭，只希望這場什麼儀式快快結束。

「那就走吧。」她帶我離開化妝室，走進外頭那一圈人當中。我發現，我們走上前時，迎面站在我跟前的兩個女孩，就是自助餐廳裡那兩個跟班，「惡劣至極的母夜叉」。只不過她們這次沒噘著嘴，也沒有那種剛吃過酸檸檬的表情，而是親切地對我微笑。

不，別想騙我。不過我還是對她們擠出笑臉。身處敵營，最好是融入對方，保持低調，並且（或者）裝得笨笨的。

「嗨，我是依奈芳。」個子較高的那個說。當然，她仍是那個金髮美女，但那頭滑順的長髮其實比較像麥浪的顏色，而非金色。在燭光下，我不敢確定這種陳腔濫調的形容是否恰當，不過我還是不相信她是天生金髮。

「嗨。」我跟她打招呼。

「我是黛諾。」另一個女孩說。她顯然是混血兒，膚色是咖啡攙了好多奶油的顏色，美到讓人驚豔。那頭濃密的鬈髮肯定一秒鐘都不曾毛躁過，不管空氣濕度如何。

她們兩個簡直美到讓人起雞皮疙瘩。

「嗨。」我也跟她打招呼。雖然覺得快窒息，我還是乖乖走進她們特地爲我挪出的空位，夾在她們兩人中間。

「妳們三個今晚好好地玩吧。」愛芙羅黛蒂說。

「喔，我們會的！」依奈荞和黛諾異口同聲說。她們三人交換了一個眼色，讓我不禁頭皮發麻。我趕緊在理性判斷戰勝自尊，衝出房間之前，將注意力從她們身上移開。

現在，我總算看清楚圓圈裡面的情形。其實和妮克絲神殿裡的那個守護圈相似，只不過這裡的桌子旁邊擺了張椅子，而且上面坐著一個人。嗯，勉強算是坐著啦。事實上，那個人癱在椅子上，用斗篷的兜帽蓋住頭。

嗯……這是怎麼回事？

至於桌子，也以牆上那種黑色絲絨布覆蓋著，上面擺了尊女神雕像、一缸水果和麵包、幾個酒盅、一個大水罐。還有一把刀。我瞇著眼睛細看，確定自己沒看錯。沒錯，是一把刀。骨質刀柄，彎度很大的弧形長刃看起來非常銳利，用來切水果和麵包恐怕過於危險。桌上還擺著幾只雕飾精美的香筒，裡頭插著粗大的香柱。一個我在宿舍裡見過的女孩正在點燃這些香，完全不理會癱在椅子上的那個人。嘿，那傢伙是睡著了嗎？

煙霧旋即在房間裡繚繞。我發誓，那煙霧蜷曲著，呈淡綠色，顯得陰森森的。我以爲會聞到類似妮克絲神殿裡的清香氣味，可是當一縷輕煙飄來，我吸了一口，才驚覺它味道苦嗆。這氣味有點熟悉，讓我想到了什麼，但是……該死，到底是什麼呀？我皺著眉，努力回想。有點像月桂葉，中間還夾雜著丁香味（我得記得找一天謝謝紅鳥阿嬤教我辨認各種香料和它們的氣味）。我又嗅了嗅，被吸引住了，但有點頭暈。眞怪。沒錯，這香是很怪，等瀰漫整個房間時，氣味似乎又變了，就像某些昂貴香水的香味會因抹在不同的人身上而改變。我又吸了一口。對，是丁香和月桂。不過，裡頭還有其他東西，某種會讓氣味最後聞起來有些嗆鼻苦澀的東西……有些黑暗、神祕、誘人，揉合在……挑逗的感覺中。

挑逗？我知道了。

喔，太扯了，竟然是大麻混合著香料的氣味！眞不敢相信。過去多少年來，我一直抗拒同儕壓力，不肯吸食大麻。連人家客氣地請我吸一口那種粗劣的自製大麻菸，就是那種在派對之類場合裡，大家傳來傳去的大麻菸，我也一概拒絕。（何況，拜託，衛不衛生啊？而且我幹麼嗑這種藥？這東西會讓我不斷想吃那些會胖的零食。）而現在我卻站在這裡，被大麻的煙霧籠罩。唉，凱拉肯定不會相信。

我忽然慌張起來（或許這也是被大麻侵襲的副作用），四處張望，環視整個圓圈，以爲會看到一個老師準備跳出來，把我們全拖去……去……我不知道，大概是去什麼駭人聽聞的地方吧，譬如說，某種魔鬼調教營。

幸好，和妮克絲神殿的守護圈不同，這裡沒有成年吸血鬼，只有二十名左右的小鬼。大家低聲說話，表現得彷彿這絕對非法的大麻香根本不算什麼。（眞是一群大麻毒蟲。）我努力讓自己呼吸得很淺，並轉身面向右邊的女孩。我的辦法是：一旦心裡感到不安（或驚慌），就去聊天吧。

「嗯……黛諾這個名字很特別，代表什麼特殊意思嗎？」

「黛諾的意思是『可怕』。」她說，笑容很甜。

另一側那個高䠷金髮美女興高采烈地插話：「至於我的名字依奈蕣，意思是『好戰』。」

「喔。」我努力讓自己別太失禮。

「另外，彭菲瑞多代表『大黃蜂』，喔，就是剛剛點香的那個女孩。」依奈蕣解釋：「我們三個的名字來自希臘神話。在希臘神話裡，她們是女妖葛更和絲庫拉的三個姊妹。神話說她們是共享一隻眼睛的女妖，不過我們認爲那只是男性沙文主義捏造出來的狗屎，是男性人類寫來壓制女強人的教條文宣。」

「眞的嗎？」我不知道該說些什麼。眞的。

「是啊，」黛諾說：「男性人類都很爛。」

「他們全都該死。」依奈蕣說。

才談到她們這個可愛的想法，音樂就突然響起，使她們無法繼續講下去（幸好）。

這音樂攪得人心神不寧。節奏低沉、強烈，像古代又像現代，彷彿有人將黏膩的黏巴達音樂跟古代部落的求偶舞蹈混在一起。然後，我吃驚地看到愛芙羅黛蒂開始繞著圓圈跳起舞來。沒錯，我想你會說她很辣。我的意思是她身材曼妙，而且跳起舞來還眞像凱薩琳・麗塔瓊斯在歌舞片《芝加哥》裡的舞姿。不過我就是不喜歡。我不喜歡，並非因爲我不是同性戀（儘管我眞的不是同性戀），而是因爲我覺得她在模仿奈菲瑞特的「她行走於美中」，卻又模仿得不像。如果現在這音樂是一首詩，那麼詩題應該是「有個婊子扭屁股」。

愛芙羅黛蒂搖動胯部演出的時候，大家自然目不轉睛地盯著她，我趁機環視整個圓圈，假裝不是眞的在找尋艾瑞克的身影。直到……喔，天啊……我看見他了，差不多就在我正對面。而且他是房間裡唯一沒有看著愛芙羅黛蒂的人。他是在看我。我還來不及決定是否該將目光移開、對他微笑、向他揮手，或什麼的之際（戴米恩說要微笑，而他自稱是個最懂男人的專家），音樂戛然而止，我趕緊將視線從艾瑞克身上轉到愛芙羅黛蒂。她站在圓圈中央那張桌子的前方，專注地一手拿起一根紫色大蠟燭，另一手拿起刀子。蠟燭已經點燃，她將蠟燭拿在面前，彷彿它是照路的火把，走到圓圈的一側。現在我才注意到，就在那裡，有一支黃蠟燭放在那些紅蠟燭之間。不需要「好戰」或「可怕」（老天啊）的提示，我自動轉向東方。一陣風吹亂我的頭髮，我從眼角瞥見愛芙羅黛蒂已經點燃黃蠟燭，此刻正舉起刀子在空中比畫，畫出五芒星，嘴裡念著：

暴風啊，我以妮克絲之名召喚你，
祈求你恩賜祝福，
讓魔法得以在此施展！

我得承認，她表現得很棒，雖然不像奈菲瑞特那麼有力道，卻顯然充分練習過，所以聲音控制得宜，輕易吟誦出如絲般流暢的話語。接著我們轉向南方，她則走向紅蠟燭之中較大的一根，我的肌膚立即感受到一股力量襲來——現在我已經知道那是火與魔法圈的力量。

雷火啊，我以妮克絲之名召喚你，
風暴與魔法力量的使者，
祈求你加持，助我施念的咒語運行！

我們再度跟著愛芙羅黛蒂轉身。我臉部發燙，竟然不由自主地受到紅蠟燭之間的一根藍蠟燭吸引。我雖然嚇壞了，卻仍必須使勁克制自己，免得踏出圓圈，加入愛芙羅黛蒂，跟她一起召喚水。

驟雨啊，我以妮克絲之名召喚你，
讓我擁有你潦原浸天的力量，以執行
這場最驚天動地的儀式！

我是哪根筋不對勁？竟然汗流浹背，並且額頭上的記印熱得發燙，而不只是像在學校的月圓儀式裡那樣，只是覺得有點溫熱。我發誓，此刻耳裡眞的有海水翻騰怒吼的聲音。我無法思考，再度自動地向右轉。

深沉濕潤的大地啊，我以妮克絲之名召喚你，
讓我感受到大地移動，在力量的風暴怒吼中移動，
在儀式裡有你相助，這一切必然成真！

愛芙羅黛蒂又一次拿刀在空中用力比畫。我覺得自己右手掌突然一陣麻癢，彷彿亟欲抓起刀子，也在空中揮舞。我聞到剛修剪過的草地的氣味，聽到夜鷹啼嘷，彷彿我身邊眞的棲息著一隻隱形夜鷹。愛芙羅黛蒂走回圓圈中心，將那根仍燃燒著的紫蠟燭放回桌面中央原來的位置，完成守護圈的設立。

神靈啊，自由不羈，我以妮克絲之名召喚你！
應允我！在這偉大的儀式裡與我同在，
賜給我女神的力量！

不知怎地，我就是知道她接下來要做什麼。我腦海裡、靈魂裡聽得見即將來到的那話語。當她舉起酒盅，開始繞著圓圈走，我感覺得出她要說的話。雖然她沒有奈菲瑞特那種優雅儀態與威力，她說的話還是讓我澎湃激動，彷彿有把火從心裡往外燃燒。

「這是我們夜后的月亮盈滿之時，這個夜晚無比壯闊美麗。古昔智者知道今晚的神祕，利用神祕來增強自己的力量……來撕開不同世界之間的簾幕，展開我們今日只能夢想的冒險。祕密……神祕……魔幻……眞正的美與力量，以吸血鬼的形式呈現，不受人類的規矩或律法所污染。我們**不是**人類！」說出這句話時，她的聲音的確也像剛剛奈菲瑞特那樣，激昂地在牆壁上迴盪。「你們黑暗女兒與黑暗男兒今晚在這儀式中所祈求的，正是我們過去一整年每次月圓時所求請的。釋放我們裡面的力量，讓我們像野地強壯的貓，讓我們了解我們動物同袍的柔軟輕盈，不受縛於人類的鎖鏈，也不被人類無知的弱點所囚禁。」

愛芙羅黛蒂停了下來，站在我面前。我知道自己臉頰燙紅，呼吸困難，就像她一樣。她舉起酒盅遞給我。

「喝吧，柔依．紅鳥，和我們一起祈求妮克絲。我們所配得的，是憑藉血和肉的權利，憑藉偉大蛻變的記印，她爲妳標上的記印，讓我們祈求她賜給我們。」

沒錯，我知道，我該拒絕的。但怎麼拒絕？而且現在我突然不想拒絕了。我當然不喜歡愛芙羅黛蒂，也無法信任她，可是難道她說的不是眞話嗎？我媽和繼父見到我的記印時的反應歷歷在目，還有凱拉那驚恐的神情，以及達魯和達斯汀的嫌惡態度。況且自從我離開後，怎麼沒人打個電話給我，連簡訊也沒傳？他們就這樣拋棄了我，任我在這裡獨自面對新的人生。

想到就難過，也著實惹毛了我。

我從愛芙羅黛蒂手中抓過酒盅，狠狠喝了一大口。是紅酒，不過嘗起來不像之前學校月圓儀式裡的那種。這個酒也是甜的，但帶點其他調味，是我以前從未嘗過的滋味。酒一進到嘴裡，味蕾彷彿全部爆開，一股熱熱的苦甜攙半的味道滑入喉嚨裡，我暈醉地渴望再來一口又一口。

「祝福滿滿。」愛芙羅黛蒂低聲說，口氣不佳，同時將酒盅從我手中猛然奪回，濺得我的手指上沾了些紅色的酒。然後，她抿著嘴給了我一個得意的冷笑。

「祝福滿滿。」我不加思索地回答，整顆頭還因那酒的滋味而暈醉。她走到依奈蕎面前，將酒盅遞給她。我忍不住舔了自己的手指，舔乾淨那濺出來的酒。眞是美味，聞起來……聞起來很熟悉……可是我的腦袋暈飄飄，無法集中精神想出在哪裡聞過這種不可思議的味道。

愛芙羅黛蒂很快地走完一圈，讓每個人都從酒盅裡喝到酒。我注視著她走回大桌前，希望能再多喝一點。她又舉起酒盅。

「敬偉大神奇的夜之后、滿月之女神。她引領眾靈和古之長者，穿越雷電和暴風飛奔而來。美麗而莊嚴，連最古老的神靈也必服從。夜之女神，我們向妳祈求，請賜我們所求，讓我們充滿妳的威能、魔法和力量！」

然後，我滿懷嫉妒，眼睜睜看著她傾倒酒盅，杯口朝下，喝下剩餘的酒，一滴不留。她喝完後，音樂再次響起。她隨著音樂移動，再度繞行圓圈，邊笑邊跳，逐一吹熄代表元素的蠟燭，並向每個元素一一道別。就在她繞行圓圈時，不知爲何，我的眼睛竟混亂起來，看見她的身體如漣漪般波動變幻，突然間我彷彿又看見了奈菲瑞特，只不過眼前的人是個比較年輕生嫩的女祭司長。

「歡喜相聚，歡喜散場，期待歡喜再聚！」她終於說出結語。大家也跟著回應。我眨眨眼，愛芙羅黛蒂化身爲奈菲瑞特的奇怪影像逐漸褪去，我額頭記印的灼熱感也慢慢消退。但酒的味道仍留在我的舌頭上。這實在詭異。我不喜歡酒，眞的，我就是不喜歡酒的味道，可是剛剛喝的酒有種超乎甜美的滋味……嗯，遠遠勝過Godiva黑巧克力松露（我知道，很難相信）。不過我還是想不出爲什麼我會覺得這滋味如此熟悉。

圓圈解散時，大家開始說笑，頭上的煤氣燈大亮，大家瞇起眼睛避開燈光照射。我望向圓圈對面那一頭，想知道艾瑞克是否還在那裡注視我，但桌子那邊突然有動靜，吸引了我的目光。儀式進行過程中，那個一直癱坐在椅子裡一動也不動的人，終於開始挪動身體。他猛晃了一下，笨拙地把自己撐起來，回復比較像樣的坐姿。黑色斗篷的兜帽往後滑落，我驚訝地看見亮橘紅色、濃密、難看的頭髮，和一張肥嘟嘟、過於白皙、長滿雀斑的臉。

是那個討人厭的艾略特！太、太奇怪了，他竟然在這裡。黑暗女兒和黑暗男兒要他在這裡做什麼？我再次環顧室內，果然，如我所料，這裡根本沒半個呆瓜模樣、難看的人在場。這裡每個人，除了艾略特，不是俊男就是美女。他絕對不屬於這裡。

他眨眨眼，打呵欠，看起來好像吸了太多大麻香。他舉起手，抹掉鼻子上的什麼東西（他老愛挖鼻孔，說不定那正是一粒他挖出來的鼻屎）。這時，我看見他的手腕上纏著厚厚的白色繃帶。搞啥……？

一股毛骨悚然的可怕感覺爬上我的脊椎。依奈莠和黛諾離我不遠，兩人正興高采烈地和那個她們稱爲彭菲瑞多的女孩聊天，我走過去，等著她們談話的空檔。我緊張到胃痛，但我假裝沒事，笑著將頭轉向艾略特的方向點了點，開口問她們：「那個傢伙在這裡做什麼？」

依奈莠瞄了一眼艾略特，然後翻瞪著白眼說：「他哪能做什麼用？他今晚只是在這裡當我們的冰箱。」

「廢物一個。」黛諾說，一臉不屑的樣子。

「基本上他根本就是個**人類**。」彭菲瑞多帶著厭惡的口吻說：「難怪頂多只能當點心櫃。」

我覺得胃好像要翻攪出來。「等等，我不懂。什麼冰箱？點心櫃？」

「可怕」黛諾那高傲的巧克力色眼珠子轉向我。「我們就是這麼稱呼人類的，冰箱和點心櫃。妳知道的，早餐、午餐和晚餐啊。」

「還有三餐之間的點心。」「好戰」依奈莠的聲音簡直像是吃飽了，很滿足的樣子。

「我還是不——」我的話被黛諾打斷。

「喂，拜託！別說妳不知道酒裡攙了什麼，也別裝得好像妳不**愛**那味道。」

「就是嘛，承認吧，柔依。太明顯了。妳根本就想把那盅酒全喝光，妳比我們更哈，我們都看到妳舔手指了。」依奈莠說，身體傾過來侵犯我的私人空間，還直盯著我的記印看。「就是這東西讓妳變成怪胎，是不是？它讓妳同時既是雛鬼也是成鬼，兩者合一，兼而有之。所以妳才那麼想大口喝那傢伙的血，而不只是嘗一嘗。」

「血？」我的聲音變到我自己都認不出來。「怪胎」兩個字繼續在我腦海裡迴盪。

「對，**血**。」「可怕」說。

我全身又熱又冷，視線從她們那種心照不宣的表情移開，與愛芙羅黛蒂的眼睛對個正著。她站在房間另一頭，正在和艾瑞克說話。我們四目相交，她慢慢地、刻意地露出笑容，然後朝著我的方向微微舉了一下酒盅，用幾乎難以察覺的動作向我敬酒，然後仰頭喝了一口。接著，她轉過頭去，繼續面向艾瑞克，並哈哈大笑，彷彿艾瑞克剛剛說了某件好笑的事。

我強迫自己鎮定，捏造個蹩腳的藉口，向「好戰」、「可怕」及「大黃蜂」告退，然後冷靜地往外走。一關上活動中心那道厚重的木門，我就拔腿狂奔，像個發瘋的盲人，不知道要往哪裡去，只想著要離開這裡，要離開這裡。

我喝了血，喝了那個討人厭的艾略特的血，而且竟然還很喜歡！更慘的是，我之所以覺得味道熟悉，是因爲之前西斯的手流血時，我就是聞到這種氣味。那時，吸引我的並不是什麼新牌子的古龍水，而是他的血。昨天在走廊見到愛芙羅黛蒂劃破艾瑞克的大腿時，我聞到的仍是這種氣味，而且也想舔他的血。

我眞的變成怪胎了。

終於，我無法呼吸，癱靠在學校圍牆的冰冷石塊上，大力喘氣，俯身嘔吐，簡直要把五臟六腑都嘔出來。

17

我渾身顫抖，以手背抹過嘴巴，踉蹌著離開剛剛嘔吐的現場（我甚至不敢去想剛剛吐出了什麼東西，那穢物看起來是什麼樣子），走到一棵靠近牆邊，一半枝椏橫越牆外的大橡樹下。我倚靠在樹幹上，專心以念力告訴自己別再吐。

我做了什麼事？我到底怎麼了？

突然，橡樹枝椏間某處傳來喵喵聲。不是平常那種貓咪叫聲，而是一種滿肚子不高興，像在埋怨的聲音，「咪—呦—嗚，喵—呦—嗚—哼」。

我抬頭，看見靠近牆頭一根樹枝上蹲踞著一隻橘毛小貓。她睜大眼睛凝視著我，看起來很不高興。

「妳是怎麼爬到上面的啊？」

「喵—嗚。」她回答，打了個噴嚏，然後沿著樹枝一小步一小步慢慢移動，顯然想靠近我。

「來，來啊，小貓咪。」我哄著她。

「喵—呦—嗚。」她又喵了一聲，往前移動了約半個腳掌的距離。

「對，來，小寶貝，把妳的小腳掌慢慢往這裡移動。」沒錯，這時我將自己的驚嚇擱到一旁，把注意力放在拯救這隻貓咪上——事實上我是根本無法思索剛剛發生的事情。現在還無法思考，因爲一切來得太快，太讓人措手不及。所以，貓咪就成了此刻我轉移注意力的救星。而且，她看起來好眼熟。「來啊，小寶貝，來……」我邊跟她說話，邊將我平底鞋的腳趾部位踩在粗糙的磚牆上，努力往上撐，終於伸手抓住貓咪所在那根樹枝的尾端。然後，我拉著樹枝，就像拉著繩索那樣，使勁往上爬。整個過程我不斷和貓咪說話，但她只是不斷對我發牢騷。

終於，我爬到可以摸到貓咪的地方。我們互視良久，我開始納悶她是不是認識我。她看得出來我剛剛才嘗過血（而且很喜歡）嗎？我的嘴巴有沒有剛吐過血的氣味？我看起來很怪嗎？有沒有長出獠牙？（好吧，我承認最後一個問題很可笑，成年吸血鬼沒人長獠牙的。不過我還是想這麼問。）

她又對我「喵—呦—嗚」，並往我更靠近一點。我伸手搔她的頭頂，她的耳朵垂下，閉上眼睛，舒服地喉嚨咕嚕咕嚕叫。

「妳長得好像小母獅喔。」我說：「不過，妳看看，妳沒發牢騷時多可愛啊。」說完，我驚訝地眨眨眼，驀然明白爲何覺得她很熟悉。「妳出現在我夢裡！」在我心底那道由噁心與恐懼築成的牆，終於破了一個洞，滲出一絲絲喜悅。「妳是我的貓咪！」

小貓睜開眼，打呵欠，並且又打了一個噴嚏，彷彿不滿我這麼久才想起來。我嘿唷一聲，使勁往上蹬，翻身坐在牆頭，就在她蹲著的那根樹枝旁邊。她喵了一聲，優雅地跳離樹枝，也落在牆頭，細小的白色腳掌走向我，然後蜷縮在我大腿上。我似乎別無選擇，只能繼續搔她的頭。她又閉上眼，再度舒服地喉嚨咕嚕咕嚕響。我一邊撫拍著她，一邊努力平復激動的心情。空氣散發出快下雨的氣味，但今晚是十月末罕見的溫煦夜晚，我頭往後仰，深吸一口氣，讓從雲層後方流瀉出來的銀色月光撫慰我。

我看著貓咪說：「奈菲瑞特說我們應該沉浸在月光裡。」我又抬頭望向夜空。「如果那些愚蠢的雲能飄走更好。可是……」

話還沒說完，四周突然颳起一陣風，將稀薄的雲層給吹散開來。

「哇，謝謝。」我大聲對著虛空說：「這風來得眞是太巧了。」貓咪低聲嘟噥，提醒我竟敢停止搔她耳朵。「我想，妳長得這麼像小母獅，那我就以《獅子王》裡的小母獅娜拉給妳命名吧。」我告訴她，繼續幫她搔癢。「妳知道嗎，小寶貝，我眞的好高興今天見到妳。

今晚發生過那些事情後，我眞的很需要好事上門。妳一定不相信——」

這時一陣奇怪的氣味飄向我。那氣味很怪，我不覺閉上了嘴。什麼東西啊？我皺著鼻子聞了聞。是一種乾燥、陳舊的氣味，彷彿長久緊閉的屋子，或者誰家陰森老舊的地下室，發出的那種氣味。總之，很不好聞，不過也沒糟到讓我想作嘔。反正那氣味就是不對勁，不屬於夜晚這種空曠地方。

接著，眼角餘光瞥到某種東西。我沿著這道長長蜿蜒的磚牆望過去，有個女孩站在那裡，側面對著我，看向別的地方，彷彿不確定該往哪個方向去。此刻月光明亮，加上我身爲雛鬼的夜間視力已大爲改善，所以即使靠圍牆這一帶沒有戶外照明，我也能清楚看到她。我全身緊繃。難道是哪個討人厭的黑暗女兒跟蹤而至？我今晚實在不想再跟她們那些亂七八糟的東西有所牽扯。

我忍不住心裡沮喪地嘟囔著，但我一定不小心眞的發出聲音了，因爲那女孩突然抬頭望向我所在的牆頭。

我嚇得倒抽一口氣，恐懼感竄流全身。

是伊莉莎白！那個已經死去的伊莉莎白・無姓氏。她看到我時，怪異的雙眼圓睜，閃著紅光，然後發出奇怪的尖叫聲，接著急速轉身，以人類不可能有的速度消失在黑夜中。

就在這時，娜拉拱起背，齜牙咧嘴，凶狠地發出嘶嘶聲，小小的身軀不停地顫動。

「沒事！沒事！」我不斷地說，想安撫小貓和我自己。我們倆都嚇得發抖，娜拉喉嚨裡仍繼續低吼著。「不可能是鬼，不可能，應該只是……只是……一個奇怪的孩子。我或許嚇到她了，所以她——」

「柔依！柔依！是妳嗎？」

我嚇了一大跳，差點從牆頭跌下去。娜拉也被嚇到，她再度齜牙嘶叫，利落地從我的大腿跳到地上。我被嚇得幾乎魂飛魄散，趕緊抓住樹枝保持平衡，瞇眼望向黑夜。

「誰，是誰？」我問，心臟怦怦跳。然後，兩道手電筒的光直直射向我，炫得我眼睛什麼都看不到。

「當然是她！難不成我認不得那聲音？她是我最要好的朋友欸。拜託，她可沒離開**那麼**久吧！」

「凱拉？」我問，舉起劇烈顫抖的手，試圖用手掌擋住手電筒的強光。

「看吧，我就說我們會找到她的。」是男性的聲音。「妳每次都那麼快就想放棄。」

「西斯？」或許我只是在做夢。

「是我！我們找到妳了，寶貝！」西斯大聲喊叫。儘管強光刺眼，我仍看得見他衝向圍牆，然後開始往上爬，活像隻踢足球的高個兒金毛猴。

發現是他，而不是什麼妖魔鬼怪後，我鬆了一口氣，然後朝他喊著：「西斯，小心！跌下去肯定會摔斷什麼的。」老實說，除非倒栽蔥撞到頭，不然應該死不了。

「不會的啦！」他攀住牆頂，奮力撐起身子，翻身而上，跨坐在我旁邊的牆頭。「嗨，柔依，看吧，看看我，我是世界之王！」他學李奧納多在電影《鐵達尼號》裡的台詞喊著，張開雙手，咧嘴笑著，跟白癡沒兩樣，嘴裡的酒氣呼向我。

難怪我不想跟他約會。

「夠了，不需要**一直**取笑我**以前**居然迷戀李奧納多。」我怒視著他，突然覺得此刻的自己比之前幾小時更像原來的自己。「事實上，那就像我**以前**居然迷戀你一樣可悲，只不過對你的迷戀時間沒那麼長，而且你也沒拍一堆俗爛但超好看的電影。」

「喂，妳還在不爽達斯汀和達魯啊？別管他們了，他們兄弟是腦殘。」西斯說，對我露出一個小狗狗般的微笑。八年級時他這種笑容眞的好可愛，只可惜兩年前這個表情在他身上就不管用了。「總之啊，我們大老遠跑來這裡，就是要把妳劫走。」

「什麼？」我搖搖頭，瞇著眼看他。「等等，先把手電筒關掉，我眼睛快瞎了。」

「關掉手電筒，我們就看不到了。」西斯說。

「好吧，那就移開，把手電筒指向那裡或其他東西。」我指指距離校園（和我）很遠的其他地方。西斯將他手中那把手電筒照向黑夜，凱拉也是。我終於能放下遮住眼睛的手，並且很高興發現手已經不再發抖了，眼睛更毋需繼續瞇著。西斯一看到我的記印，雙眼睜得又圓又大。

「瞧，變成實心了。哇，好像……像……電視或什麼上面看到的。」

嗯，知道有人本性難移，還是挺不錯的。西斯果然還是那副德性，俏皮可愛，不過，絕不會是最耀眼出眾的那顆星。

「喂，還有我欸。你們沒忘記我在這裡吧？」凱拉喊著：「誰把我拉上去？不過要小心點。先讓我把新買的包包放下。喔，我看鞋子也脫掉好了。對了，柔依，妳一定不相信，妳竟然錯過昨天貝克鞋店大清倉，所有夏季鞋款全都清倉大拍賣，我是說，折扣**真的**殺到沒話說，三折欸！我買了五雙……」

「把她拉上來吧。」我告訴西斯。「快啦，只有這樣她才會閉嘴。」

果然，有人就是本性難移。

西斯挪移身子，直到整個人趴在牆頭，然後伸出手給凱拉。她咯咯笑著抓住他的手，讓他將她拉上牆頭。就在她咯咯笑，而他將她往上拉時，我看見了。錯不了，凱拉燦爛地笑著，而且還臉紅。我明白是怎麼一回事了，就像我用膝蓋想也知道自己當不成數學家。凱拉喜歡上西斯了。好吧，不只是喜歡，而是**很喜歡**。

我想起那天西斯愧疚地坦承，在我沒去的那場派對中他背著我亂搞。忽然間，我弄懂那是怎麼回事了。

「妳那男朋友賈瑞好嗎？」我出其不意地問。「連珠炮阿拉」的咯咯笑聲倏然停止。

「還好吧，我猜。」她回答，不敢正視我的眼睛。

「妳猜？」

她聳聳肩，我看見她身上那件好看的皮夾克底下是乳米色的貼身小可愛——我們以前都說這是「乳波衣」，不只因爲這種衣服會露出乳溝，而且像皮膚的顏色，會讓人看起來比實際上更袒露。

「我不知道啦，我們這一兩天沒怎麼說話。」

她還是沒看我，卻瞥了西斯一眼，而他仍是一頭霧水的呆頭鵝模樣。他反正就是這一號表情。看來，我最好的朋友正在追求我男友。這讓我火氣全冒上來，有那麼一會兒眞希望今晚天氣沒這麼溫煦，而是冷到能把凱拉過度發育的大胸脯給凍得掉下來。

說時遲那時快，一陣強風從北方襲來，在我們身邊激烈拍打，帶來刺骨的寒意。

凱拉暗暗將夾克拉緊，又開始咯咯笑，試圖掩飾凍到的感覺。這次的笑聲不再有剛才那種調情的味道，而是充滿緊張的情緒。這時，我聞到啤酒氣味，還有另外一種味道。這味道我才剛聞過，真驚訝自己竟沒立刻認出來。

「凱拉，妳竟然喝酒，**還**抽大麻？」

她打了個寒顫，像隻反應遲鈍的兔子慢慢對我眨眨眼，然後說：「啤酒只喝一點點。呃，還有，西斯有一小根大麻菸。我真的，真的很怕來這裡，所以就抽了幾小口。」

「她得壯膽一下。」西斯說，不過他的捲舌音老是不標準，聽起來真像「葬膽」。

「你什麼時候開始抽起大麻的？」我問西斯。

他咧著嘴笑。「這又沒什麼大不了，小柔。我只不過偶爾抽個一根。大麻比香菸安全。」

我真討厭他叫我小柔。

「西斯，」我努力保持耐性，讓口氣顯得平靜。「大麻不會比香菸安全，就算是，也安全不了多少。菸真的很難聞，會危害你的健康。至於大麻，說真的，學校裡會抽的都是那些廢物。況且，你也沒剩下多少腦細胞可以被毒死了，你經受不起。」我差點補上「精蟲也會被殺光」，不過我沒把這句說出口。西斯若聽到我提起他的男性部位，肯定會想入非非。

「不是，不是。」凱拉說。

「不是什麼，凱拉？」

她仍緊緊拉著夾克，抵禦寒冷，但雙眼已從可悲的兔子變成詭詐的貓，還翹起尾巴，輕輕抽動一下。我認得這種眼神的變化。凡是沒有被她當作朋友的女孩，她經常對人家流露出這種表情。我以前會被她這種眼神惹惱，會斥責她，告訴她不要那麼惡毒。而現在，她竟然擺那種臉色給我看？

「我說『不是』是因爲不是只有廢物才吸大麻，至少有時候不是這樣。妳知道聯合隊那兩個很帥的跑衛吧？就是克里斯·福特和布雷德·西俊斯。前兩天晚上，我就看見他們在凱蒂的派對上吸大麻。」

「喂，他們哪有多帥？」西斯有異議。

凱拉不理他，繼續說：「而且梅根有時也吸。」

「梅根？就是那個扮演學校吉祥物小母虎的梅姬？」沒錯，我是對阿拉很不爽，不過能聽到八卦還是挺不賴的。

「是啊，她最近還在舌頭和——」阿拉沒出聲，以嘴型說出「陰唇」兩個字——「穿洞。妳能想像那有多痛嗎？」

「什麼？她在哪裡穿洞？」西斯傻呼呼地問。

「沒什麼。」阿拉和我異口同聲說，頓時我們彷彿又成了以前的親密好姊妹。感覺眞怪。

「凱拉，妳又偏離主題了。聯合隊的足球隊員本來就習慣嗑藥。拜託，記得嗎，他們還會用類固醇，難怪我們連續十六年敗在他們腳下。」

「加油，斷箭之虎！把聯合隊踢得落花流水！」西斯說。

我對他翻瞪著白眼。

「我看梅根是瘋了，才會穿洞，在她的……」我瞥了西斯一眼，重新考慮該怎麼說。「在她的身體穿洞，**而且**還吸大麻。說說看有哪個正常人會吸大麻。」

阿拉想了一會兒，然後回答我：「我啊！」

我嘆了口氣。「聽著，我眞的覺得吸大麻很不智。」

「喂，妳以爲自己**什麼**都知道啊？」她又出現那種惡毒的眼神。

我看看她，再看看西斯，然後對她說：「妳說得沒錯，**有些**事情我是不知道。」她惡毒的眼神轉爲驚訝，然後又變回惡毒，我突然忍不住拿她和史蒂薇．蕾相比。我認識史蒂薇．蕾不過兩天，但我非常肯定，她不會搶我的男友，不管我和他是否已經分手。我也不認爲她會在我最需要她的時候，把我當成怪物般避之唯恐不及。

「我想妳該走了。」我告訴凱拉。

「好。」她說。

「以後最好也別再來。」

她聳了聳一邊的肩膀，夾克因此敞開，我看見她小可愛的一邊細肩帶從肩膀滑落，顯露出她沒穿胸罩。

「隨便啦。」她說。

「扶她下去吧，西斯。」

西斯很擅長聽從簡單指令。於是，他扶凱拉爬下牆。她抓著手電筒，回頭望著我們。

「快點，西斯，我快冷死了。」然後轉身，邁開步伐，朝公路走去。

「嗯……」西斯有點尷尬地說：「眞的突然變冷了。」

「是啊，不過也可以立刻不冷。」我漫不經心地說，沒注意到冷風眞的應聲停止呼嘯。

「呃，小柔，我眞的是要來救妳出去的。」

「不行。」

「爲什麼？」西斯說。

「西斯，看看我的額頭。」

「是啊，妳是有個彎月記印，而且現在變實心了。眞奇怪，之前裡面還沒塡上顏色。」

「沒錯，不過現在已經變實心了。西斯，你專心聽我說，我被標記了，這代表我的身體正在經歷蛻變，我會成爲吸血鬼。」

西斯的眼睛從我的記印往下瞄我的身體。我看見他的雙眼在我胸部停駐，然後流連在我腿上，這時我才發現自己露出整截大腿。顯然先前爬上牆頭時，裙子幾乎往上撩到了胯下。

「小柔，不管妳身體變成怎樣，我都覺得很酷。妳看起來是那麼迷人。妳本來就很漂亮，現在看起來更像個女神。」他微笑地看著我，輕輕撫摸我的臉頰。這讓我想起自己爲什麼會有那麼長一段時間喜歡他。這傢伙毛病不少，可是眞的很窩心，永遠都能讓我覺得自己美若天仙。

「西斯，」我輕聲告訴他：「對不起，可是現在一切都不同了。」

「對我來說沒什麼不同。」他突然傾身向前，手滑上我的膝蓋，親吻我，把我嚇了一大跳。

我趕緊往後退開，抓住他的手腕。「住手，西斯！我現在在跟你說話。」

「那妳負責說，我負責吻。」他輕聲細語。

我正準備再次告訴他別這樣。

然後，我感覺到了。

我手指下他的脈搏。

砰砰跳得好快，好用力，他的脈搏。我發誓我也眞的聽到他脈搏跳動的聲音。就在他再次傾身吻我時，我看見他脖子上那條血管有力地跳動，血液奔流著。血……他的嘴唇碰觸我的唇，我想起酒盅裡的血的滋味。那酒盅裡的血冷冰冰的，混了酒，而且是從一個一無是處的虛弱廢物身上取出來的。相較之下，西斯的血應該是溫熱的，豐美的，香甜的，比冰箱艾略特的血香甜可口……

「啊！該死，柔依，妳把我抓傷了！」他的手腕從我手中猛抽回去。「小柔，妳把我弄流血了。如果妳不想讓我吻妳，就說一聲嘛。」

他將流血的手腕舉到唇邊，將滲出的血珠吸掉。血珠閃閃發亮。然後，他抬起眼睛，看著我的眼睛，呆若木雞。我看見他唇邊的血，聞到了那味道，就像美酒，但比酒更棒，千萬倍的棒。那氣味圍繞著我，我的手臂痲痲癢癢，手毛直豎。

我好想嘗一嘗。我渴望嘗一嘗。這輩子從不曾那麼渴望過一件事。

「我想要……」我聽見自己低聲呢喃著。那聲音，我自己都覺得陌生。

「好……」西斯彷彿出神地答應我：「好……隨便妳想要什麼，我讓妳予取予求。」

這次，換我傾身靠近他，舌頭碰觸他的唇，將留在他唇邊的血舔進我的嘴裡，讓它在裡面爆開，享受那溫熱、那刺激，以及那前所未有的愉悅。

「還要。」我聲音粗嘎地說。

西斯彷彿喪失了語言能力，只能點頭表示。他將手腕舉向我。那道傷幾乎已止血。我舔著猩紅色的血痕，西斯呻吟起來。我的舌頭似乎對那傷痕做了什麼，因爲就在舌頭碰觸到的一剎那，它又開始滴血，愈來愈快……愈來愈快……我的手顫抖著，拉住他的手腕，將嘴巴壓在他溫暖的肌膚上。我愉悅地顫抖、呻吟，而且……

「啊，**天哪**！妳在對他做什麼呀！」凱拉尖銳的聲音穿透我腦袋裡那片猩紅色的迷霧。

我迅速放下西斯的手腕，彷彿被它燙傷。

「離他遠一點！」凱拉尖叫：「別碰他！」

西斯一動也不動。

「走吧，」我告訴西斯：「離開後永遠都別回來。」

「不。」他說。奇怪的是，他現在的神情和聲音似乎顯示他很清醒。

「走，你必須離開。」

「放他走！」凱拉繼續尖叫。

「凱拉，如果妳再不閉嘴，我就飛下去，將妳這背叛好友的母牛身體裡的血一滴滴吸光！」我狠狠地威脅她。

她尖叫跑開。我轉頭看西斯，他仍凝視著我。

「現在你也必須離開。」

「小柔，我不怕妳。」

「西斯，可是我怕自己會對你和我做出什麼事。」

「我不在乎妳做什麼事。我愛妳，柔依，現在更加愛妳了。」

「夠了！」我不想吼，可是我話語的力道還是嚇到他。我勉強嚥了嚥口水，把聲音放低。「走吧，拜託。」然後我開始找理由讓他非走不可。「或許凱拉現在已經去找警察了。我們兩個都不想惹麻煩吧。」

「好，我走，可是我不會拋棄妳。」他快速地給我重重一吻。我一碰到他唇上的血，立刻升起一股興奮的愉悅感覺。他滑下牆壁，消失在黑夜中。我只能看到他手電筒的光愈來愈小，最後，什麼都看不見。

我不能思考，我不能讓自己思考這是怎麼回事。現在還不是思考的時候。我像個機器人，慢慢地移動，抓著枝椏保持平衡，爬下牆頭。我的膝蓋抖得厲害，只能走幾步路，走到我先前癱靠的那棵樹旁。我癱坐在地上，背靠著老樹，靠著老樹堅毅安定的身軀。這時娜拉現身，跳上我的大腿，彷彿她是我多年的寵物，而不是幾分鐘前才認識。我開始啜泣，她從我的大腿爬上我的胸口，將她溫暖的臉貼著我淚濕的臉頰。

我哭了很久，哭泣變成抽泣，眞希望我沒把包包留在活動中心，此刻我眞的需要面紙。

「拿著，妳現在應該需要這個。」

我被這聲音嚇一跳，娜拉不悅地喵喵叫。我從淚眼望出去，看見有人遞過來一張面紙。

「謝—謝謝。」我說，接過來擦鼻涕。

「不客氣。」艾瑞克．奈特說。

18

「妳還好嗎？」

「沒事，還好，很—好。」我撒謊。

「妳看起來很不好。」艾瑞克說：「我可以坐下嗎？」

「請坐。」我有氣無力地說。我知道現在我的鼻頭一定紅通通。他走過來時，我肯定正好一把眼淚一把鼻涕，我甚至懷疑剛剛和西斯之間的那齣噩夢他起碼也看到了一部分。看來今晚愈過愈慘。我瞥了他一眼，下定決心：**管他的，乾脆豁出去吧**。「或許你不知道，昨天在走廊撞見你和愛芙羅黛蒂那一幕的人就是我。」

他立刻接話，毫不遲疑：「我知道。我很希望妳沒看見，我不希望妳對我有錯誤印象。」

「那，正確印象是什麼？」

「我和愛芙羅黛蒂之間不是妳看到的那樣。」

「這不關我的事。」我說。

他聳聳肩。「我只是希望妳知道，她和我不會再約會了。」

我差點說「顯然愛芙羅黛蒂不這麼覺得」。不過我馬上想到自己和西斯之間剛剛發生的事情，驚覺或許我不該對艾瑞克太苛刻。

「好，你們不會再約會了。」我說。

他沉默地在我身邊坐了一會兒，再次開口時，語氣似乎帶著一絲慍怒。「愛芙羅黛蒂沒告訴妳酒裡攙了血。」

他這句話不像是問句，不過我還是回答：「她沒告訴我。」

他搖搖頭，我發現他咬緊牙關。「她告訴我，她會跟妳說的。她說，她會在妳換衣服時告訴妳。這樣，如果妳覺得無法接受，就可以不接下酒盅。」

「她說謊。」

「我不意外。」他說。

「你也這麼認爲？」我感覺自己體內正升起一把怒火。「這整件事根本就是錯誤的。我被迫參加黑暗女兒的聚會，結果被人設計喝了血。然後，幾乎已成爲過去式的男友跑來找我，而他恰好是百分之百的人類。該死的是沒半個人好心告訴我，他的一小滴血都會讓我變成……變成……怪物。」我咬著下唇，決定維持這把怒火，免得自己又開始哭泣。我也決定不說出我覺得自己看見了伊莉莎白鬼魂的事——要我承認自己一個晚上就經歷這麼多怪事，我實在受不了。

「沒人告訴妳，是因爲照理說要到六年級，妳才會有這種反應。」他靜靜地說。

「啊？」我又快說不出話來了。

「通常要到六年級，幾乎蛻變完成，才會開始嗜血。偶爾會有學生在五年級時提早出現這種反應，不過發生的機率不高。」

「等等，你在說什麼？」我腦袋裡彷彿有蜜蜂嗡嗡地飛繞著。

「五年級的時候才會上到有關嗜血的課程，以及成年吸血鬼會面臨的其他問題。到了最後一年，課程的重點幾乎就放在這上頭，嗯，放在這上頭和你決定主修的課。」

「可是我才三年級，我的意思是，我幾天前才被標記，而且才剛入學兩天，甚至稱不上是三年級生。」

「妳的記印很特別。**妳**與眾不同。」他說。

「我不想與眾不同！」話一出口，我才發現自己是用吼的，趕緊控制音量，接著說：「我只想知道怎麼跟別人一樣熬過這個過程。」

「太遲了，柔。」他說。

「那現在怎麼辦？」

「我想，妳最好去和妳的導師談一談。是奈菲瑞特，對吧？」

「對。」我更沮喪了。

「嗨，打起精神，奈菲瑞特很棒。她幾乎不再親自帶雛鬼了，所以她一定是對妳很有信心。」

「我知道，我知道，只是這會讓我覺得……」怎麼告訴奈菲瑞特今晚的事？實在有夠丟臉的。我好像又回到十二歲，不得不告訴男體育老師，我月經來了，必須去換短褲。我斜斜地偷瞥了艾瑞克一眼，他坐在那裡，俊美挺拔，體貼有禮，完美無瑕。要死了，我不能就這樣告訴他，所以我脫口說出：「愚蠢。這會讓我覺得自己很愚蠢。」這麼說不算撒謊，不過除了丟臉和愚蠢，最主要的感覺其實是害怕。我不想與眾不同，那會讓我無法和大家打成一片。

「別覺得自己愚蠢。事實上妳比我們其他人厲害。」

「那麼……」我躊躇半晌，然後深吸一口氣，一口氣把話說完：「你喜歡今晚酒盅裡血的味道嗎？」

「嗯，我的情況是這樣的：三年級期末時我第一次參加黑暗女兒的月圓晚會。那晚，除了『冰箱』，我是唯一的三年級生，就像妳今晚一樣。」他輕輕發出一聲苦澀的笑聲。「她們邀請我，是因爲我進入莎士比亞獨白劇比賽的決選，隔天就要被學校送到倫敦參加決賽。」他瞄了我一眼，看起來有點不好意思。「這所夜之屋從未有人到倫敦參加決賽，這可是很了不得的事。」他自嘲地搖搖頭。「事實上，我以爲自己很了不起。所以黑暗女兒來邀請時，我就答應了。我事先知道那晚會喝血，我有機會拒絕，但我沒那麼做。」

「那你喜歡嗎？」

這次他是眞的笑了。「我噁心嘔吐，連五臟六腑都快吐出來。那時我覺得，這是我所嘗過最噁心的東西。」

我哀嘆一聲，頭往下垂，把臉埋入雙掌裡。「你這樣說根本沒幫到我。」

「因爲妳覺得嘗起來味道很好？」

「不只很好。」我說，臉仍埋在手掌裡。「你說那是你嘗過最噁心的東西？我卻覺得那是最美味的東西。嗯，直到我——」我停頓，突然意識到自己接下來要說的話更可怕。

「直到妳嘗到新鮮的血？」他溫柔地問。

我點點頭，不敢說出口。

他拉開我的手，不讓我繼續把臉埋在手掌裡。他用手指撐住我的下巴，強迫我抬頭直視他。

「別覺得丟臉或可恥，這是很正常的。」

「喜歡血的味道根本不正常，對我來說不正常。」

「正常，很正常。所有的吸血鬼都必須面對自己對血的渴望。」他說。

「我不是吸血鬼！」

「或許妳還不是，不過妳也絕對不是普通的雛鬼。這沒什麼不對。柔依，妳很特別，而特別是件讓人驚歎的好事。」

慢慢地，他的手指從我的下巴移開，然後像稍早前那樣，輕輕柔柔地在我的深色記印上畫五芒星。我喜歡他手指撫觸我肌膚的感覺，有點粗粗的，但很溫暖。我也喜歡和他這麼靠近，卻不會引發與西斯親近時會出現的奇怪反應。我是說，我不會聽到艾瑞克的血液澎湃流動的聲音，也不會看見他脖子上的動脈砰砰跳動。而且如果他吻我，我也不介意……

該死！我成了吸血鬼騷貨了嗎？那接下來呢？難不成不管人或鬼，只要是男性，在我身邊就不安全（該不會連戴米恩都逃不出我的魔掌吧）？或許我應該先躲著所有男性，直到我搞清楚自己是怎麼回事，也弄懂該如何控制自己。

然後，我想起自己一開始就是想躲著所有人，才會跑到這裡來。

「你怎麼會來這裡，艾瑞克？」

「我跟蹤妳。」他挑明了說。

「爲什麼？」

「我心想，愛芙羅黛蒂整了妳，或許妳會需要朋友陪。妳和史蒂薇．蕾住同一間，對吧？」

我點點頭。

「嗯，我本來是想找她來這裡陪妳，不過我不知道妳是否願意讓她知道……」他停頓了一下，含含糊糊地指著活動中心的方向。

「不！我—我不要讓她知道。」我結巴但快速地說。

「我也是這麼想。所以，我就來這裡纏著妳嘍。」他笑了起來，但接著神情似乎有點尷尬。「我眞的不是故意偷聽妳和西斯說話。對不起。」

我故作鎭定，專心撫拍著娜拉。果然，他看到西斯吻我，也看見舔血的場面了。老天，好丟臉……接著，我冒出一個念頭，抬頭看他，自覺好笑地說：「我想，這樣就扯平了，因爲我也不是故意聽你和愛芙羅黛蒂說話。」

他對我笑了笑。「好，扯平，我喜歡這樣。」

他的笑讓我心頭很奇怪地跳了幾下。「還有，我不會眞的飛下去吸凱拉的血。」我勉強擠出這句話。

他哈哈大笑（他的笑容眞好看）。「我知道。吸血鬼不會飛的。」

「不過光這樣說，就足以把她嚇死了。」我說。

「就我剛剛所見，她活該被嚇死。」他停了一拍，然後說：「我可以問妳一件事嗎？這有點牽涉到個人隱私。」

「嗨，你見到我從酒盅喝血喝得津津有味，看見我嘔吐、親男生，還像隻小狗一樣舔他的血，然後哭得唏里嘩啦。而我看到你差點被人吹喇叭。所以我想，我應該是可以回答你一個有點隱私的問題。」

「西斯當時眞的出神了嗎？他的聲音和表情看起來很像出神了。」

他這問題讓我坐立難安，而娜拉也出聲抱怨，我趕緊繼續撫拍她，她才安靜下來。

「好像是。」我終於回答：「我不知道他是不是出神了。我眞的沒想用什麼魔法把他催眠或怎樣，不過他的確變得不一樣。我不知道。他剛喝了酒，還吸了大麻，所以或許那時他只是很high。」說到這裡，我腦海冒出西斯的聲音，像過分甜膩的濃霧無法散去：**好……隨**

便妳想要什麼，我讓妳予取予求。接著腦海浮現西斯的激情眼神。天哪，我甚至懷疑「足球金童」西斯平常裝不裝得出那種眼神（我說的是下了足球場以後），不過我很肯定，他一定不知道那兩個字怎麼寫（我說的是「激情」，不是「足球」）。

「他今晚一直都這樣？或是只在妳……嗯，只在妳開始……」

「不是一開始就這樣。爲什麼這麼問？」

「如果他的表現不是一開始就這麼怪異，就可以排除掉兩個原因。第一，他是因爲喝酒或嗑藥而太high；若是出於這個原因，那他應該一開始就這樣。第二，他會這樣，是因爲妳眞的很美。光是這一點，任何男性在妳身邊都不免恍惚出神。」

他這話又說得我心頭小鹿亂撞。從未有哪個男孩讓我有這種感覺。「足球金童」西斯、「懶鬼」喬登，或「搖滾蠢小子」強納森都沒有（我的戀愛史不長，不過倒挺多采多姿）。

「眞的嗎？」我的問法眞像白癡。

「眞的。」他笑得一點都不白癡。

這傢伙怎麼可能喜歡我？我是吸血呆瓜欸。

「可是，也不可能是這第二個原因。因爲在妳吻他之前，他應該早就注意到妳有多迷人。照妳剛剛的說法，他似乎是在流血之後才陷入被魅惑的狀態。」

（**魅惑**，嘻嘻，他真的是說**魅惑**。）我忙著傻笑，只注意到他竟然使用這樣複雜的辭彙，無法思考。半晌之後，我才回答他：「事實上是在我聽見他的血液之後，他才這樣。」

「妳說什麼？」

啊，糟糕，我原本不打算說的。我只好清清喉嚨，據實以告：「西斯開始出神是在我聽見他血管裡的血液砰砰流動之後。」

「只有成年吸血鬼才聽得到血液流動的聲音。」他停了半晌，臉上掠過一抹微笑，轉移話題。「不過西斯這名字聽起來真像同性戀肥皂劇裡的明星。」

「差不多，他是斷箭隊的明星四分衛。」

艾瑞克點點頭，似乎覺得很有趣。

「喔，對了，我喜歡你給自己取的姓氏。奈特（Night），夜晚，很酷的姓。」我試著找話題，甚至努力說些聽起來有點深度的話，希望能和他繼續聊下去。

他笑得更燦爛了。「這姓氏不是我自己取的，我一出生就叫艾瑞克·奈特。」

「喔，嗯，我喜歡這名字。」真糗，怎麼沒人一槍把我斃了？

「謝謝。」

他瞥了一眼手錶，我發現已經快六點半了。早上六點半——我仍然覺得怪。

「快天亮了。」他說。

我想，這表示我們得道別了。我將雙腳收緊，抱好娜拉，準備起身。我感覺到艾瑞克的手撐在我的手肘下穩住我。他扶我起身後站在原地，我們兩人的距離近到娜拉的尾巴都能拂到他的黑色線衫。

「不知道妳想不想吃點東西，不過這個時間只有活動中心供應食物。我想，妳應該不想再回去那裡吧。」

「不想，當然不想。反正我現在也不餓。」不過話一出口，我才發現自己扯了個大謊。說到食物，我瞬間飢腸轆轆起來。

「好，那我可以陪妳走回宿舍嗎？」他問。

「好啊。」我試圖裝出不在乎的樣子。

史蒂薇．蕾、戴米恩跟孿生的看見我和艾瑞克在一起，一定會昏倒。

我們沉默地走著。不過，不是那種尷尬困窘的沉默，而是一種很舒服自在的沉默。偶爾我們的手臂會互碰，我想到他那麼高、那麼帥，好希望他牽起我的手。

「喔，」一會兒後他說：「我還沒回答完妳剛剛的問題。我在黑暗女兒晚會第一次嘗到血時，的確很不喜歡，不過感覺一次比一次好。我不敢說很美味，但愈來愈能習慣那種味道。我現在確實還滿喜歡血的感覺。」

我直視著他，說：「暈暈的，有點雙腿無力，就像喝醉酒，不過事實上不是。」

「沒錯。對了，妳知不知道吸血鬼喝酒不會醉？」我搖搖頭。「這是因爲蛻變過程影響到了新陳代謝。就連雛鬼也很難大醉。」

「所以吸血鬼想要醉就只能喝血？」

他聳聳肩。「我想是吧。不過雛鬼是不能喝人血的。」

「既然這樣，爲什麼沒人跟老師報告愛芙羅黛蒂幹的好事？」

「她不是喝人血啊。」

「艾瑞克，我在場欸，酒裡明明有血，而且是來自艾略特那傢伙。」我打了個哆嗦。

「怎麼會選上他這個討厭的傢伙？」

「但他並不是人類。」艾瑞克說。

「等等，你是說，不准喝人血，」我慢慢地一字一字說（喔，要死，我剛剛才喝了西斯的血）：「不過，可以喝其他雛鬼的血？」

「如果雙方同意的話。」

「這樣沒道理啊。」

「當然有道理。在蛻變的過程中，我們本來就會慢慢發展出嗜血的欲望，所以需要有宣泄的出口。雛鬼的傷口癒合快，找他們不會造成傷害，況且也不會有吸活人的血所產生的副作用。」

他的話像鞋店嘈雜的音樂在我腦袋裡轟隆作響。我抓住腦海裡閃過的第一個清楚的念頭，開口問他：「活人？」我的聲音變得又高又尖。「你這麼說，該不會是跟吸死屍的血對比吧。」我又有點反胃了。

他笑了出來。「不是，是相對於從吸血鬼捐血者那裡所收集到的血。」

「從未聽過這種事。」

「多數人類都沒聽過，妳要到五年級才會學到這些。」

然後，他話裡的另一個重點穿破我腦袋裡的迷霧。「你說的副作用是指什麼？」

「我在吸血鬼進階社會學才剛學到這些。這副作用好像是，若成年吸血鬼吸了活人的血，雙方就會產生強烈的聯繫感覺。未必是吸血鬼被人類吸引，很可能是人類因此容易對吸血鬼著迷。對人類來說這很危險。我的意思是，妳想想看，失血本身就不是好事，更何況我們比人類長壽幾十年，有時甚至幾百年。從人類的觀點來看，若愛人在你滿臉皺紋，垂垂老矣時仍然年輕貌美，這種感覺很糟吧。」

這時，我又想起西斯看著我時那種迷茫激情的眼神。我知道了，不管多難說出口，我現在必須把一切告訴我的導師奈菲瑞特。

「沒錯，很糟。」我有氣無力地說。

「到了。」

眞驚訝我們不知不覺已經走到女生宿舍門口。我抬頭看他。

「嗯，我想，我要謝謝你跟蹤我。」我苦笑著說。

「嗨，任何時候如果妳希望有人不請自來，干涉妳的私事，我是最佳人選。」

「我會記住的，」我說：「眞謝謝你。」我將娜拉抱到臀上腰際，準備打開宿舍大門。

「嗨，柔。」他這麼喚我。

我轉身。

「這件衣服不用還給愛芙羅黛蒂。今晚她讓妳加入她的守護圈，就表示她正式讓妳成爲黑暗女兒的一分子。傳統上，培訓中的未來女祭司長會在新生的第一晚送禮物給她。我猜，妳應該不會想加入她們，不過妳還是有權利留著這件衣服。特別是妳穿這件衣服比她好看多了。」他走向前，抓起我的手（我沒抱貓咪的那隻手），將我的手腕內側轉向上方，然後以手指撫摸著我手腕靠近表層的血管。我的脈搏砰砰砰跳得好厲害。

「我還希望妳知道，如果妳想再嘗嘗血，我就是妳該找的人選。也請記住這點。」

艾瑞克微微彎下身子，但仍凝視著我的眼睛。他輕輕咬著我手腕脈搏跳動的地方，然後溫柔地在那裡種下一吻。這次我內心更澎湃，大腿內側酥麻起來，還開始喘息。他雙眼仍凝視著我，雙唇仍貼在我的手腕上，我感覺到一股欲望竄遍全身。我知道他感覺到我在顫抖。他的舌頭輕拍著我的手腕，讓我再次顫抖起來。然後，他對我笑笑，轉身走入天亮前的微明中。

19

由於艾瑞克突如其來的一吻（以及一咬和一舔），我的手腕還酥麻著，眞不知此刻有沒有辦法開口說話。因此，發現偌大起居室裡，寥寥幾個女孩瞥了我一眼，就轉頭回去看「美國下屆頂尖名模選拔」（我從電視聲音聽出來的），我鬆了一口氣，趕緊走進廚房，放娜拉跳到地上，希望她不會趁我在做三明治時溜掉。結果她不僅沒溜掉，還像隻橘毛小狗跟著我在廚房裡轉來轉去，以她那不像貓叫的貓叫對我嘮叨個不停。我不斷告訴她「我知道」、「我懂」，因爲我覺得她是在罵我今晚太白癡。唉，她說得沒錯。做好三明治，我抓了一包椒鹽脆餅（史蒂薇．蕾說得沒錯，櫃子裡找不到像樣的垃圾食物）、一罐可樂（我不在乎到底是哪一種可樂，只要是褐色的，而且不是低卡就行），然後抱起貓咪，溜上樓去。

「柔依！我好擔心！快告訴我情況如何。」史蒂薇．蕾窩在床上，手裡拿著一本書，顯然正在等我回來。她那套睡衣的繫繩棉褲上布滿牛仔帽圖案，短髮朝一邊亂翹，好似曾經不小心睡著了壓到。我發誓，她看起來眞的只有十二歲。

「嗯，」我故作輕鬆狀，說：「看樣子我們有寵物了。」我轉過身，好讓史蒂薇・蕾看見緊貼在我臀上腰際的娜拉。「來，幫我忙，免得我失手摔落什麼。萬一摔下的是這隻貓，她肯定囉唆個沒完沒了。」

「好可愛唷。」史蒂薇・蕾從床上跳起來，衝過來想抱起娜拉，不過貓咪緊緊巴著我，彷彿一放手就會被人宰掉。史蒂薇・蕾只好伸手接過我的食物，放在我的床邊桌上。

「喂，這衣服很美欸。」

「是啊，月圓晚會之前換上的。」說到這裡，我想到應該把它還給愛芙羅黛蒂。好，就這樣決定。雖然艾瑞克說我應該留著這「禮物」，我可不想。反正拿去還時，正好可以順便「謝謝」她「忘了」提醒我酒裡攙血的事。母夜叉賤人。

「那……晚會怎麼樣？」

我坐在自己床上，拿了片椒鹽脆餅給娜拉，她兩隻小腳掌立刻把玩起脆餅（至少不再囉唆了），然後我咬下一大口三明治。沒錯，我是很餓，不過也是趁機給自己爭取思考時間。我不知道哪些事該告訴史蒂薇・蕾，哪些事又不該說。血的事情令人困惑，而且令人噁心。她知道以後會不會覺得我很可怕？會不會開始對我避而遠之？

我將嘴裡的食物嚥下去，決定將談話轉向比較安全的話題。「艾瑞克・奈特陪我走回來。」

「騙人！」她又彈跳起來，活像一掀開蓋子就跳出來的彈簧玩偶，鄉野版的。「快告訴我，**一五一十**告訴我。」

「他還親我。」我朝她擠了擠眼。

「別鬧我！親哪裡？怎麼親？感覺很棒吧？」

「他親我的手，」我立即決定撒謊，因爲我不想解釋手腕—脈搏—血—輕咬這整個過程。「就是跟我道晚安的時候，在宿舍門口。沒錯，感覺很棒。」我對她咧嘴笑笑，又咬了一口三明治。

「我打賭，愛芙羅黛蒂看到妳和他一起離開活動中心，肯定氣死了。」

「喔，其實我比他先離開，他後來追上我。那時我正沿著牆邊散步，我就是在那裡發現娜拉的。」我抓了抓貓咪的頭，她蜷縮在我旁邊，閉起雙眼，滿足地咕嚕咕嚕叫。「應該說是**她**發現**我**。總之，我爬上牆頭，以爲她需要我救她下來。接著妳知道發生什麼事嗎？妳肯定**不**相信，我看見一樣東西，像是伊莉莎白的鬼魂。然後，我在『南中』的前男友西斯和我的前好友出現。」

「什麼？誰？說慢一點。先從伊莉莎白的鬼魂開始說。」

我搖了搖頭，邊嚼著三明治，邊解釋：「眞的好詭異，想來就發毛。那時我坐在牆頭撫拍著娜拉，突然有東西引起我的注意。我往下一看，發現有個女孩站在不遠處，她抬頭望我，雙眼閃爍著紅光，我發誓那一定是伊莉莎白。」

「不會吧！天啊，妳肯定嚇壞了。」

「差點嚇死。她一看到我，便發出可怕尖叫聲，然後跑走。」

「我一定會嚇到拉不出屎。」

「我也差不多，只不過那時我根本沒時間思考，因爲就在那時西斯和凱拉冒出來了。」

「什麼意思？他們怎麼可能來這裡？」

「不，不是來**這裡**，他們是在學校圍牆的外面。娜拉也被伊莉莎白的鬼魂嚇壞了，他們一定是聽見我安撫娜拉的聲音，才循聲找到我。」

「娜拉也看見她了？」

我點點頭。

史蒂薇．蕾打了個寒顫說：「那她眞的出現在那裡。」

「妳確定她死了？」我壓低聲音，彷彿在說悄悄話。「會不會搞錯了，其實她還活著，在校園裡晃來晃去？」我知道這聽起來很荒謬，可是再怎樣也不比我眞的見到鬼魂還荒謬。

史蒂薇・蕾用力嚥了嚥口水。「她死了，我親眼看見的，班上其他人也都看見了。」她一臉快哭的表情。這整件事讓我毛骨悚然，於是我又將話題轉移到比較沒那麼恐怖的部分。「嗯，那有可能是我搞錯了，或許是某個眼睛顏色奇怪的學生長得很像她。當時很暗，而且西斯和凱拉又突然出現。」

「他們來幹麼？」

「妳能想像嗎，」我翻翻白眼，「西斯竟然說要來把我『劫走』？」

「他們是蠢蛋啊？」

「顯然是。喔，還有凱拉，我的前好友，顯然她在追西斯。」

史蒂薇・蕾驚訝得倒抽一口氣。「賤人！」

「的確是。總之，我要他們離開，還叫他們別再來。他們走了後，我心情很不好，就在這時艾瑞克找到了我。」

「哇！他窩心嗎？浪漫嗎？」

「嗯，他是挺窩心，也還算浪漫。而且他叫我柔。」

「喔～～叫得這麼親。眞是好的開始。」

「我也這麼想。」

「然後他就陪妳走回宿舍?」

「對。他說可以帶我去吃點東西，不過這個時間只有活動中心有食物供應，可是我實在不想回去那裡。」慘了。話一出口，我立刻知道不該說那麼多。

「黑暗女兒對妳很過分嗎?」

我看著史蒂薇．蕾那雙像小鹿般的純真大眼睛，知道自己不能告訴她關於喝血的事情。現在還不能。「嗯，妳知道的，奈菲瑞特是那麼性感、美麗，**而且**優雅。」

史蒂薇．蕾點點頭。

「而愛芙羅黛蒂在學奈菲瑞特，只不過她看起來像個騷貨。」

「我一直都覺得她很噁心。」史蒂薇．蕾說，厭惡地搖搖頭。

「深有同感。」我看著史蒂薇．蕾，脫口而出：「昨天，就在奈菲瑞特帶我來宿舍之前，我還看見愛芙羅黛蒂想給艾瑞克吹喇叭。」

「不會吧！她真的很噁心。等等，妳說她**想**這麼做，結果呢?」

「他告訴她不要，將她推開，還說以後再也不想跟她在一起。」

史蒂薇．蕾咯咯笑。「我打賭，她一定氣瘋了，原本就有毛病的心智變得更不正常。」

我想起他已經明白拒絕，但她仍然那麼黏人的景象。「其實，我滿替她難過的，如果她不是這麼……這麼……」我努力尋找合適的字眼。

「這麼惡劣至極的母夜叉？」史蒂薇・蕾提示，想幫我的忙。

「對，大概就是這樣。她就是這種心態，自以為有權利可以為所欲為，跋扈囂張，好像我們都應該卑躬屈膝，對她言聽計從。」

史蒂薇・蕾點點頭。「她那群朋友也是這樣。」

「沒錯。我見過那恐怖的三人組了。」

「妳是說『好戰』、『可怕』跟『大黃蜂』？」

「對。真不知她們給自己取這種恐怖的名字時，心裡想些什麼？」我說，丟了一塊椒鹽脆餅到嘴裡。

「她們想的就跟那夥人一樣，以為自己比別人厲害，誰都不能冒犯她們，因為噁心的愛芙羅黛蒂將會成為女祭司長。」

這時我心頭彷彿有人悄悄地說了一句話，便不自禁地把這句話說出口：「我不認為妮克絲會允許她當女祭司長。」

「什麼意思？現在她們那群人當道，而且愛芙羅黛蒂在五年級時，就明顯展現她的特殊感應力，之後便一直是黑暗女兒的領袖。」

「她有什麼樣的感應力?」

「她有靈視，能預見未來要發生的災難之類的。」史蒂薇·蕾皺起了眉頭。

「妳想，會不會是她瞎掰的?」

「喔，絕不可能!她的預見能力準到不行。我、戴米恩和孿生的都覺得，她預見什麼事情時，如果不是碰巧被外人撞見，她們那夥人無法掩蓋，她就不會告訴大家她預見了什麼。」

「等等，妳是說她預知有不好的事情將要發生，而且有時間阻止，她卻什麼都不做?」

「對。上個禮拜有一天午餐時，她出現靈視，她旁邊那群母夜叉將她團團圍住，打算把她帶出用膳堂。戴米恩正巧遲到，匆匆忙忙跑進來，撞進她們當中，打散了她們，這才看見愛芙羅黛蒂正陷入出現靈視的恍惚狀態。要不是這樣，就沒有人知道有這麼一回事，而那整架飛機上幾百個人很可能因此喪命。」

我剛剛咬下的椒鹽脆餅差點噎死我，我邊咳邊氣急敗壞地說：「一架載滿人的飛機!搞什麼啊?」

「是啊。戴米恩看出愛芙羅黛蒂出現了靈視，就去報告奈菲瑞特，愛芙羅黛蒂只好說出她預見一架噴射客機起飛後不久便墜毀。這個靈視清清楚楚，她甚至能描述機場的樣子，讀出機尾上的飛機號碼。奈菲瑞特相信這項信息，立刻跟丹佛機場聯絡。他們再次檢查飛機，果眞發現之前沒注意到的問題。他們說，若沒把那毛病修好，飛機的確起飛後就會墜毀。我心裡明白得很，如果不是被戴米恩撞見，愛芙羅黛蒂絕對不會吐露半個字。但她居然還扯了個漫天大謊，說她朋友將她帶出用膳堂，是因爲她們知道她一定希望立刻去見奈菲瑞特。根本是鬼扯。」

我正打算說，眞不敢相信愛芙羅黛蒂和她那群母夜叉居然打算眼睜睜看著幾百人喪命，不過我隨即想起月圓晚會時她們說的那些話，那些充滿憎恨的話：**男性人類都很爛……他們全都該死**。這時我才發現，原來她們不是嘴巴說說，而是眞的這麼認爲。

「那愛芙羅黛蒂爲什麼不跟奈菲瑞特撒謊？妳知道的，把機場說錯，或者班機號碼改一下之類的？」

「你幾乎無法騙得了成鬼，尤其是成鬼直接問你一個問題的時候。而且妳要記住，愛芙羅黛蒂一心想當女祭司長，如果讓奈菲瑞特發現她這麼變態，肯定會毀了她未來的計畫。」

「愛芙羅黛蒂沒資格當女祭司長。她既自私又惡毒，她那群朋友也是。」

「沒錯，不過奈菲瑞特不這麼認爲，她是愛芙羅黛蒂的導師。」

我驚訝地眨了眨眼。「妳在開玩笑吧！她怎麼可能看不透愛芙羅黛蒂是怎樣的人？」這沒有道理，奈菲瑞特很聰明的。

史蒂薇·蕾聳聳肩。「因爲愛芙羅黛蒂在奈菲瑞特面前表現得完全不一樣啊。」

「可是……」

「而且她的確具有厲害的感應力，這表示夜后妮克絲對她有特別的計畫。」

「搞不好她是來自地獄的魔鬼，這種力量是從魔界來的。喂，難道沒人看過《星際大戰》嗎？本來也沒人相信天行者安納金會有那樣的轉變，結果看看後來發生了什麼事。」

「唉，柔依，那是科幻電影，編出來的。」

「可是，我覺得它點出了一個重點。」

「好吧，那妳就去告訴奈菲瑞特啊。」

我咬了口三明治，思索她這句話。或許我是該這麼做。奈菲瑞特這麼聰明，應該不至於被愛芙羅黛蒂矇騙的，或許她早已知道那群母夜叉在搞什麼鬼，或許她只需要有人挺身而出，跟她講一些具體的事證。

「以前都沒人跟奈菲瑞特提過愛芙羅黛蒂的事嗎？」我問。

「就我所知，沒有。」

「爲什麼？」

史蒂薇．蕾一臉不自在。「嗯，這有點像告密吧。就算去跟奈菲瑞特說，該說些什麼？說我們**覺得**愛芙羅黛蒂**好像**隱瞞她的靈視，而我們唯一的證據是她是個惡毒的賤人？」史蒂薇．蕾搖搖頭。「不行，我覺得奈菲瑞特不會相信我們的話。就算出現奇蹟，她相信了，她能怎麼辦？她又不能把愛芙羅黛蒂踢出學校，讓她在街上亂逛，咳到死掉。無論如何，愛芙羅黛蒂還是會和她那群母夜叉留在這裡，身邊圍繞著那些只要她用爪子打個響指，就甘願爲她做任何事的蠢男生。所以依我看，不值得這麼做。」

史蒂薇．蕾說得沒錯，但我就是不喜歡這樣，眞的、眞的不喜歡。

如果有個更厲害的雛鬼出來取代愛芙羅黛蒂，當黑暗女兒的領袖，事情可能就會不一樣。

心裡突然冒出的這個聲音，讓我嚇了一跳，覺得自己不該有這種想法。我灌下一大口可樂來掩飾心裡的不安。我在想什麼？我又不是渴望權力的人，我根本不想當女祭司長，或者給自己找麻煩，跟愛芙羅黛蒂及全校一半學生作對（而且是長得比較迷人的那一半）。我只想讓自己在這裡安頓下來，適應新生活，找到感覺像家的地方，和其他學生打成一片。

接著，我想起兩次守護圈儀式時，我感受到的電流悸動，還有諸元素似乎在我體內竄流的經驗。我甚至得克制自己留在圓圈上的位置，才沒跨出去加入愛芙羅黛蒂，和她一起設立守護圈。

「史蒂薇．蕾，設立守護圈時，妳有什麼奇怪的感覺嗎？」我出其不意地問。

「什麼意思？」

「嗯，譬如說，召喚火的時候，妳會覺得熱嗎？」

「不會啊。我是很喜歡守護圈儀式，有時候奈菲瑞特在祈福時，我會覺得有股能量迅速竄流過守護圈。但也就是這樣而已。」

「所以，妳從未在召喚風的時候感覺到微風吹拂，或者召喚水的時候聞到雨水氣味，或者召喚土的時候腳底有踩著草地的感覺？」

「不可能有這種感覺啦。只有擁有元素感應力的女祭司長才會——」她突然停住，雙眼睜大。「妳是說，**妳**有這種感覺？所有這些感覺？」

我侷促不安地扭動身體。「好像是。」

「好像是！」她拔高了嗓子說：「柔依！妳知道這代表什麼嗎？」

我搖搖頭。

「上個禮拜吸血鬼社會學課，我們正好學到史上最有名的幾個女祭司長。過去幾百年來，還沒有哪個女祭司長同時具備四個元素的感應力。」

「是五個吧。」我說，覺得自己眞慘。

「五個！妳連靈都感覺到了！」

「嗯，我想是吧。」

「柔依！這眞是太不可思議了。我想，從未有哪個女祭司長能同時感受到五個元素的力量。」她朝著我額頭上的記印點點頭。「對，就是這個。這表示妳與眾不同，而妳眞的與眾不同。」

「史蒂薇・蕾，可以替我保守這個祕密嗎？至少保守一陣子。我是說，甚至先別告訴戴米恩或孿生的，可以嗎？我想……我想先自己搞清楚是怎麼回事。這一切來得太快了。」

「可是，柔依，我——」

「有可能是我搞錯了。」我趕緊打斷她的話。「萬一只是因爲我沒參加過這種儀式，所以太興奮、太緊張呢？如果我告訴別人：『嗨，我是唯一同時對五元素有感應力的雛鬼。』結果卻發現我只是太過緊張，這樣不是很糗嗎？」

史蒂薇・蕾抿了抿嘴說：「我不知道欸，我還是覺得妳應該說出來。」

「對，到頭來發現全是我自己的幻覺，然後愛芙羅黛蒂和她那群母夜叉就會跑來幸災樂禍。」

史蒂薇·蕾臉色發白。「喔，天啊，妳說得沒錯，這太可怕了。我答應妳，除非妳準備好，我什麼都不說。」

她的反應讓我想起要問她一件事。「嗨，愛芙羅黛蒂到底對妳怎樣過？」

史蒂薇·蕾低頭看著自己的大腿，緊握雙拳，拱起肩，彷彿忽然起了一陣寒意。「她邀請我去她們的月圓晚會，那時我來這裡沒多久，大概才一個月左右，能被這麼夯的團體邀請，我好興奮。」她搖搖頭，仍然沒抬頭看我。「我眞是太蠢了，不過那時我誰都不認識，我想，或許他們願意把我當朋友，所以我就去了。去了才發現，他們根本不是要讓我成爲他們的一分子，只是要我當他們儀式裡的……的……血液供應者。他們甚至稱呼我爲『冰箱』，彷彿我一無是處，只能供血給他們。他們把我弄哭了，我拒絕後他們就取笑我，把我趕出活動中心。我就是這樣認識戴米恩和依琳、簫妮的。他們那時一起在校園裡晃，看見我跑出活動中心，好奇地跟著我，然後安慰我，要我別擔心。從此以後他們就成了我的朋友。」她終於抬起頭看著我。「對不起，我沒事先告訴妳，不過這是因爲我覺得他們不敢對妳做這種事。妳很強，而且愛芙羅黛蒂對妳額頭上那個記印太好奇了。還有，妳長得很美，絕對夠格成爲她們的一分子。」

「嗨，妳也是啊！」想到史蒂薇·蕾像艾略特一樣癱坐在那張椅子上……想到可能喝到史蒂薇・蕾的血，我就覺得胃好難過。

「才不，我是有點可愛，但絕對不像她們。」

「我也不像她們！」我大吼一聲。娜拉被我驚醒，不悅地對我低聲咕噥。

「我知道妳不像她們。我不是那個意思。我是說，我知道她們會希望妳成爲黑暗女兒的一分子，所以不會那樣欺負妳。」

不，不對。她們的的確確捉弄了我，想把我嚇死。不過，她們爲什麼要這麼做？等等，我知道了。艾瑞克說過，他第一次喝到血時覺得好可怕，衝出去嘔吐。而我才到這裡兩天，所以她們要給我來個下馬威，故意讓我喝血，然後吐得很慘，這樣一來，我就會永遠離她們遠遠的，也離她們那套儀式遠遠的。

她們根本不希望我成爲黑暗女兒的一分子，可是又不想告訴奈菲瑞特她們不想讓我加入。於是她們轉而希望**我自己**拒絕加入**她們**。不管是出於什麼變態理由，反正大姐頭愛芙羅黛蒂就是要我離黑暗女兒遠遠的。我一向最痛恨這種以強凌弱的惡霸，而這表示，該死，我現在知道該怎麼做了。

啊，該死，這下子我偏要加入黑暗女兒不可。

「柔依，妳不會生我的氣吧？」史蒂薇・蕾小小聲說。

我眨著眼睛，努力回過神。「當然不會！妳說得沒錯，愛芙羅黛蒂的確沒有要我供血之類的。」我將最後一口三明治塞入嘴裡，快速嚼著。「嗨，我累翻了，好想睡個覺。妳可以幫我找個小紙箱給娜拉嗎？」

史蒂薇．蕾立刻開朗起來，以她慣有的輕快姿勢跳下床。「瞧瞧這個。」她簡直是用蹦的，一下子就跳到房間另一頭，拿起一個綠色大袋子，上面用白色粗體字印著「菲利西亞南部農貨超市，陶沙市哈佛南街二六一六號」。她從袋子裡倒出一個小箱子、食物盆和飲水盆，還有一包貓飼料（裡頭還添加了化毛的特殊成分，避免貓舔食貓毛後在胃裡打結成毛團），以及一袋貓沙。

「妳怎麼知道我會帶貓咪回來？」

「我不知道啊。我吃完晚餐回來，就發現房門口擺了這袋東西。」她手探進袋子深處，拿出一封信和一個可愛的粉紅皮革頸圈，頸圈上綴滿銀色小飾釘。

「拿著，這是給妳的。」

她將那封信遞給我後，在一旁哄著娜拉套上頸圈。我看見信封上果然印著我的名字，裡面有張看起來很昂貴的高級米色信紙，上面寫了一行字，筆畫漂亮流暢：

史蓋拉告訴我，她要來了。

署名只有一個字：**奈**。

20

我得和奈菲瑞特談談。第二天早上，和史蒂薇．蕾匆忙吃著早餐時，我思忖著該怎麼跟奈菲瑞特說。我還不想告訴奈菲瑞特我對元素的奇怪反應——我是說，我眞的沒有對史蒂薇．蕾撒謊，這一切說不定眞的只是我的幻想。萬一我告訴奈菲瑞特之後，她要我接受什麼奇怪的感應力測驗（在這所學校，誰料得到呢？），結果發現我根本只是想像力太旺盛，那該怎麼辦？我絕不讓自己遇上這種事。除非我更清楚是怎麼回事，否則我什麼都不說。我也不想告訴她我好像看見伊莉莎白的鬼魂。難不成我希望奈菲瑞特認爲我有神經病？奈菲瑞特是很酷，不過她畢竟是大人，我幾乎可以想見她會對我這麼說教：「這只是妳的想像，畢竟妳在短時間內經歷了太多事情。」不過，嗜血的事情我眞的得跟她談一談。（眞怪，如果我這麼喜歡血，爲什麼還會一想到就覺得毛毛的？）

「妳想她會跟著妳去上課嗎？」史蒂薇．蕾指著娜拉問我。

我低頭看著蜷縮在我腳邊的貓咪，她仍然在滿足地咕嚕咕嚕叫著。「可以嗎？」

「妳是在問，學校允許嗎？」

我點點頭。

「可以啊，貓咪愛去哪裡就可以去哪裡。」

「哈，」我彎腰搔她的頭頂，「那我想她應該會整天跟著我吧。」

「嗯，眞高興她是妳的貓咪，不是我的。我關掉鬧鐘時，發現她竟然霸佔了妳整個枕頭。」

我笑了出來。「妳說得沒錯，眞不知道這小妮子是怎麼把我推下枕頭的。」我再次搔了搔娜拉的頭。「走吧，上課快遲到了。」

我手裡拿著碗站起來，差點和愛芙羅黛蒂撞個正著。如同往常，她兩旁站著左右護法「可怕」及「好戰」，至於「大黃蜂」則不見人影（嘿，或許她今早沖澡時，被水一碰就融化了）。愛芙羅黛蒂那不懷善意的笑容，讓我想起去年生物課戶外教學，在眞克斯水族館看到的南美食肉水虎魚。

「嗨，柔依，眞是的，妳昨晚走得那麼匆忙，我都沒時間跟妳說再會。不好意思啊，讓妳玩得不愉快。實在很可惜，不過的確不是每個人都適合加入黑暗女兒。」她瞥了史蒂薇・蕾一眼，不屑地揚起嘴角。

「事實上我昨晚很愉快，而且我好喜歡妳給我的那件衣服！」我一口氣不間斷地說下去：「眞謝謝妳邀請我加入黑暗女兒。我接受，眞的，全心全意接受。」

愛芙羅黛蒂的獰笑瞬間垮掉。「眞的嗎？」

我像個白癡笑得嘴開開。「眞的啊！下次舉辦聚會或儀式之類的是什麼時候？或者我可以直接問奈菲瑞特？我今早會和她見面。我知道她會很高興聽見你們昨晚這麼歡迎我，讓我成爲黑暗女兒的一員。」

愛芙羅黛蒂只楞了半晌，立刻露出蠢笑，與我裝傻的語氣還眞是配合得恰到好處。「沒錯，我想奈菲瑞特一定很高興知道妳加入了我們，不過我是黑暗女兒的領袖，對於聚會時間我倒背如流，所以不需要拿這種蠢問題去煩奈菲瑞特。明天是我們的黑月萬靈節慶典，穿著**妳的**衣服來吧。」她特別強調「妳的」，我笑得更燦爛。我就是故意惹她，而且我辦到了。「晚餐後在活動中心碰面，凌晨四點半整。」

「太棒了，我一定到。」

「很好，眞是讓人想不到啊。」她說，一副詭詐的樣子。然後，在「可怕」與「好戰」護衛下（「好戰」隱約露出受到驚嚇的表情），三人走出廚房。

「惡劣至極的母夜叉。」我嘟囔著，瞥了一眼史蒂薇・蕾，這才發現她也是一臉驚愕，僵在那裡，直盯著我看。

「妳要加入她們？」她壓低聲音說。

「不是妳想的那樣。走吧，去教室途中我再告訴妳。」我將碗盤放在洗碗機裡，拖著驚訝到說不出話來的史蒂薇．蕾走出宿舍。娜拉腳步輕盈地跟在我們身後，偶爾對著人行道旁膽敢接近我的其他貓咪怒目嘶鳴。「我這是要深入敵營，查探軍情，就像妳昨晚說的那樣。」我跟史蒂薇．蕾解釋。

「不，我覺得這樣不好。」她猛搖頭，動作劇烈到一頭短髮發瘋似地晃動著。

「妳聽過一句古語吧，『知己更要知彼』？」

「是啦，不過……」

「我現在就是要這麼做。愛芙羅黛蒂幹了太多壞事卻能逍遙自在，她惡毒陰險，自私自利，不可能是夜后妮克絲期望的女祭司長。」

史蒂薇．蕾雙眼圓睜。「妳要阻止她？」

「嗯，我是想這麼試試看。」就在我這麼說的時候，額頭上的深藍弦月記印泛起刺刺麻麻的感覺。

＊　＊　＊

「謝謝妳送給娜拉許多東西。」我說。

奈菲瑞特從正在批改的作業中抬起頭，對我微笑。「娜拉，這名字很適合她。不過妳應該感謝的是我的貓咪史蓋拉，不是我。是他告訴我，她來了。」然後她瞥了一眼在我兩腿間不耐煩地蹭來蹭去的橘色毛球。「她真的很黏妳。」她又抬起眼睛注視著我。「告訴我，柔依，妳腦子裡是否聽得見她的聲音？或者知道她所在的位置，當妳們不在同一個房間的時候？」

我眨眨眼，奈菲瑞特竟以爲我對貓咪有特殊的感應力！「沒有，我……我腦子裡沒聽見她的聲音，不過她倒是成天跟我喵喵喵地抱怨個不停。另外，我不清楚她不在我身邊時，我會不會知道她跑哪裡去，因爲她總是跟著我。」

「她真是討人喜歡。」奈菲瑞特對著娜拉勾勾手指說：「來這裡，孩子。」

娜拉立刻輕步走過去，跳上奈菲瑞特的桌子，將作業紙弄得到處散落。

「喔，天啊，對不起，奈菲瑞特。」我趕緊伸手要抓娜拉，不過奈菲瑞特把我揮開。她搔著娜拉的頭，於是貓咪閉上眼睛，舒服地喉嚨咕嚕咕嚕作響。

「這裡隨時歡迎貓，作業紙散了沒關係，三兩下就能整理好。柔依鳥兒，妳來找我就是爲了聊貓咪的事嗎？」

一聽到她用阿嬤叫我的小名稱呼我，我的心好難過，突然好想念阿嬤，忍不住差點掉下淚。

「妳很想家吧？」奈菲瑞特溫柔地問我。

「沒有，不過我很想念阿嬤。來到這裡以後一直很忙，到現在我才發現我眞的好想她。」我愧疚地說。

「妳不想念爸爸媽媽。」

她這句話不像問句，不過我還是覺得有必要回答她。「不想念。嗯，我不算有爸爸。在我很小的時候，爸爸就離開我。三年前我媽再嫁，然後，嗯……」

「妳儘管告訴我。我跟妳保證，我一定能了解妳說的狀況。」奈菲瑞特說。

「我討厭他！」我話中吐露的怒氣，遠超出我的預期。「自從他來我們**家**，」我恨恨地說出這個字，「一切就變得不對勁。我媽完全變了一個人，好像她不能既是他的老婆，又同時是我媽了。那裡早就不是我的家了。」

「我十歲時母親死了，我父親沒再娶，不過他開始把我當成妻子。從我十歲到十五歲被妮克絲標記那段期間，他不斷凌虐我。妮克絲救了我。」奈菲瑞特停頓了一下，讓我有時間消化她這番話所帶給我的震撼，然後繼續說：「所以，妳應該知道，當我說，一旦一個家變成無法忍受的地方，我完全能體會那是怎麼回事，我可不是隨口說說，扯些陳腔濫調。」

「太可怕了。」我真不知該說些什麼。

「那都過去了，現在只變成遙遠的回憶。柔依，以前出現在妳生命中的人類，甚至妳現在以及未來會遇到的人類，都會變得愈來愈不重要，最後妳會對他們毫無感覺。妳在蛻變的過程中，會慢慢懂這些的。」

她的聲音裡有種冷冷的淡漠，聽得我心裡覺得怪怪的，然後我聽見自己這麼回答她：「我不想對阿嬤沒感覺。」

「當然妳不會這樣。」她的聲音又回復溫暖及關心的語氣。「現在才晚上九點，妳何不打個電話給她？妳會趕不上戲劇課，不過我會幫妳跟諾蘭老師說一聲。」

「謝謝，待會兒我就打。不過我來找妳不是要談這件事。」我深深吸一口氣，提起勇氣開口：「我昨晚喝了血。」

奈菲瑞特點點頭。「沒錯，黑暗女兒經常將雛鬼的血液混在她們的祭酒裡。年輕人很喜歡這麼做。這件事讓妳不舒服嗎，柔依？」

「嗯，我是事後才知道。然後，沒錯，我是有點不舒服。」

奈菲瑞特皺起眉頭。「愛芙羅黛蒂應該事先告訴妳的。妳可以選擇要或不要喝。我會跟她談一談。」

「不要！」我說得太急了，接著我努力讓自己的語氣平緩下來。「不，眞的不需要，我自己可以處理的。我已經決定加入黑暗女兒，所以不想一開始就好像故意要找愛芙羅黛蒂的麻煩。」

「妳這樣也許是對的。愛芙羅黛蒂有時候會變得很情緒化。而且，柔依，我相信妳有辦法自己處理。我們通常會鼓勵雛鬼盡可能自己解決和同學之間的問題。」她端詳我，臉上流露關切之情。「頭幾次嘗到血會覺得不甚美味，這是很正常的。在這裡待久一點，妳就會明白的。」

「不是，不是這樣。我嘗起來覺得……很美味。艾瑞克告訴我，我這種反應很不尋常。」

奈菲瑞特兩道漂亮的眉毛立刻揚起。「的確不尋常。妳有暈醉或亢奮的感覺嗎？」

「兩種感覺都有。」我輕聲說。

奈菲瑞特瞥了一眼我的記印。「柔依·紅鳥，妳很特別。嗯，我想，我應該把妳調離目前的初階社會學，讓妳改上進階社會學。」

「請別這麼做。」我趕緊說：「我額頭上這個記印已經讓每個人視我爲怪胎，他們都在等著看我會做出什麼怪異舉動。如果妳把我調去跟來這裡已三年的學生一起上課，那他們就眞的會認爲我是怪胎了。」

奈菲瑞特猶豫了一下，邊考慮邊搔著娜拉的頭。「我了解妳的意思，柔依。雖然我的青少年階段是一百年前的事了，不過我們吸血鬼記憶力特別強，我還記得當初經歷蛻變的過程。」她嘆了口氣。「好吧，那我們折衷一下如何？我讓妳繼續留在三年級的初階社會學課堂，不過我會給妳高年級的教材。妳得答應我每個禮拜自己讀一章，有問題就找我討論，這樣可以嗎？」

「沒問題。」我回答。

「妳知道的，柔依，一旦妳蛻變完成，就徹徹底底變成新物種。吸血鬼不是人類，雖然我們具有人性。或許妳現在覺得嗜血的欲望很不對，可是在新的生命裡，妳想要喝血是正常的，就像在舊的生命裡——」她停頓半晌，微笑著說：「妳想要喝可樂一樣。」

「哇，妳什麼都知道？」

「妮克絲賜給我很多能力。除了對我們可愛的貓科動物有感應力和我身爲療癒師的能力之外，我還具有直覺力。」

「所以妳可以看穿我的心思？」我緊張地問。

「不盡然，但的確能感受到一些蛛絲馬跡。譬如說，我知道關於昨晚妳還有別的事想告訴我。」

我深深地吸一口氣。「昨晚，當我發現酒裡攙了血，整個人很煩亂，跑出活動中心，就是這樣才遇到娜拉的。那時她在一棵樹上，那棵樹就在圍牆邊。我以爲她被困在樹上，所以爬上牆頭想把她救下來。就在我跟她說話時，以前學校的兩個朋友來找我。」

「然後呢？」奈菲瑞特原本撫拍著娜拉的手停了下來，全神貫注地聽我講話。

「很不好。他們……他們喝醉了，情緒還很亢奮。」唉，我本來不打算提到這一點的。

「他們想傷害妳嗎？」

「沒有，完全沒有。他們一個是我的前好友，另一個是我差不多快成爲過去式的男友。」

奈菲瑞特又對我揚起眉毛。

「喔，我已經沒跟他約會了，不過他和我對彼此都還有點感覺。」

她點點頭，似乎懂我在說什麼。「繼續說吧。」

「凱拉和我鬧得有點不愉快。她現在看我的眼光不同，我想，我現在也對她有不同的看法。而我們兩個都不喜歡現在對方的樣子。」我一說完才發現的確如此。其實阿拉沒有變，她一直都是這個樣子，老是喋喋不休，扯些無聊的事，還有點壞心腸。只不過這些小問題我以前視而不見，但現在突然覺得無法忍受了。「總之後來她先走，只剩下我和西斯。」我說到這裡打住，不知道該怎麼說出接下來的部分。

奈菲瑞特瞇起眼睛。「妳有股衝動想要嘗他的血。」

「對。」我悄聲承認。

「妳真的吸了他的血嗎，柔依？」她的語氣好嚴峻。

「我只是嘗了一滴。我抓傷了他。我不是故意的，可是一聽到他脈搏跳動的聲音，我就不自禁地抓傷了他。」

「所以妳沒有真的從他的傷口吸血？」

「我正要開始這麼做時，被跑回來的凱拉打斷了。她嚇得半死，於是我決定趕西斯走。」

「他不想走？」

我搖搖頭。「不想。他不想走。」我覺得自己快要哭出來了。「奈菲瑞特，對不起，我不是故意的。我根本不知道自己在幹什麼，直到凱拉放聲尖叫。」

「妳當然不了解發生什麼事。一個剛被標記的雛鬼怎麼可能懂嗜血這種事呢？」她撫拍著我的手臂，就像一個母親安慰孩子那樣。「也許妳還沒對他烙印。」

「**烙印**？」

「如果吸血鬼直接從人類的身上吸血，經常會發生這種現象，尤其在對方供血之前雙方已經有某種關係的話。這就是爲什麼我們禁止雛鬼喝人類的血。事實上，我們也很不贊成成年吸血鬼直接吸食人類的血液。有一派吸血鬼就認爲這是違反道德的行爲，應該立法禁止。」她說。

我看見她說話時雙眼闇黑。那種眼神讓我突然緊張起來，忍不住打起寒顫。然後奈菲瑞特眨了眨眼，雙眼又變回正常的樣子。她那種闇黑的可怕眼神是我自己幻想出來的嗎？

「不過，這話題還是留到六年級的社會學再來談吧。」

「那現在我該拿西斯怎麼辦？」

「不怎麼辦。如果他想跟妳見面，妳就來告訴我。如果他打電話給妳，不要接。如果他開始感受到烙印的威力，光是妳的聲音就會對他造成影響，會變成一種誘惑，吸引他來找妳。」

「聽起來好像《吸血鬼德古拉》小說裡的情節。」我忍不住咕噥著。

「跟那本爛書完全不同！」她厲聲說：「作者史托克污蔑了吸血鬼，才導致我們跟人類之間有著無窮無盡的過節。」

「對不起，我不是故意——」

她揮了揮手，讓我不要講下去。「沒事。那個老蠢蛋的書著實惹惱了我，但我不該在妳面前發洩。至於妳的朋友西斯，妳就別擔心了，我相信他沒事的。妳好像說，他喝了酒，抽了東西？我想，妳指的是大麻吧？」

我點點頭。「不過我可沒抽喔。」我趕緊補充。「他以前不抽的，凱拉也是。我不知道他們怎麼染上的，很可能是因爲跟聯合隊那群毒蟲廝混被帶壞的。偏偏他們都不曉得該拒絕這種東西。」

「嗯，這樣說來，或許他對妳的反應是吸了大麻的結果，而不是因爲被烙印了。」她停頓一下，從抽屜拿出便條簿，並遞給我一支鉛筆。「爲了預防萬一，或許妳可以把妳這兩個朋友的全名和地址寫給我。喔，聯合隊那些隊員的名字也一併給我，如果妳知道的話。」

「爲什麼需要知道他們的名字？」我覺得一顆心陡地往下掉，直掉到鞋子裡。「妳該不是要打電話給他們的父母吧？」

奈菲瑞特笑了出來。「當然不是。他們人類青少年的脫序行爲不關我的事。我這麼問只是想集中意念，看能否感受到他們之中有沒有人出現被烙印的跡象。」

「如果發現有，那會怎樣？西斯會怎樣？」

「他還年輕，烙印應該不會太強，時間和距離會讓它消褪。如果他眞的被深深烙印了，也有方法化解的。」我正打算請她乾脆這麼辦，現在就立刻化解西斯身上的烙印，但話還沒說出口，她就搶先一步說：「不過所有的化解方法都不好玩。」

「喔，好吧。」

我寫下凱拉和西斯的名字及地址給奈菲瑞特。至於聯合隊那些傢伙住哪裡我根本不清楚，不過名字我全知道。奈菲瑞特起身，走到教室後面，抽出一本厚厚的教科書，銀色的書名寫著「進階社會學」。

「從第一章開始讀，依序把整本書讀完。現在妳就把讀這本書當成家庭作業，至於我出給社會學入門這班學生的功課，就不必做了。」

我接過書，好重。書皮握在我緊張、發熱的手中，感覺起來是冰涼的。

「如果有任何問題立刻來找我。記住，任何問題。如果我不在這裡，妳可以直接到我在妮克絲神殿裡頭的住處。從前門走進去，沿著右側樓梯往上走。現在整間學校只有我一個祭司，所以二樓全都屬於我。別擔心打擾到我，妳是我負責的雛鬼，所以妳的職責就是來打擾我。」她帶著溫暖的笑容告訴我。

「謝謝妳，奈菲瑞特。」

「別擔心，妮克絲已經點選妳，自然會照顧妳。」她抱了抱我。「我現在就去告訴諾蘭老師妳得先打個電話。去吧，用我桌上的電話打給妳阿嬤。」她又抱了我一下，然後走出教室，門在她身後輕輕關上。

我坐在她桌子後面的椅子上，心想，她真的好棒，也想著媽媽上次這樣抱我是多久以前的事了。不知怎麼地，我開始哭。

21

「阿嬤，是我。」

「喔，我的柔依鳥兒啊！妳還好嗎，寶貝？」

我對著電話微笑，抹掉淚水。「我很好，阿嬤，我好想妳。」

「小鳥兒，我也很想妳。」她停頓了一會兒接著說：「妳媽打過電話給妳嗎？」

「沒有。」

阿嬤嘆了口氣。「嗯，寶貝，或許她不想在妳適應新生活這段期間打擾妳。我告訴過她，奈菲瑞特說你們在那裡的作息日夜顛倒。」

「謝謝，阿嬤，不過我想她之所以沒打電話給我，不是因爲這個原因。」

「或許她打過了，只是妳沒接到。我昨天也打了妳手機，但直接進到妳的語音信箱。」

一股罪惡感襲來，我竟然沒想到檢查手機留言。「手機在我房間，我忘了充電。對不起，阿嬤，沒接到妳電話。」爲了讓她心裡好過一點（也希望她別再談這事），我告訴她：

「回房間後我會看看手機，或許我媽眞的打過電話給我。」

「或許她眞的打過，寶貝。嗯，妳在那裡過得好嗎？」

「很好，我是說，這裡有很多我喜歡的事情，譬如這裡的課程都很酷。阿嬤，我甚至還上擊劍和馬術課。」

「很棒！我記得妳很喜歡騎兔寶寶。」

「而且現在我有一隻貓！」

「哇，柔依鳥兒，我眞替妳高興。妳一直很喜歡貓咪。有交到新朋友嗎？」

「有啊，我室友很棒，她叫史蒂薇·蕾。而且我也喜歡她的朋友。」

「既然一切都很好，爲什麼掉淚呢？」

我早該知道在阿嬤面前什麼都隱藏不了的。「只是……只是蛻變過程中有些事情很難適應。」

「妳身體已經好了，不是嗎？」她話裡充滿憂慮。「妳的頭還好嗎？」

「好了。我說的不是這方面的事，而是——」我打住。其實我好想告訴她，想得快爆炸了，可是我不知道該怎麼說。而且我很害怕，怕她知道以後不再愛我。我的意思是，我媽不再愛我了，不是嗎？至少可以說，她爲了贏得一個新丈夫，而不再關心我了。從某方面來說，這比不再愛我更糟糕。萬一我告訴阿嬤後，她也不理我，那該怎麼辦？

「柔依鳥兒，妳知道妳什麼都可以告訴我。」她溫柔地說。

「阿嬤，這件事很難說出口。」我咬住下唇，不讓自己哭出來。

「柔依，不管妳說什麼，都不會影響我對妳的愛。我今天是妳的阿嬤，明天是，明年也是。甚至等我回到靈界，跟祖先相聚以後，我也會在那裡愛著妳，我的小鳥兒。」

「我喝了血，而且很喜歡！」我一股腦兒說出口。

阿嬤毫不遲疑，隨即回答我：「嗯，寶貝，吸血鬼不就是這樣嗎？」

「是沒錯，不過我還不算是吸血鬼，我只是個幾天大的雛鬼。」

「妳很特別，柔依，妳一直都很特別。當然不可能現在突然變得不特別吧？」

「我不覺得自己特別，我覺得自己像是怪胎。」

「記住，妳仍然是妳，不管妳有沒有被標記，不管妳是否得經歷蛻變。在妳裡面，妳的靈魂仍是**妳的**靈魂。在外表，妳看起來或許像個熟悉的陌生人，不過妳只需要往裡面看，就可以找到妳認識了十六年的妳。」

「熟悉的陌生人……」我低聲問：「妳怎麼知道？」

「因爲妳是我的女孩，小寶貝，妳是我魂靈的女兒。妳會有怎樣的感受，一點都不難了解。我只需想像自己會有怎樣的感受啊。」

「謝謝妳，阿嬤。」

「不客氣，**嗚威記阿給亞**。」

我笑了出來，好喜歡切羅基族語裡「女兒」這個詞的發音，聽起來這麼有魔力，這麼特別，彷彿是女神賜予的名號。女神賜予的……

「阿嬤，還有另一件事。」

「說啊，小鳥兒。」

「我想，設立守護圈時，我可以感受到五個元素。」

「柔依，如果真是這樣，那就表示妳被賦予很大的力量。要知道，力量愈大責任愈大。我們家族的豐富歷史裡有部落長老、巫醫和女智者。小鳥兒，要謹慎，凡事三思而後行。女神不會一時興起賜給妳特殊能力，所以要謹慎使用，讓夜后妮克絲和祖先都能俯首看著妳微笑。」

「我盡力而為，阿嬤。」

「我對妳的期望就是這樣，柔依鳥兒。」

「我們學校有個女孩也有特殊能力，不過她很可怕，會欺負人，會說謊。阿嬤，我想……

我想……」我深深吸一口氣，說出我整個早上在心裡醞釀的話：「我想，我比她強，或許妮克絲選上我，是為了要我把她從她現在的位置趕走。不過……不過這也表示，我必須取代她。但是我不知道自己是否準備好這麼做了。現在不知道，或許以後也不會知道。」

「聽從妳的靈告訴妳的事情，柔依鳥兒。」她猶豫了一下，然後說：「寶貝，妳還記得我們族人的淨化祈禱儀式嗎？」

我想了一下。陪阿嬤去她家後面那條小溪，看著她在流水中沐浴行儀，念著淨化祈禱詞的次數，不計其數。有時候，我也會隨她步入水中跟著念。這些祈禱詞已經和我的童年緊密結合在一起，季節更迭之際、薰衣草豐收謝神之時、準備過冬時，乃至於阿嬤遇到遲疑難決的事時，我們都會禱念。有些時候，阿嬤在淨化自己，誦念這些祈禱詞時，我看不出是為了什麼。總之，淨化祈禱詞一直都在我的生命之中。

「記得，」我說：「我記得。」

「你們學校裡有流水嗎？」

「我不知道，阿嬤。」

「嗯，如果沒有，那就找些香草紮成淨化用的薰沐草束。鼠尾草和薰衣草混合在一起最佳。不過，如果找不到，也可以用現採的松枝來代替。妳知道該怎麼做吧，柔依鳥兒？」

「知道。把草束點燃，用煙燻自己，先從腳開始，慢慢往上，正面背面都要。」我複誦程序，彷彿又回到小時候，阿嬤正以部落的方式訓練我。「然後面向東方，誦念淨化祈禱詞。」

「很好，妳果然記得。柔依，要祈求女神的幫助。我相信她會聽見妳的呼求。明天日出前可以進行嗎？」

「應該可以。」

「我會跟著妳一起祈禱，阿嬤也會用我的聲音祈求女神指引妳。」

就在這一剎那，我覺得好多了。阿嬤對這種事從來不會出錯。如果她相信沒事，就眞的不會有事。

「我答應妳，阿嬤，我會在天亮前誦念淨化祈禱詞。」

「很好，小鳥兒，我這個老太婆該放妳走嘍。現在該是上課的時間，不是嗎？」

「對，我待會兒要去上戲劇課。對了，阿嬤，妳永遠也不會老。」

「小鳥兒，只要能聽見妳的聲音，我就不會老。我愛妳，**嗚威記阿給亞**。」

「我也愛妳，阿嬤。」

＊＊＊

和阿嬤談過後，壓在心頭的沉重石頭移開了。我還是很害怕，對接下來的發展惴惴不安，也沒因爲想到要把愛芙羅黛蒂拉下來而感到興奮。其實，我依然不知道該怎麼做。不過，現在我總算有一個計畫了。好吧，或許這不算是什麼「計畫」，但至少是我可以做的事。我得先完成淨化祈禱儀式，然後……嗯……到時候我應該就會知道接下來該怎麼做。

對，這樣應該行得通。至少早上上課時我不斷這樣告訴自己。到了中午，我已決定好舉行淨化儀式的地點，就在牆邊我發現娜拉的那棵大樹下。中午吃飯時，我跟在孿生的後面，邊在沙拉吧前面排隊，邊想著這件事。樹木，尤其橡樹，對切羅基族來說是神聖的，所以那裡應該很適合。況且那裡不難走到，但又夠隱密。沒錯，西斯和凱拉是在那裡找到我，不過我這次可不打算又坐在牆頭給他們發現。而且西斯不可能連續兩天在拂曉時分出現，不管他是否被我烙印了。我的意思是，這個傢伙暑假總是睡到下午兩點，**每天**如此。早上得靠兩個鬧鐘和他媽媽的吼叫，才能把他挖起來上學。所以，這傢伙不可能明天日出前再度出現在這裡。經過昨天的事，他說不定需要幾個月才恢復得了。不對，搞不好他早已偷溜出家門和阿拉見面（偷溜出門對阿拉來說一向易如反掌，她父母完全被蒙在鼓裡），兩人鬼混了一整夜。也就是說，他會錯過上課的時間，接下來兩天都裝病在家睡大覺。總之，我不擔心他會出現。

「妳覺不覺得玉米筍這種東西很恐怖？哪有玉米長得這麼小，想來就不對勁。」

我嚇了一大跳，差點將手中這勺田園沙拉醬翻倒進那一缸白色液體中。我抬起頭，與艾瑞克那雙含笑的湛藍眼睛迎個正著。

「喔，嗨，」我說：「你嚇到我了。」

「柔，我想，我開始習慣偷偷出現在妳背後了。」

我笑得有點緊張，非常清楚孿生的正盯著我們的一舉一動。

「妳不像昨天那麼憔悴，看來心情應該平復了。」

「是啊，沒事了，我很好。這次，我可沒撒謊。」

「我聽說妳加入了黑暗女兒。」

簫妮和依琳同時倒抽一口氣。我很小心不讓視線飄向她們。

「對。」

「很好。那團體需要注入新血。」

「你用『那團體』來稱呼，好像你跟她們沒關係。你不是黑暗男兒嗎？」

「是啊，不過黑暗男兒和黑暗女兒不同。我們只是陪襯的，可以說和人類世界的情形相反。所有人都知道我們只是去那裡讓場面好看，也讓愛芙羅黛蒂高興。」

我抬頭望著他，讀著他眼神裡的言外之意。「你現在仍繼續扮演取悅愛芙羅黛蒂的角色？」

「就像我昨晚說的，結束了。所以我才不認爲自己是那團體的一分子。我相信，若不是因爲我還有那一丁點表演天分，她們大概會正式把我除名。」

「在百老匯表演，而且獲得好萊塢青睞，靠的是『一丁點』表演天分？」

「我就是這個意思。」他對我咧嘴笑笑。「妳也知道，那都不是眞的。表演全是裝出來的，不是眞正的我。」他低下頭在我耳邊悄悄地說：「眞的，我是個呆瓜。」

「喔，拜託，這種台詞不適合你吧？」

他做出被我冒犯的誇張表情。「台詞？不是，柔依，這不是台詞。我可以證明給妳看。」

「那還用說嗎？」

「我眞的能證明。今晚跟我看DVD，我們一起看我最最喜歡的影片。」

「這樣能證明什麼？」

「我是說看《星際大戰》欸，原始版的。我記得每個角色的台詞。」他再度靠過來，壓低聲音說：「我甚至可以演長毛怪秋巴卡的角色。」

我笑了出來。「你說得沒錯，你是呆瓜。」

「就說嘛。」

這時我們走到了沙拉吧尾端，然後他陪我走到戴米恩、史蒂薇．蕾和孿生的已經就座的桌子旁。喔，不會吧，他們連裝都不裝一下，就這樣大剌剌地瞠目結舌看著我們兩個。

「那，妳會……跟我……今晚？」

我聽見他們四人全都屏住了呼吸，真的聽見。

「我是願意，不過今晚沒辦法。我，呃，已經另有計畫。」

「喔，好吧。那就下次。掰掰。」他向其他人點點頭，然後離開。

我坐下，他們全都盯著我。「幹麼啦？」我說。

「妳肯定瘋了。」簫妮說。

「深有同感，孿生的。」依琳附和。

「希望妳的確有拒絕他的好理由。」史蒂薇．蕾說：「妳顯然傷了他的心。」

「不知道他願不願意讓我安慰他？」戴米恩問，仍如癡如夢地望著艾瑞克的背影。

「你別了吧。」依琳說。

「他不是你那一掛的。」簫妮解釋。

「噓！」史蒂薇．蕾說，轉頭注視我的雙眼。「妳爲什麼拒絕他？還會有什麼事情比跟他約會重要？」

「除掉愛芙羅黛蒂。」我直截了當地回答。

22

「是好理由。」戴米恩說。

「她加入黑暗女兒了。」簫妮突然冒出這句。

「什麼！」戴米恩尖叫，聲音約有二十個八度高。

「別煩她。」史蒂薇·蕾立刻跳出來挺我。「她是要去刺探敵情。」

「刺探敵情？要死了！如果她加入黑暗女兒，那她就是要向敵人全面開戰了啦。」戴米恩說。

「不是，她要加入黑暗女兒。」簫妮說。

「我們聽到她自己這麼說。」依琳說。

「喂！我人還在這裡欸。」我說。

「那麼，妳想怎麼做？」戴米恩問。

「我還不知道。」我說。

「妳最好想出一個計畫，而且要快，否則那群母夜叉很快就會把妳當午餐吃了。」依琳說。

「對。」簫妮說，狠狠地嚼著沙拉，製造聲效。

「喂，她不需要獨自一人想計畫，她有我們啊。」史蒂薇．蕾雙手交叉在胸前，怒目看著孿生的。

我微笑看著史蒂薇．蕾，感謝她大力相挺。「嗯，其實我大概有個想法。」

「太棒了，快說，我們一起來腦力激盪。」史蒂薇．蕾說。

所有人滿臉期待地望著我。我嘆了口氣，「嗯，呃……」一開始我有些猶豫，害怕自己一說出口，聽起來會像個蠢蛋。接著，我決定，乾脆把和阿嬤談過之後我心裡的想法告訴他們，於是我一口氣快速地把話說完：「我想，我會根據切羅基族的傳統，舉行古老的淨化祈禱儀式，祈求妮克絲幫助我想出一個計畫。」

餐桌間的沉默似乎延續了幾輩子。終於，戴米恩打破沉默。「求妮克絲幫忙這主意不錯啦。」

「妳是切羅基族啊？」簫妮問。

「妳看起來的確像切羅基族。」依琳說。

「喂！她的姓氏是紅鳥，一聽就知道是切羅基族。」史蒂薇・蕾做了結論。

「喔，那不錯。」簫妮嘴裡這麼說，但仍一臉狐疑。

「我只是覺得，妮克絲應該會聽見我的祈求，或許會給我某種暗示，讓我知道該怎麼對付恐怖的愛芙羅黛蒂。」我看著這群朋友一張張的臉。「我心裡有個聲音告訴我，不能再讓她這樣胡作非爲下去了。」

「讓我告訴他們吧。」史蒂薇・蕾突然說：「他們不會告訴其他人的。真的。讓他們知道，會比較有幫助。」

「在說什麼啊？」依琳問。

「好，現在妳別無選擇了。」簫妮邊對著我說，邊用叉子指著史蒂薇・蕾。「她知道她這麼一說，我們就會把妳煩到非全盤托出她想要說的事情不可。」

我對著史蒂薇・蕾皺眉，她怯怯地聳聳肩說：「不好意思喔。」

不得已，我傾身向前，壓低聲音說：「向我保證，你們不會說出去。」

「保證。」他們回答。

「我想，設立守護圈時，我可以感受到五元素。」

一陣沉默，他們全都呆望著我。其中三人震驚，史蒂薇・蕾得意。

「現在，你們還認爲她打不倒愛芙羅黛蒂嗎？」史蒂薇・蕾說。

「我就**知道**妳的記印不只是跌倒撞傷造成的！」簫妮說。

「哇，」依琳說：「要嚼舌根的話，沒有比這更精彩的話題了。」

「不能告訴任何人！」我趕緊重申。

「拜託，」簫妮說：「我們只是說以後這肯定會成爲精彩的話題。」

「我們知道，精彩話題得耐心等待。」依琳說。

戴米恩不理會她們兩個，逕自發表意見。「我想，在歷史記錄裡，還沒有哪個女祭司長對所有五元素具有感應力。」戴米恩說，聲音愈來愈興奮。「妳知道這代表什麼嗎？」他沒給我機會回答。「這代表妳很有可能成爲有史以來吸血鬼世界裡最蹻勇的女祭司長。」

「什麼？」我問。**蹻勇**？

「就是很強、很厲害的意思。」他不耐煩地說：「妳或許眞的可以除掉愛芙羅黛蒂！」

「這才眞的是好消息。」依琳說，簫妮猛點頭表示贊同。

「那麼，我們什麼時候在哪裡舉行那個什麼淨化東東？」史蒂薇・蕾說。

「我們？」我問。

「妳可不能一個人進行，柔依。」她說。

我張嘴想抗議。我的意思是，連我自己都不確定該怎麼做，搞不好到頭來事情被我弄得一團糟，我可不想把這群朋友都拖下水。不過戴米恩根本不給我時間拒絕。

「妳需要我們。」他直截了當地說：「就算最蹻勇的女祭司長，也需要有她自己的守護圈。」

「喔，我還沒想到要設立守護圈。我只是要進行淨化祈禱儀式之類的。」

「妳不能設立守護圈，然後念那個祈禱詞，求妮克絲幫妳嗎？」史蒂薇·蕾問。

「聽起來有道理。」簫妮說。

「況且，如果妳眞的對五元素有感應力，我敢說，妳在設立自己的守護圈時，我們一定感受得到。對吧，戴米恩？」史蒂薇·蕾說。所有人將目光移向我們這夥人裡頭的這位男同志學者。

「我覺得這的確可能。」他說。

我仍想爭辯，但其實我內心鬆了一口氣，很高興並感激這群朋友不離不棄，不讓我獨自面對不確定的結果。

珍惜他們，他們是最有價值的珍珠。

我心裡又浮現那熟悉的聲音。自從妮克絲吻了我的額頭，永遠改變了我的記印和生命後，我似乎就有了這種直覺力。我明白自己不該再懷疑這個聲音。

「好吧。我需要一把薰沐草束。」他們一臉茫然看著我，於是我開始解釋：「這是儀式裡用來驅邪淨化的東西，因爲這裡沒有流水。還是有？」

「妳是說小溪、河流之類的嗎？」史蒂薇．蕾問。

「對。」

「喔，用膳堂外面的院子有條小溪流過，尾端消失在學校地底某個地方。」戴米恩說。

「那裡不好，不夠隱密。我們還是得利用薰沐草束。最好是乾燥的薰衣草和鼠尾草混在一起。如果沒有，用松枝代替也行。」

「我可以弄到薰衣草和鼠尾草，」戴米恩說：「學校福利社有這類東西，因爲五、六年級的『咒語及儀式』課程會用到。我就說我是幫高年級的學長來買的。還需要其他什麼？」

「嗯，在淨化儀式中，阿嬤總是會對切羅基族人尊崇的七個神聖方位致謝：北、南、東、西、太陽、大地和自己。不過，我想，我的祈禱詞應該是講給妮克絲聽，這個部分得改變一下。」我咬著下唇思索著。

「這應該是聰明的做法。」簫妮說。

「沒錯。」依琳補充：「我是說，妮克絲應該不會和太陽連在一起。她是黑夜。」

「柔依，我認爲妳應該聽從自己的直覺。」史蒂薇‧蕾說。

「相信自己，是女祭司長要學會的第一件事。」戴米恩說。

「好。那麼，我還需要召喚五元素要用的蠟燭。」我下定決心。

「小事一樁。」簫妮說。

「是啊，神殿從不鎖門，裡頭有數不清的儀式用蠟燭。」

「可以拿那裡的蠟燭嗎？」從妮克絲神殿偷蠟燭應該不是什麼好主意。

「只要我們用完後歸還回去就沒問題。」戴米恩說：「還需要什麼嗎？」

「就這樣。」我想。要死，我還眞不確定。事實上我根本不知道自己在幹什麼。

「何時？何地？」戴米恩問。

「晚餐後，五點鐘吧。我們不能一起去。現在絕不能讓愛芙羅黛蒂或黑暗女兒任一個成員察覺事情有異，知道我們在聚會或幹什麼的，而疑心起來。我們在東牆邊的一棵大橡樹下集合，各自前往。」我歪著嘴對他們苦笑。「如果你假裝自己剛從活動中心黑暗女兒的聚會衝出來，想逃離那群母夜叉，應該就很容易找到那個地方。」

「這根本不需要怎麼假裝。」簫妮說。

依琳附和地哼了一聲。

「好，我們會帶東西去。」戴米恩說。

「對，我們帶東西去，妳帶蹻勇去。」簫妮說，給了戴米恩一個自以爲是的得意表情。

「『蹻勇』不能這樣用啦，詞性不對。妳知道嗎，妳眞的該多讀點書，或許這樣一來，妳的辭彙就會增加。」戴米恩說。

「該多讀點書的是你**媽**。」簫妮回嘴，然後因爲這個很冷的「你媽」笑話，和依琳不可抑遏地咯咯笑個不停。

我很高興他們轉移話題，不再聚焦在我身上。趁著他們一來一往鬥嘴，我終於可以好好地吃我的沙拉，稍微安靜地想一點心事。我邊咀嚼，邊回想淨化祈禱詞的每一個字。這時，娜拉跳上長凳，蹲在我旁邊，一雙大眼睛看著我。然後，她身子靠過來，開始像噴射引擎那樣咕嚕咕嚕叫個不停。不知爲什麼，她讓我覺得心情舒坦多了。上課鈴聲響，我們趕緊起身，各自趕去自己的教室。這四個朋友一個個對我微笑，眨眼，給我一個心照不宣的眼色，然後說：「待會兒見，柔。」他們也讓我覺得心情很好，雖然他們這麼輕易就襲用艾瑞克對我的暱稱，讓我心裡忽然間揪了一下。

西班牙語課我上得很投入，時間過得飛快。我們整堂課都在學習如何說「我喜歡什麼」和「我不喜歡什麼」。嘉蜜老師上課的方式讓我笑開懷。她說這堂課會改變我們的人生。Me gusta gatos（我喜歡貓咪）。Me gusta ir de compras（我喜歡逛街購物）。No me gusta cocinar（我不喜歡烹飪）。No me gusta lavantar el gato（我不喜歡幫貓洗澡）。這些都是嘉蜜老師的喜歡和不喜歡，我們上課那一小時就是在練習說自己的喜歡和不喜歡。

我努力克制自己別在簿子上寫出me gusta Erik（我喜歡艾瑞克）和no me gusta el hag-o Aphrodite（我不喜歡母夜叉愛芙羅黛蒂）。好吧，我知道「母夜叉」的西班牙語不是el hag-o，不過，不管啦，我要表達的就是這個意思。總之，這堂課變得有趣了，因爲我不再鴨子聽雷，終於了解我們說的句子。至於今天的馬術課，過得就沒有那麼快。清理馬廄的時間很適合思考，我一遍遍在心裡複誦淨化祈禱詞，而這一小時的確是足足一小時。這次史蒂薇·蕾不需要跑來提醒我。我自己已經夠焦慮了，眞怕會忘了時間。我很高興蕾諾比亞讓我再次梳理普西芬妮的毛，而且她還告訴我，下個禮拜或許就可以讓我騎普西芬妮，聽得我好興奮，整個人沉浸在騎馬的想像中。下課鈴聲響，我趕緊收好馬刷，衝出馬廄，希望這時「眞實」世界的時間沒有太晚。我好想打電話給阿嬤，告訴她我和馬兒處得很好。

「我知道妳在搞什麼鬼。」

我發誓我眞的被嚇到差點不能呼吸。「天啊，愛芙羅黛蒂！妳可不可以先發出點聲音什麼的！妳是什麼？蜘蛛嗎？我差點被妳嚇死。」

「怎麼了？」她陰陰地說：「作賊心虛啊？」

「喂，妳偷偷摸到別人背後，當然會嚇到人。這跟心虛不心虛有什麼干係？」

「所以，妳不心虛？」

「愛芙羅黛蒂，我不知道妳在說什麼。」

「我知道妳今晚計畫做什麼。」

「我還是不知道妳在說什麼。」**啊，慘了！她怎麼發現的**？

「大家都覺得妳他媽的很可愛，他媽的很清純，還他媽的對妳那怪里怪氣的記印刮目相看。所有人都被妳騙了，除了我以外。」她轉身與我正面對峙，我們就站在人行道中央。她的藍眼睛瞇成一條線，臉部扭曲，果眞像可怕的母夜叉。哈，有那麼片刻，我納悶孿生的知不知道她們給愛芙羅黛蒂取的綽號有多精準。「不管妳聽到別人鬼扯些什麼，反正他仍然是我的，永遠都是我的。」

我睜大雙眼，鬆了一大口氣，忍不住笑了出來。原來她說的是艾瑞克，不是淨化儀式！

「哇，妳這口氣聽起來眞像艾瑞克的媽。他知道妳在查他的行蹤嗎？」

「妳目睹我在走廊上吸他的大老二時，我看起來像他媽嗎？」

她果然知道。管他的，反正我們之間早晚有這場對話。「不，妳看起來不像艾瑞克的媽，而是像妳自己，飢渴的浪女，人家都明明白白說不要妳了，妳還死皮賴臉地貼上去，可悲唷。」

「死賤人！沒人敢這樣對我說話！」

她舉起手，像一隻爪子，朝我的臉劈過來。突然，世界彷彿定格，靜止不動，只剩下我們兩個以慢動作互相搏鬥，被包圍在飄浮的小泡泡裡。我抓住她的手腕，輕易就擋下她——太輕易了。她似乎是一個羸弱瘦小的孩子，氣沖沖地攻擊我，但力道太弱，傷不了人。我抓住她一會兒，直視她怨毒的雙眼。

「別想再打我。我不像其他人，是妳可以霸凌的。搞清楚，妳現在就給我搞清楚，我不會怕妳的。」我甩開她的手，看見她往後踉蹌，退了好幾步，我自己都嚇一大跳。

她搓著手腕，怒目瞪我。「明天不勞大駕參加我們的聚會。就當作妳沒有受到邀請，不再是黑暗女兒的一分子。」

「真的嗎？」我的冷靜連我自己都不敢相信。我知道我手中握有王牌，於是將牌攤開。「所以，妳要去跟我的導師解釋嘍？奈菲瑞特的本意是希望我加入黑暗女兒，但妳打算告訴她，現在妳嫉妒前男友喜歡上我，想把我踢出去？」

她一臉慘白。

「喔，妳應該也知道，如果奈菲瑞特問起這件事，我一定會非常非常難過。」我用力吸了兩下鼻子，假裝啜泣。

「妳應該知道置身一個團體，卻**沒有人**樂意看到妳在那裡的感覺吧？」她咬牙切齒，狠狠地說。

我感覺胃糾結成一團，但我強迫自己不讓她看出她已擊中我的要害。沒錯，我確實明白那種感受：照說那應該是妳的家，妳是家庭的一個成員，卻**沒有人**希望妳是其中一分子。但是，我不會讓愛芙羅黛蒂知道這件事的。所以我笑一笑，裝出我最甜美的聲音，說：「妳這麼說是什麼意思，愛芙羅黛蒂？我不懂欸。艾瑞克是黑暗男兒，今天午餐時他才告訴我，他是多麼高興我加入黑暗女兒。」

「那就來啊，假裝妳是我們黑暗女兒的一員。不過妳最好記住，她們是**我的**黑暗女兒。妳是外人，沒人要的外人。另外，記住，艾瑞克．奈特和我之間的關係妳是不會懂的。他不是我的**前**什麼東西。妳那天根本沒留到最後看我們在走廊上玩的小遊戲。那時的他就是我希望他扮演的他，現在的他也是。他永遠都是我的人。」說完，她用力甩了一下那頭非常非常金色的頭髮，高視闊步走開。

我才來得及喘兩口氣，史蒂薇．蕾就從距離人行道不遠處一棵老橡樹後面探出頭，問我：「她走了？」

「謝天謝地，走了。」我對著史蒂薇．蕾搖頭。「妳在那裡幹麼？」

「妳是眞不懂還是假不懂？我在躲啊。她快把我嚇死了。我來和妳會合，卻看見妳們兩個在吵架。天啊，她還眞的要動手打妳！」

「愛芙羅黛蒂的脾氣管理能力眞的很有問題。」

史蒂薇．蕾噗嗤笑了出來。

「喂，史蒂薇．蕾，妳現在可以從樹幹後面出來了吧。」

她仍笑個不停，簡直是用跳的，蹦到我跟前，挽起我的手臂。「妳眞的正面跟她開戰了！」

「是啊。」

「她眞的、**真的**恨死妳了。」

「她眞的、**真的**恨死了。」

「妳知道這代表什麼嗎？」史蒂薇．蕾問。

「知道，代表我別無選擇，非得撂倒她不可。」

「對。」

不過我知道，早在愛芙羅黛蒂想挖出我的眼睛之前，我就已經別無選擇。自從夜后妮克絲把她的記印放在我身上之後，我就別無選擇。史蒂薇·蕾和我一起走在煤氣燈照耀的華麗夜色中，夜后的話語在我腦海裡一遍遍播放著：**柔依鳥兒，妳來自遙遠的古代，遠逾於妳的年歲。相信妳自己，妳將會找到路。妳只需記住，黑暗不一定等於邪惡，就像光亮未必帶來良善。**

23

「希望其他人找得到地方。」我和史蒂薇．蕾在大橡樹下等著。我看了一下四周，說：「昨晚好像沒這麼暗。」

「是啊，今晚雲層厚，月光透不過。不過別擔心，蛻變很酷，會提升我們的夜視能力。嘿，我想我現在可以看得和娜拉一樣清楚。」史蒂薇．蕾疼愛地搔了搔貓咪的頭，娜拉閉上眼，舒服地咕嚕咕嚕叫。「他們會找到我們的。」

我靠著樹，心裡仍然擔心。晚餐很棒，有美味到不行的烤雞、炒飯和小雪豆（這個學校值得誇口的一件事，就是伙食無可挑剔）——是的，凡事都美好極了，直到艾瑞克經過我們這一桌，跟我說了聲「嗨」。不是「嗨，柔，我還是喜歡妳」的那種「嗨」。而是「嗨，柔依」的「嗨」。嗨，柔依，結束。就這樣。他拿著食物，和幾個被學生的稱爲帥哥的男孩走在一起。我承認我根本沒注意到其他人，一心一意只看著艾瑞克。他們走到我們這一桌，我抬起頭，微笑。他跟我的眼神只交會了千分之一秒，說聲「嗨，柔依」，就繼續往前走。突然間，好吃的烤雞變得食之無味。

「妳拒絕他的邀約，傷了人家的自尊啦。對他好一點，他就會再邀妳出去。」史蒂薇・蕾說，將我和我的思緒拉回到現在，拉回到樹下。

「妳怎麼知道我正在想艾瑞克？」我問。看見史蒂薇・蕾撫拍娜拉的手停下來，我趕緊伸手過去，在娜拉出聲抱怨之前，繼續搔她的頭。

「因爲我也正在想這件事啊。」

「唉，我眞不該想什麼男生，現在應該想的是設立守護圈的事，畢竟我之前從沒做過，還有淨化儀式。」

「他不是『什麼男生』，他是很**棒**～～的男生。」史蒂薇・蕾拉長聲音，把我逗笑。

「妳們一定在談艾瑞克。」戴米恩從牆邊陰影下走出來。「別擔心。從他午餐時看妳的樣子，我知道他一定會再約妳出去。」

「沒錯，他說了算。」簫妮說。

「他可是我們這夥人當中的男性心事專家。」依琳接著說，和簫妮一起走到樹下，和大家會合。

「確實無誤。」戴米恩說。

我趕緊在他們把我搞得頭痛之前，轉移話題。「我們需要的東西都帶來了吧？」

「我得自己把薰衣草和鼠尾草混在一起。我把它們綁成這樣，希望沒問題。」戴米恩從夾克袖子裡抽出一把用乾燥香草紮成的薰沐草束遞給我。厚厚一束，約有三十公分長，我馬上聞到熟悉的薰衣草香味。他用特粗的線將草束尾端綁得緊緊的。

「很棒。」我對他微笑。

他鬆了一口氣，有點不好意思地說：「我是用我刺十字繡的線綁的。」

「喂，我老早就告訴過你，喜歡刺十字繡沒什麼丟臉的。我覺得這是很可愛的嗜好。況且，你眞的繡得很棒。」史蒂薇．蕾說。

「希望我爸也這麼想。」戴米恩說。

我眞不喜歡聽見他語調裡的難過情緒。「希望哪天你能教教我。我一直都想學十字繡。」我撒謊，但很高興見到他的神情開朗起來。

「隨時都行啊，柔。」他說。

「那，蠟燭呢？」我問孿生的。

「喂，我們之前說了嘛，小事——」簫妮打開皮包，拿出綠色、黃色和藍色的小蠟燭，都插在顏色相對應的厚短玻璃杯裡。

「一樁。」依琳從她的包包掏出紅色和紫色小蠟燭，也都插在同樣顏色的玻璃容器裡。

「很好。我想一下。嗯，我們現在過來這裡，離樹幹稍微遠一點，不過還是要近到能站在枝葉下。」他們跟著我走離樹幹幾步。我看著蠟燭。現在該怎麼做？或許我應該……就在我開始思索時，我瞬間懂了。我沒停下動作，納悶自己怎麼會突然知道該怎麼做，而是依從內心的直覺，直接開始行動。「我會給你們每人一根蠟燭。就像奈菲瑞特的月圓儀式裡的成鬼，你們一個人代表一個元素。我是靈。」依琳將紫色蠟燭遞給我。「我站在守護圈的中央，你們在我四周圍成一圈。」我毫不猶豫地從依琳手中接過紅色蠟燭，交給簫妮。「妳是火。」

「聽起來很適合我。我是說，所有人都知道我有多火辣。」她滿面笑容，左扭右擺地朝圈子的南端走去。

接下來是綠色蠟燭。我轉身告訴史蒂薇·蕾：「妳是土。」

「綠色正好是我最喜歡的顏色！」她說，很高興地走到簫妮的對面站定。

「依琳，妳是水。」

「太好了。我一直都喜歡整個人躺下攤平，如果想讓自己清涼一下，還會去游泳。」依琳走到圈子的西端。

「那我就是風嘍。」戴米恩說，接過黃色蠟燭。

「沒錯，你的元素是要開啓守護圈。」

「就像我希望能開啓人們的心靈。」他移動到東端。

我給他一個溫暖的笑容，告訴他：「沒錯，有點類似這樣。」

「好，接下來呢？」史蒂薇·蕾問。

「嗯，接下來用燃燒薰沐草束所產生的煙來淨化我們自己。」我將手中的紫蠟燭放到腳邊，以便專心處理草束。然後我想起忘了一件事，轉著眼珠子問：「要命，有人想到要帶火柴、打火機之類的嗎？」

「當然。」戴米恩從口袋掏出打火機。

「眞謝謝你，風。」我說。

「別客氣，女祭司長。」他說。

我沒答腔，不過被他這麼一稱呼，一股興奮的悸動的確酥酥麻麻地竄過全身。

「草束要這樣用——」我很高興自己的聲音聽起來比我實際的心情還平靜得多。我站在戴米恩面前，決定從守護圈的起始位置開始進行。察覺自己居然能精確無誤地模仿阿嬤的動作，並記得童年學到的一切，心裡微微感到驚異，但我沒有停頓，開始對大家解釋接下來的程序：「薰沐是一種淨化人、地方或物件，祛除負面能量、邪靈的方法。這種儀式要先燃燒一些特殊的神聖植物和香草樹脂，再拿著物件過火燻煙，或者將煙搧到人身上，或揮散到某個地方的四周。植物的靈會淨化所有被燻過的東西。」我對著戴米恩微笑：「準備好了嗎？」

「肯定無誤。」他回答，典型的戴米恩用語。

我點燃草束，讓乾燥的香草燃燒一會兒，然後將火吹熄，留下冒著煙的美麗火燼。我從戴米恩的腳開始，將煙撥向他的身體，並繼續解釋這項古老儀式。「有一點很重要，我們必須記住，我們祈求的是神聖植物的靈，希望這些植物能幫助我們，所以我們應該承認它們具有魔力，尊敬它們。」

「薰衣草和鼠尾草有什麼作用？」史蒂薇．蕾在圈子另一頭問我。

我邊將煙燻上戴米恩的身體，邊回答史蒂薇．蕾的問題。「傳統儀式經常用到白色鼠尾草，據說它可以驅逐負面能量、邪靈之類的。事實上沙漠鼠尾草也有同樣的作用，不過我比較喜歡白色鼠尾草，因爲聞起來比較香。」我進行到了戴米恩的頭，對他笑著說：「戴米恩，你這香草選得好。」

「有時候我眞覺得自己有通靈能力。」他說。

依琳和簫妮哼了一聲，不過我們都裝作沒聽到。

「好，現在依順時針方向轉身，我要淨化你的背。」他轉過身，我繼續說：「我阿嬤都會在薰沐草束裡放進薰衣草，我相信這有一部分是因爲她有一片薰衣草田。」

「酷！」史蒂薇．蕾說。

「是啊，她那裡很棒。」我回頭給她一個微笑，不過手沒停，仍繼續幫戴米恩淨身。「另一個原因是薰衣草有恢復身心平衡、創造祥和氣氛的功能，而且能吸引愛的能量和善靈。」我拍拍戴米恩的肩膀，示意他轉回來。「你好了。」然後我沿著圈子走向代表火元素的簫妮，開始替她燻煙淨身。

「善靈？」史蒂薇．蕾問，口氣聽起來稚氣，透著恐懼。「我不知道除了召喚宇宙元素，我們還要召喚其他東西。」

「拜託，行行好吧，史蒂薇．蕾。」簫妮說，隔著煙霧對史蒂薇．蕾蹙起眉頭。「妳要當吸血鬼，就不能怕鬼魂。」

「是啊，這樣聽起來就不對嘛。」依琳附和。

我瞥了圈子另一頭的史蒂薇．蕾一眼，和她的眼神短暫交會一下。我知道我們兩個都想起了我看見伊莉莎白鬼魂的事，不過我們倆誰都不想提起。

「我又**不是**吸血鬼，我還未成年欸，所以我可以怕鬼。」

「等等，柔依說的應該是切羅基族的魂靈吧？他們可能不會理睬我們這幾個非原住民所進行的儀式。現在這裡只有女祭司長是切羅基族，比數是四比一。」戴米恩說。

我幫簫妮做完淨身後，走到依琳那邊。「我想，我們外表是什麼人並不重要。」話一出口，我就確知自己說得沒錯。「我想，眞正重要的是我們內在的動機。可以這麼說吧：愛芙羅黛蒂和她那群姊妹都是全校最漂亮、最聰明的學生，所以照理說，黑暗女兒應該是很棒的一個社團。可是她們卻被我們稱爲母夜叉，而且基本上她們也的確是一群惡霸，被慣壞的嬌嬌女。」眞想不通艾瑞克怎能接受這種團體？難道他眞的就像他自己說的，只是爲了「陪襯」，他根本無所謂？或者，就像愛芙羅黛蒂暗示的，他與黑暗女兒的淵源比我知道得更深？

「有些學生是因爲被她們威脅才加入，有些則只是去湊熱鬧。」依琳說。

「沒錯。」我在心裡搖搖頭。現在不是想著艾瑞克做白日夢的時候。我做完依琳的淨身，走到史蒂薇．蕾面前。「我的意思是，我確信我祖先的魂靈可以聽到我，就像我認爲鼠尾草和薰衣草的靈對我們有幫助。不過，史蒂薇．蕾，我想，妳不需要害怕，因爲我們召喚他們的目的，不是爲了利用他們來踹愛芙羅黛蒂的屁股。」我停頓了一下，幫史蒂薇．蕾淨身，然後接著說：「雖然那女人眞的很欠扁。我想，今晚不會出現什麼可怕的鬼魂。」我堅定地說，然後將草束交給史蒂薇．蕾。「好，現在妳來幫我做。」她開始模仿我剛剛的動作，我放輕鬆，讓自己沉浸在那熟悉的芬芳煙霧中。

「我們不是要請他們來幫我們痛扁她啊？」簫妮聽起來好失望。

「不是，我們是要潔淨自己，以祈求妮克絲的指引。我不想痛扁愛芙羅黛蒂。」不過，我想起稍早前將她甩得踉蹌後退，嚴厲斥責她時，那種感覺有多痛快。「好吧，我是很想痛扁她，不過事實上這解決不了黑暗女兒的問題。」

史蒂薇．蕾幫我淨完身，我從她手中拿回草束，謹愼地在地上揩拭，把餘燼完全滅了。然後我回到圈子正中央。在那裡，娜拉正心滿意足地蜷縮成一團橘色小球，窩在那根紫色蠟燭旁邊。我環視一圈，看著我這幾位朋友，說：「的確，我們都不喜歡愛芙羅黛蒂。不過，我想，有一點很重要——我們不應該把焦點放在痛扁她，或把她逐出黑暗女兒的社團，這一類負面的事情上。只有她這種人才會這麼做。我們不過是想做對的事情。我們該堅持的，是正義而不是報復。我們跟她不同，而如果我們能順利取得她在黑暗女兒之中的位置，這整個團體就會變得不一樣。」

「看吧，這就是爲什麼妳能當女祭司長，而我和依琳只是妳旁邊兩個迷人的跟班。我們很膚淺，只想把她那顆愛吹喇叭的腦袋從她肩膀上踹掉。」蕭妮說，依琳點頭附和。

「拜託，只許有正面思想。」戴米恩厲聲說：「我們現在是在進行淨化儀式欸。」

蕭妮只來得及瞪戴米恩一眼，史蒂薇．蕾就已經滿心歡悅地搶先說話：「對！我現在只思考正面的事，譬如，如果柔依能當上黑暗女兒的領袖，那該有多棒。」

「好主意，史蒂薇．蕾。」戴米恩說：「我也在想同樣的事情。」

「嗐，想到這一點我也很高興。」依琳說：「孿生的，我們有志一同，對吧？」她叫喚蕭妮。蕭妮不再瞪戴米恩，跟著說：「你們知道，我一向樂於接受正面思想。如果柔依能接管黑暗女兒，而且一路上去，成爲眞眞正正的女祭司長，那就棒透了。」

真真正正的女祭司長……怎麼這幾個字讓我覺得有點想吐？又來了。眞不知這是好事還是壞事。我的思緒只在這個問題上頭短暫停駐，隨即嘆一口氣，點燃紫蠟燭。「準備好了嗎？」我問他們四個。

「準備好了！」他們齊聲回答。

「好，拿起蠟燭。」

我毫不猶豫（也就是說，我不讓自己有時間膽怯退縮），擎著蠟燭走到戴米恩面前。我不像奈菲瑞特那樣經驗老到、神采煥發，也不像愛芙羅黛蒂那麼性感迷人、充滿自信。我就只是我，只是柔依，那個熟悉的陌生人，剛從幾乎平凡無奇的高中生轉變成不同尋常的雛鬼。我深深吸一口氣。就像阿嬤說的，我所能做的就只是盡力而爲。

「風無處不在，所以第一個要呼請到我們守護圈的元素就是風。風，請聽我呼喚，我召喚你到這個圈子來。」我用我手中的紫蠟燭點燃戴米恩手中的黃蠟燭，燭焰立刻猛烈閃爍搖曳，一陣小旋風已然在我們四周竄起，拂過我們的肌膚，將我們的頭髮吹得飛揚。我看見戴米恩雙眼圓睜，滿臉驚訝。

「是眞的。」他凝視著我，低聲說：「妳眞的可以讓元素顯靈。」

「嗯，」我有點暈眩，輕聲告訴他：「至少有一個元素辦到了。我們來試第二個吧。」

我走向簫妮。她迫不及待地舉起手中的蠟燭，對我說：「我已經準備好迎接火——叫它來吧。」她這話惹得我發笑。

「火讓我想起寒冷冬夜裡壁爐的溫暖和安全感，火將我阿嬤的小屋烘得暖烘烘。火，請聽我呼喚，我召喚你到這個圈子來。」我點燃紅蠟燭，燭焰熾烈地燒著，遠比一般蠟燭燦爛。簫妮和我周遭的空氣突然瀰漫著木頭燃燒的濃郁氣味，還有壁爐熊熊燃燒的溫暖和舒適感覺。

「哇！」簫妮驚歎，她的黑色眼眸映現著蠟燭舞動搖曳的火焰。「這才叫酷！」

「兩個了。」我聽見戴米恩說。

我在依琳面前站定，她笑著急切地告訴我：「我準備好迎接水了。」

「在奧克拉荷馬州的炎熱夏天裡，水是消暑聖品。我一直希望有一天能見到壯闊的海洋。而薰衣草之所以能生長，全靠雨水滋養。水，請聽我呼喚，我召喚你到這個圈子來。」

我點燃藍蠟燭，隨即覺得肌膚一陣冰涼，同時聞到一股乾淨的鹹水氣味，這種味道應該只有我從未見過的海洋才有。

「了不起，眞的、眞的了不起。」依琳說，深深吸了一口海洋的氣味。

「三個了。」戴米恩說。

「我現在不怕了。」我站到史蒂薇．蕾面前時，她這麼說。

「很好。」我告訴她，然後將注意力放在第四個元素，土。「大地支撐、環抱我們。沒有土，我們就都不存在了。土，請聽我呼喚，我召喚你到這個圈子來。」綠蠟燭迅速點燃，草地剛修剪過時的清新氣味突然朝史蒂薇．蕾和我撲鼻而來。我聽見橡樹葉沙沙作響。我們抬頭一看，發現這棵大橡樹眞的將枝椏往我們低俯過來，彷彿要保護我們，屏擋一切傷害。

「眞的太神奇了。」史蒂薇．蕾靜靜地說。

「四個了。」戴米恩說，語調很興奮。

我快步走到圈子中央，舉起我的紫蠟燭。

「最後一個元素充滿萬事萬物，讓我們每個人與眾不同，讓萬物滋生。靈，請聽我呼喚，我召喚你到這個圈子來。」

不可思議，我似乎突然被四元素包圍，處在風、火、水、土組成的小漩渦中。這漩渦不可怕，一點都不可怕，反而讓我內心平靜。這時，我感受到一股狂喜的力量湧現，我得緊緊閉著嘴，才不至於喜悅到放聲大笑。

「看！看守護圈！」戴米恩大叫。

我眨眼，想看得清楚些，卻瞬間感受到所有元素開始沉靜下來，彷彿一群頑皮好玩的小貓圍坐在我身旁，歡快地等著我呼喚，叫牠們去玩耍還是怎樣。居然會想出這種比喻，我不覺莞爾。這時，我看見一道溫煦的亮光沿著圈子周緣把戴米恩、簫妮、依琳和史蒂薇・蕾連起來，眞眞正正形成一個圓圈。這道光明亮清晰，散發出滿月的銀色光芒。

「五個元素全顯靈了。」戴米恩說。

「我的媽呀！」我脫口而出，眞不像女祭司長該有的樣子，惹得他們四個大笑，讓黑夜洋溢起歡笑聲。我終於了解，爲什麼奈菲瑞特和愛芙羅黛蒂會在儀式中跳舞。現在我也想跳舞，想大笑，快樂地大叫。**下次吧**，我告訴自己。今晚有更重要的事要做。

「好，現在我要開始誦念淨化祈禱詞。」我告訴這四位朋友：「我念祈禱詞時，一次會面向一個元素。」

「那妳要我們做什麼？」史蒂薇．蕾問。

「專注祈禱，集中意念，相信這些元素會將我們的祈求帶給妮克絲，而女神會應允我，讓我知道我該怎麼做。」我說得比內心的眞實感覺還要篤定。

我再一次面向東方。戴米恩給我一個鼓勵的微笑。我開始吟誦曾經跟著阿嬤念過不知多少遍的古老的淨化祈禱詞——不過，我稍早決定改變其中一些話語。

偉大的夜后，我在風中聆聽妳的聲音，妳將生命氣息灌注到妳的孩子身上。求妳聆聽，我需要妳的力量和智慧。

我停頓一會兒，轉身面向南方。

讓我行走於美中，讓我的雙眼看見妳美麗夜晚來臨前那紅霞紫雲的夕陽。讓我的雙手尊崇妳為我們創造的一切，讓我的耳朵敏銳到聽見妳的聲音。給我智慧，好讓我明白妳教

導妳的子民的一切。

向右轉，我沉浸在祈禱詞的節奏中，聲音變得更有力。

請幫助我保持冷靜，堅強面對迎頭而來的一切挑戰。讓我學習妳隱藏在一葉一石裡的訓示。請幫助我追尋純淨思想，帶著助人的善念來行動。請幫助我心懷悲憫，但不至於悲苦難當。

我面向史蒂薇・蕾，她雙眼緊閉，彷彿正在用全身力量，集中意念。

請幫助我尋求力量，不是為了比人強，而是要能夠對抗我最大的敵人——我心中的疑惑。

我走回圈子正中央，準備念出最後一段祈禱詞。這時，古老話語的力量從我身上湧向我全心全靈渴慕的女神。我生平第一次感受到如此強烈的悸動。

讓我永遠準備好，隨時帶著乾淨的手和正直的眼走向妳。當生命褪去，一如夕陽褪去，我的魂靈將回到妳身邊，純淨無瑕，了無遺憾。

嚴格說來，這就是阿嬤教我的切羅基族祈禱詞的最後一段。不過，我覺得有必要再加上一段話：「妮克絲，我不了解為什麼妳要標記我，為什麼要給我五元素的感應力。不過，或許我不必知道原因。我只祈求妳幫助我了解什麼是該做的事，並給我勇氣去做。」然後，我以奈菲瑞特結束儀式時的最後用語，來結束這次的祈禱儀式。「祝福滿滿！」

24

「這眞是我所見過最瑰偉的守護圈儀式！」儀式結束後，我們正在收拾蠟燭和薰沐草束時，戴米恩激動地說。

「我想，『瑰偉』的意思應該是『壯大』吧。」簫妮說。

「也可以表示令人稱奇、驚歎，以及奇特、偉大。」戴米恩說。

「這次我不會和你爭辯。」簫妮說，嚇了大家一跳，除了她那孿生的好姊妹依琳。

「沒錯，這個守護圈儀式眞的很**瑰偉**。」依琳說。

「你們知道嗎，柔依召喚土的時候，我眞的感覺到大地了。」史蒂薇・蕾說：「好像我突然被一片生意盎然的麥田包圍——不，不只是被它包圍，而是我突然成了其中一部分。」

「我完全知道妳說的那種感覺。柔依召喚火時，我覺得我體內爆開一把火。」簫妮說。

他們四人興高采烈地聊著各自的體驗，我在一旁努力想著自己的感受。我確實很快樂，但也有點不知所措，而且非常困惑。所以，現在已經證實，這是眞的，我對五個元素眞的都有感應力。

但，爲什麼呢？

只爲了打倒愛芙羅黛蒂？（其實，我到現在還是毫無頭緒，根本不知道怎樣才能打倒她。）不，我不這麼覺得。夜后妮克絲賦予我這麼特殊的力量，難道只爲了讓我把一個被慣壞的女惡霸，從社團領導人的位置踢下來？

好吧，黑暗女兒是比學生會之類的團體還重要，但說到底仍然不過是個學生社團。

「柔依，妳還好嗎？」

戴米恩關切的聲音讓我從娜拉身上抬起頭，這時我才意識到自己坐在剛剛那個圓圈的正中央，把貓咪抱在大腿上，搔著她的頭，完全沉浸在自己的思緒中。

「喔，沒事，不好意思，我沒事，只是有點恍神。」

「我們該回去了，很晚了。」史蒂薇．蕾說。

「好，妳說得沒錯。」我起身，仍抱著娜拉。不過，當他們動身走回宿舍，我的雙腳卻沒辦法跟上。

「柔依？」

戴米恩最先注意到我的猶豫，停下腳步，回頭叫我。其他人跟著停步，看著我，他們的表情有的憂慮，有的困惑。

「喔，你們先走吧，我想在這裡多待一會兒，只要一會兒就好。」

「我們可以留下來陪妳，而且——」戴米恩說，不過史蒂薇．蕾打斷他的話（眞感謝她那顆鄉下姑娘的體貼的心）。

「柔依需要獨處，想些事情。如果你們剛剛發現，自己竟然是有史以來唯一一個能感受到五個元素的雛鬼，應該也會希望安靜下來想一想吧？」

「我想是吧。」戴米恩不情願地說。

「不過別忘記，天快亮了。」依琳說。

我給了他們一個要他們安心的微笑。「我不會忘記的，我很快就回宿舍。」

「我會給妳做個三明治，設法找出一些薯片給妳配妳的非低卡可樂。女祭司長主持完儀式後必須吃東西，這點很重要。」史蒂薇．蕾笑著說，邊將其他人拖走，邊跟我揮手道別。

我看著他們消失在黑暗中，對史蒂薇．蕾喊了聲「謝謝」，然後走回橡樹旁坐下，背倚著粗厚的樹幹，閉上眼睛，撫拍著娜拉。她咕嚕咕嚕叫的聲音聽起來是那麼正常，那麼熟悉，而且具有不可思議的撫慰效果，似乎能幫助我沉澱情緒。

「我還是我，」我悄聲對貓咪說：「就像阿嬤說的，不管其他事物怎麼變，眞正的柔依仍然是柔依，過去十六年來的柔依。」

或許我多對自己重複講幾次，我就能深信不疑。我一手支著臉，一手搔貓咪的頭，並不斷告訴自己，我還是我……我還是我……我還是我……

「瞧她臉龐托在手上的模樣！喔，但願我是那手上的手套，能撫摸那臉龐！」

我被這突如其來的聲音嚇得跳起來，娜拉不悅地「喵—呦—嗚」叫。（這不是古代那位吸血鬼劇作家莎士比亞的名句，《羅密歐與茱麗葉》裡的台詞嗎？）

「我好像老是在這棵樹下撞見妳。」艾瑞克說。他低頭對著我微笑，看起來彷彿天神。他又害得我心頭小鹿亂撞，不過今晚他還讓我感覺到別的什麼。我不禁疑惑，這到底是怎麼回事？他為什麼會一再「撞見」我？他這次又觀察我多久了？

「你在這裡幹麼，艾瑞克？」

「嗨，我也很高興見到妳。喔，對了，我想坐下來，謝謝喔。」他和自己演起對手戲，就逕自要在我身邊坐下。

我站起來，惹得娜拉再次對我嘀咕。

「事實上我正要回宿舍。」

「噓，我不是故意要來打擾妳。我只是無法專心做功課，所以乾脆出來走走。我想，是我的腿沒得到我的指使，就擅自作主把我帶到這裡來，因爲等我察覺，我已經不知不覺來到這裡，而妳也在這裡。我眞的沒有跟蹤妳，我發誓。」

他雙手插入口袋，一臉尷尬。嗯，是既可愛又尷尬啦。我還記得稍早他邀我跟他一起看呆瓜電影時，我好想答應他。而現在，我卻在這裡第二次拒絕他，讓他難過。這傢伙居然還願意跟我講話，眞是奇蹟啊。看來我太過投入什麼女祭司長的事情了。

「那，再陪我走回宿舍，好嗎？」我問。

「好啊。」

這次，當我想抱起娜拉，她卻不願意，反而小跑步跟在我們後面。就像上次那樣，我和艾瑞克很自然地再次並肩走著。有半晌，我們兩人都沒說話。其實我很想問他關於愛芙羅黛蒂的事，或起碼告訴他愛芙羅黛蒂稍早跟我講的事，不過我想不出怎麼開口。他畢竟不是我的什麼人，我憑什麼問這種與我無關的事情？

「妳這次在那裡幹麼？」他問。

「想事情。」我說。嚴格說來，這不算說謊。我的確是在想事情，想很多事情。在設立守護圈之前、之後和當中，我都在想事情。但我「恰好」就是沒有提到守護圈這件事。

「喔，妳是在煩惱西斯那傢伙的事嗎？」

事實上自從跟奈菲瑞特談過後，我根本就沒想到過西斯和凱拉的事。不過我只是聳聳肩，不想明確說出我到底在想什麼。

「我的意思是，只因爲被標記而必須和某人分手，這應該很難接受吧。」他說。

「我跟他分手不是因爲我被標記，他和我早在這之前就差不多結束了。我額頭上的記印只是讓我們分得更徹底罷了。」我看著艾瑞克，深吸一口氣。「那你和愛芙羅黛蒂呢？」

他驚訝地眨了眨眼。「什麼意思？」

「今天她告訴我，你永遠都不可能變成她的**前**男友，因爲你永遠都是她的。」

他瞇起雙眼，看起來眞的很生氣。「愛芙羅黛蒂眞的很會說謊。」

「嗯，這不關我的事，不過——」

「這**關**妳的事。」他搶著說。接著，完完全全出乎我意料，他居然抓住我的手。「至少我希望這關妳的事。」

「喔，」我說：「好吧，那，好吧。」我再次確定，我機智風趣、談笑風生的能力，一定好得令他咋舌。

「那麼，妳今晚不是故意躲著我，而是眞的得想事情，對吧？」他一字一字慢慢地說。

「我沒在躲你，只是……」我猶豫了一下，不知道該怎麼解釋我很確定不該告訴他的事。「現在有好多事發生在我身上，這整個蛻變過程有時候讓我很困惑。」

「慢慢會變好的。」他說，捏了捏我的手。

「不知爲什麼，就我而言，我不這麼覺得。」我嘟囔著。

他笑了，用手指點了點我的記印。「差別只在妳的變化比我們其他人都快。一開始這或許很難熬，不過，相信我，會愈來愈容易的——即便對妳來說也會是這樣的。」

我嘆了口氣。「希望如此。」不過我還是打從心底懷疑。

我們在宿舍前面停步，他轉身面向我，聲音突然低沉嚴肅起來。「柔，別相信愛芙羅黛蒂說的那些鬼話。她和我已經分手好幾個月了。」

「不過你們以前確實在一起啊。」我說。

他點點頭，一張臉似乎緊繃著。

「她不是個好人，艾瑞克。」

「我知道。」

然後，我突然明白一直困擾我的是什麼事情了。我當下決定，管他的，說出來吧。

「我不喜歡你曾經跟這麼惡毒的人在一起，這讓我覺得我想跟你在一起的念頭很可笑。」

他張嘴想說些什麼，但我繼續說下去，不想聽他那些我不確定自己是否該相信或者能相信的理由。「謝謝你陪我走回來，很高興你再一次撞見我。」

「我也很高興撞見妳。」他說：「但我很想再跟妳見面，柔，不是那種無意中撞見的見面。」

我躊躇了一下，而且納悶自己在躊躇些什麼。我也想再和他見面呀。我得把愛芙羅黛蒂拋在腦後才行。說眞的，她**是**那麼漂亮，而他畢竟**是**個男人，所以他很有可能還沒搞清楚狀況，就掉入她那巫婆的（而且火辣的）魔掌中。我的意思是，她眞的老讓我想起蜘蛛。或許我應該慶幸她沒把他的頭咬下來，給了他活命的機會。

「好吧，那這週六我跟你一起看那些呆瓜才會看的DVD吧。如何？」我趕緊提議，免得我又腦袋不正常，居然找藉口拒絕和全校最帥的男生約會。

「就這樣說定。」他說。

艾瑞克慢慢彎下身來，很慢很慢──顯然想給我時間躲開，如果我想躲開的話──然後他吻我。他的唇好溫暖，身上的味道好香。這個吻溫柔又美好。老實說，眞想叫他多吻幾次。雖然這個吻很快結束，但他吻完並沒後退。我們兩個靠得好近，我這才發現我的手貼在他胸膛，而他的雙手輕輕擱在我肩膀上。我抬頭對他微笑。

「很高興你又約我。」我說。

「很高興妳終於答應了。」他說。

然後他又吻了我，但這次他動作利落，毫不猶豫。這次的吻很深很深，我的手忍不住環抱住他的肩膀。我不只聽到，而且感覺到他愉悅的呻吟。他用力吻我，很久很久，彷彿開啟了我內心深處某個開關，一股火熱、甜美、電流般的欲望瞬間貫穿我全身。真是太瘋狂，太不可思議了，從來沒有哪個人的吻給過我這種感覺。我好喜歡我的身體靠著他的感覺，柔軟碰觸堅硬，我緊挨著他，忘了愛芙羅黛蒂，忘了我剛設立的守護圈，以及全世界。這次我們的唇分開時，兩人都喘著氣，凝視著對方。等我開始回復意識，才驚覺自己整個人緊緊貼著他，而且我居然站在宿舍門前，像個騷貨一樣跟他親熱。我開始掙扎，想從他懷中掙脫。

「怎麼了？妳怎麼突然怪怪的？」他說，雙臂將我摟得更緊。

「艾瑞克，我不是愛芙羅黛蒂。」我更用力掙扎，他終於放開我。

「我知道妳不是。如果妳像她，我就不會喜歡妳。」

「我不只是指我的個性。我是說，站在這裡和男生親熱不是我的作風。」

「好吧。」他朝我伸出一隻手，彷彿想將我拉回他懷中，但隨後似乎改變了心意，手垂到身體一側。「柔依，妳給我很不一樣的感覺，從沒有人給過我這種感覺。」

我的臉發燙，但我不知道這是出於憤怒，還是出於羞愧。「別把我當三歲小孩，艾瑞克。我看見過你和愛芙羅黛蒂在走廊。你顯然以前就有過這種感覺，而且程度更激烈。」

他搖頭，我看見他眼中有受傷的神情。「愛芙羅黛蒂給我的感覺只是外表肉體的，而妳卻碰觸到我的心。我知道這種差異，柔依，我想妳應該也感覺得到。」

我凝視著他，凝視著那雙初次見到就深深打動我的美麗湛藍眼睛。「對不起，」我輕聲說：「我嘴巴太壞，是我不好，我的確知道那種差異。」

「妳發誓不會再提起愛芙羅黛蒂。」

「我發誓。」我這句誓言嚇到了我自己，但我的確出自眞心。

「好。」

娜拉從黑暗處現身，開始在我雙腿間繞來繞去，喵喵地發牢騷。「我最好趕快帶她進去，抱她上床睡覺。」

「好吧。」他微笑，輕輕地給了我一個吻。「週六見，柔。」

走回房間時，我雙唇一路酥麻。

25

事後回想起來，隔天一開始其實正常得很詭異。史蒂薇．蕾和我吃早餐時，還在竊竊私語，聊著艾瑞克有多帥，並討論我週六赴約時該穿什麼衣服。愛芙羅黛蒂和母夜叉三人組「可怕」、「好戰」及「大黃蜂」，都不見人影。吸血鬼社會學的課很有趣，我們已經上完亞馬遜族，開始認識古希臘吸血鬼的慶典儀式。這堂課我上得津津有味，完全忘記晚上還要參加黑暗女兒的聚會；有那麼一會兒，我甚至忘了擔心要如何對付愛芙羅黛蒂的事。戲劇課也很棒，我決定挑選莎士比亞《馴悍記》中女主角凱特的獨白戲來練習（自從看了伊莉莎白．泰勒與理查．波頓所主演的那部老電影，我就愛上了這齣戲）。下課離開教室時，奈菲瑞特在走廊攔住我，問我進階吸血鬼社會學的課本念得如何。我不得不告訴她，我還沒念多少（譯成白話：根本還沒念）。匆忙走進文學課教室時，她那失望的表情還佔據著我的思緒。我在戴米恩和史蒂薇．蕾之間的座位坐定後不久，彷彿正常的這一天就此結束，災難接續爆發，事情變得一團糟。

潘特西莉亞老師正在朗讀《鐵達尼號沉沒記》的第四章「妳先走，我留下一會兒」。這本書眞棒，如同以往，全班專心聆聽，然後艾略特那傢伙開始咳嗽。拜託，這小子實在很惹人厭。

朗讀進行到這章的中段，在一陣令人反感的咳嗽聲中，我開始聞到一種氣味，一種香濃、甜美、可口，卻難以分辨的氣味。好香，我深深吸口氣，但仍努力專注在課本上。

艾略特的咳嗽加劇。和班上其他同學一樣，我忍不住轉頭嫌惡地看著他。我是說，拜託，他不會喝點咳嗽糖漿，或喝點水之類的嗎？

然後，我看見血。

現在的艾略特異於平常，不再是無精打采，慵懶睏倦的模樣，而是坐得直挺挺，瞪著自己的手掌——上面全是鮮血。我看著他，他又開始咳，噁心帶痰的咳嗽聲讓我想起剛被標記那天的我。只不過艾略特在咳嗽時，嘴裡咳出了鮮紅色的血。

「什……？」他嘴裡含糊地咕噥著。

「快去找奈菲瑞特！」潘特西莉亞大喝一聲，下達指令。坐在最靠近門口的那個學生，馬上衝出教室。潘老師立即打開她那張桌子的抽屜，迅速拿出一條摺疊整齊的毛巾，疾步走下走道，奔向艾略特。

全班鴉雀無聲，看著潘特西莉亞及時趕到艾略特桌邊，用毛巾接住他再一次咳出的血。他緊緊抓住毛巾，覆在臉上，一陣猛咳、吐血、作嘔。終於，他抬起頭，眼睛冒出帶血的淚，汩汩流下他蒼白圓滾的臉，而鼻子彷彿忘了關的水龍頭，不停流出鮮血。他轉頭看著潘特西莉亞時，我發現他連耳朵也在流血，像一道紅色溪流。

「不！」艾略特喊道。我從未聽過他的聲音帶著這麼強烈的情緒。「不，我不要死！」

「噓～～」潘特西莉亞安慰他，將他汗涔涔的臉龐上的橘紅色頭髮往後撩。「痛苦很快就會結束。」

「可是……可是，不要，我……」他開始抗拒。現在，這呻吟埋怨的聲音聽起來就像原本的他。不過一陣劇咳打斷了他要說的話。他再次作嘔，吐出一大坨血，吐在已經濕透的毛巾上。

奈菲瑞特趕到，後面緊跟著兩位看起來孔武有力的男性成鬼。他們帶來擔架和毯子，奈菲瑞特手上只拿著一只小玻璃瓶，裡面裝著牛奶色的液體。他們才剛到，龍老師藍克福特也隨即衝進教室。

「那是他的導師。」史蒂薇．蕾壓低聲音，幾乎沒出聲地告訴我。我點點頭，想起潘特西莉亞曾責罵艾略特讓龍老師失望。

奈菲瑞特將手中的小瓶子遞給龍老師，然後站在艾略特後面。她雙手一搭上艾略特的肩膀，他的作嘔和咳嗽瞬間緩和下來。

「快將這藥水喝掉，艾略特。」龍老師告訴他。他虛弱地搖頭拒絕，龍老師輕聲說：「這可以讓你不再痛苦。」

「那……那你會陪著我嗎？」艾略特喘著氣問。

「當然，」龍老師說：「我片刻都不會離開你。」

「你會打電話給我媽嗎？」艾略特又低聲問。

「我會的。」

艾略特閉上眼睛一會兒，然後顫抖著雙手接過瓶子，拿到唇邊，一飲而盡。奈菲瑞特對那兩位男性成鬼點點頭，他們將艾略特抓上擔架，彷彿他是個布偶，而不是垂死的孩子。他們迅速走出教室，龍老師緊跟在擔架旁。但奈菲瑞特在跟著走出去之前，回頭看著我們這班受到驚嚇的三年級生。

「我是可以告訴你們艾略特不會有事，他會復元的，但這是說謊。」她的聲音很平靜，但充滿威嚴。「事實是，他的身體排斥蛻變，幾分鐘內就會死去，永遠死去，不可能長成眞正的吸血鬼了。我也可以告訴你們別擔心，這種事不會發生在你們身上，但這也是說謊。平均說來，十個雛鬼裡頭就有一個無法完成蛻變。有些雛鬼在三年級就死亡，像艾略特。有些比較強壯的會到六年級才生病，然後驟逝。我告訴你們這些，不是要你們從此生活在恐懼中。我說這些話有兩個理由。第一，我要你們知道，身爲你們的女祭司長，我不會對你們說謊，而如果這件事眞的發生在你們身上，我會幫助你們安詳地過渡到另一個世界。第二，我希望你們每天都好好活著，像你們希望被記得的那個樣子活著，就彷彿自己明天可能就會死去，因爲你們的確可能明天就會死去。這樣一來，即使你死了，你的魂靈便能安息，知道自己身後留下了令人尊敬的回憶。如果你沒死，那麼你將可以成就一個堅固的起點，展開誠實正直的漫長生命。」她講最後一段話時，直視著我的雙眼。「我祈求妮克絲的祝福今天能撫慰你們，我也要求你們記住，生命的過程必然包括死亡，吸血鬼的生命也不例外。有一天我們都必須回到女神的懷抱。」她走出教室，將門關上。門闔上的聲音彷彿呼應著她留給我們的，不可變更的結論。

潘特西莉亞開始善後，迅速、有效率，不帶一絲感情。將艾略特濺灑在桌上的血漬清理乾淨，確定他死亡的證據都已清除之後，她走回到全班面前，帶領我們爲他默哀片刻。然後，她拿起書本，接著剛才中斷的地方，繼續朗讀。我努力專心聽課，努力不去想艾略特七孔流血的畫面。我也試著不去想這個事實：我之前聞到的甜美氣味，毫無疑問，是來自艾略特那垂死軀體所流出的生命之血。

我知道，在一個雛鬼死後，一切應該照舊。不過兩個雛鬼死亡的時間這麼接近，的確很不尋常，所以接下來一整天大家出奇地沉默。午餐很安靜，氣氛低迷，我發現大家都只是隨便嘗一下菜餚，盤中的食物多半沒被吃下肚。孿生的甚至沒跟戴米恩鬥嘴，如果我不曉得背後的原因，一定會覺得她們這種轉變還不錯。史蒂薇．蕾編了個蹩腳的藉口，提早離開餐桌，說要趁第五節課開始前，先回房間一趟。我便趁機說要陪她一起走。

我們走在漆黑的人行道上。今晚又是烏雲密布。煤氣燈也顯得沒那麼明亮、溫暖，反而透著冰冷、晦暗的氣氛。

「沒人喜歡艾略特。但是，不知爲什麼，我覺得這讓事情變得更難受。」史蒂薇．蕾說：「眞奇怪，我們好像比較能接受伊莉莎白的死。至少我們可以因爲她離開我們而坦然地覺得難過。」

「我知道妳的意思。我也很難受，不過我知道，讓我眞正感到難受的，不是那傢伙的死，而是我親眼看到了可能發生在我們身上的事情。這點讓我很難釋懷。」

「至少結束得很快。」她靜靜地說。

我不禁打了個寒顫。「不知道會不會很痛苦。」

「他們會給你一種東西，就是艾略特喝的那種白色液體，據說會讓你不覺得痛，不過也會讓人意識清醒，直到死去。但整個過程奈菲瑞特都會在旁邊照顧。」

「很可怕，是不是？」我說。

「是啊。」

我們沉默了一會兒。沒多久，月亮在雲層之間隱約顯現，在樹葉上塗抹一層詭異的銀色粉彩。我看著這畫面，突然想起愛芙羅黛蒂和她今晚的儀式。

「愛芙羅黛蒂有可能取消今晚的黑月萬靈節儀式嗎？」

「不可能，黑暗女兒的儀式從不取消。」

「唉，要命。」我說，然後瞥了史蒂薇．蕾一眼。「他當過她們的冰箱。」

她驚訝地看著我。「你是說艾略特？」

「是啊，眞的很噁心。他那天就像嗑了藥一樣，整個人怪里怪氣。他的身體一定從那時起就開始排斥蛻變。」我說完後，兩人陷入不安的沉默。我補充說明：「我之前不想告訴妳這件事，尤其後來在妳告訴我……嗯……那之後，妳知道的。妳確定愛芙羅黛蒂不會取消今晚的儀式？我是說，先是伊莉莎白死去，現在是艾略特。」

「沒影響。黑暗女兒不在乎給她們當冰箱的孩子，反正死了一個，就再找別人。」她猶豫了一下。「柔依，我在想，或許妳今晚不應該去。我昨天聽到愛芙羅黛蒂對妳說那些話，她一定會讓所有人都排斥妳。她眞的、眞的會很陰險。」

「我不會有事的，史蒂薇・蕾。」

「不，我有不祥預感，況且妳還沒有擬出計畫，對吧？」

「嗯，是沒有。我還在刺探敵情的階段嘛。」我說，想讓氣氛變得輕鬆點。

「以後再刺探吧。今天情況很糟，大家心情都不好。我想，妳應該先等等。」

「我不能就這樣缺席，尤其是在愛芙羅黛蒂昨天跟我說了那些話之後。如果我今天沒有出現，她會以爲她可以恫嚇我。」

史蒂薇・蕾深深吸一口氣。「好，那，妳應該帶我去。」我搖頭拒絕，但她繼續說：「妳現在是黑暗女兒了，原則上可以邀人去參加聚會。妳邀我，我去可以幫妳瞻前顧後。」

我想到喝血的事以及我對血的反應。我是那麼喜歡血的味道，明顯得連「好戰」和「可怕」都看得出來。而且我必須努力控制自己（但徒勞無功）不去想血的味道——西斯和艾瑞克的血，甚至艾略特的血。史蒂薇・蕾終有一天會發現血對我有多大的影響力，不過今天還不行。事實上，如果我有辦法，我眞希望她別太早發現。我不想冒著失去她、孿生的或戴米恩的風險。我眞的很害怕他們一旦知道眞相，就會離我而去。沒錯，他們知道我很「特別」，並且接納我。不過，對他們來說，我的「特別」只意味著我可能成爲女祭司長，而這樣很好。但如果他們發現我對血有強烈的欲望，那可就不怎麼好了。他們會那麼容易就接納那樣的我嗎？

「不行，史蒂薇．蕾。」

「可是，柔依，妳不該自己一個人身處那群母夜叉當中。」

「我不是一個人，艾瑞克也會在。」

「對，但他以前是愛芙羅黛蒂的男友。既然她這麼恨妳，誰知道他會不會爲妳挺身而出，對抗她。」

「親愛的，我可以保護自己。」

「我知道，可是──」她忽然停下來，狐疑地看了我一眼。「柔，妳在抖嗎？」

「什麼？我什麼？」這時我也聽見了，噗嗤笑了出來。「是我的手機啦。昨晚充飽電後我就放在包包裡。」我從包包拿出手機，瞥了一眼上面的時間。「都過了午夜十二點，有誰……」我將手機蓋翻開，很驚訝發現有十五封簡訊，還有五通未接來電。「天哪，有人一直叩一直叩，我竟然都沒發現。」我先察看簡訊，才瞥了第一則一眼，就覺得胃開始揪緊。

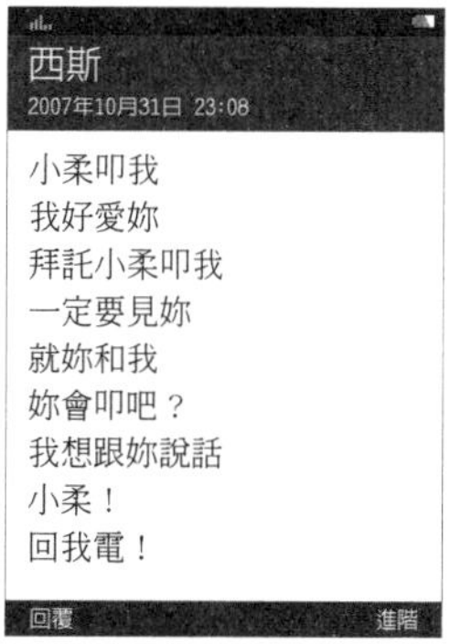
西斯
2007年10月31日 23:08
小柔叩我
我好愛妳
拜託小柔叩我
一定要見妳
就妳和我
妳會叩吧？
我想跟妳說話
小柔！
回我電！
回覆
進階

不需要看其他幾封，基本上內容都大同小異。「唉，該死，都是西斯傳來的。」

「妳前男友？」

我嘆了口氣，「是。」

「他想要什麼？」

「顯然是想要我。」我無力地輸入密碼，開始聽留言。西斯原本可愛、呆呆的聲音，這時竟變得亢奮、有力，把我嚇了一大跳。

「小柔，叩我。我知道現在很晚了，不過……等等，對妳來說並不晚，是對我來說很晚了。不過沒關係，我不在乎，我只希望妳叩我。好吧，就這樣，掰掰。叩我喔。」

我咕噥著，把它刪除。他下一通留言聽起來更瘋狂。

「柔依！好，妳一定要叩我。真的，妳別生氣，我根本不喜歡凱拉，她很遜的。我還是愛妳，小柔，我只愛妳一個。請叩我，不管什麼時間都行，我會一直醒著。」

「哇，哇，哇！」史蒂薇．蕾站在一旁，輕易就可以聽到西斯急切的聲音。「這傢伙著魔了，難怪妳會甩了他。」

「是啊。」我咕噥著，快速刪掉第二通留言。第三通基本上和前兩通差不多，只不過更迫切。我將音量調低，不耐煩地用腳掌反覆拍打地面，任由剩下的幾通留言播放，根本沒有眞的去聽，只等著一一把它們刪除。「我得去見奈菲瑞特。」我這話與其說是對史蒂薇．蕾講，不如說是自言自語。

「爲什麼？妳要阻止他打電話來之類的嗎？」

「不是。也對啦，大概類似這樣。反正就是得跟奈菲瑞特談談，看我該怎麼做。」我避開史蒂薇．蕾好奇的眼神。「我的意思是，他已經來過這裡一次，我可不想他又跑來，惹出什麼麻煩。」

「喔，也對。萬一他和艾瑞克碰上，那可不妙。」

「那會很慘。好吧，我最好快點去，看能不能在第五節課之前找到奈菲瑞特。放學後見。」

我沒等史蒂薇·蕾跟我說再見，直接往奈菲瑞特辦公室的方向衝去。今天還會更慘嗎？艾略特死了，而我竟被他的血吸引。然後，今晚還得參加萬靈節儀式，和一群恨我入骨，擺明了要讓我終身難忘的學生在一起。此外，我恐怕已經把那幾乎成爲過去式的男友給烙印了。

唉，今天眞的、眞的糟透了。

26

離奈菲瑞特的辦公室已經不遠。如果不是史蓋拉的咆哮嘶鳴引起我注意，我根本不會發現愛芙羅黛蒂癱坐在走廊的凹室裡。

「怎麼啦，史蓋拉？」想起奈菲瑞特說過她的貓咪會咬人，我小心翼翼地朝他伸出手。這時，我眞高興我的娜拉沒像平常那樣跟在我後面，不然很可能會被史蓋拉給吃了當午餐。「貓咪來，貓咪來。」這隻碩大的橘毛雄貓若有所思地看著我，或許在考慮要不要狠狠地咬我的手。接著他彷彿做了決定，放下豎起的一身毛，小跑步向我走來，在我兩腿間磨蹭，然後轉頭對著凹室狠狠地喵了一聲，隨即跑開，消失在奈菲瑞特辦公室那頭的走廊上。

「他到底怎麼了？」我遲疑地朝凹室望過去，納悶那裡到底有什麼東西，竟能讓凶狠如史蓋拉的貓咪緊張到豎起全身的毛，還低吼嘶叫。我猛然一驚，看到愛芙羅黛蒂就坐在凹室的地板上。在安放一尊妮克絲小雕像的壁架陰影下，很難看見她在那裡。她的頭往後仰，眼球後轉，只露出眼白。我被她那模樣嚇死了，不能動彈，以爲下一秒會見到她臉上淌下血。

接著，她開始呻吟，喃喃說些我聽不清楚的話語。這時她的眼球在緊閉的眼皮後面不斷轉動，彷彿正在看著什麼場景。我明白了，她看見了什麼幻象。她稍早或許感覺到靈視即將出現，因此躲進凹室裡，避免被人發現，以爲這樣就可以隱瞞她預見的訊息，任由本來可能阻止的死亡或災難發生。眞是惡毒的臭母牛、母夜叉。

哼，我可不會讓她得逞。於是我彎下身，從她胳下抓住她，拉著她站起來。（告訴你，她比外表看起來重得多。）

「來。」我咕噥著。她閉著眼睛整個身子趴在我身上，我幾乎得扛著她。「來，往前走，就一小段路，我要看看妳到底想隱瞞什麼悲劇。」

幸好離奈菲瑞特的辦公室已經很近了。我們踉踉蹌蹌進入時，奈菲瑞特從書桌後面跳起來，奔向我們。

「柔依！愛芙羅黛蒂！怎麼了？」不過她端詳過愛芙羅黛蒂後，原本的緊張立刻恢復平靜。她知道怎麼回事了。「來，幫我扶她坐在椅子上，她在這裡會舒服些。」

我們將愛芙羅黛蒂扶到奈菲瑞特那張大皮椅，讓她坐在上頭，然後奈菲瑞特蹲在她身邊，抓著她的手。

「愛芙羅黛蒂，我以女神的聲音要求妳說出妳見到的事情，讓她的女祭司知道。」奈菲瑞特聲音輕柔，卻很有威嚴，我可以感受到她命令裡的力道。

愛芙羅黛蒂眼皮立刻跳動，深深倒抽一大口氣，然後雙眼乍睜，一雙大眼睛呆滯無神，像玻璃。

「好多血！他身體流出好多血！」

「誰，愛芙羅黛蒂？集中精神，專心看清楚眼前的景象。」奈菲瑞特命令她。

愛芙羅黛蒂又深深倒抽一口氣。「他們死了！不，不，不可以！這樣不對。不，沒道理！我不明白……我不……」她再次眨著雙眼，現在眼睛似乎逐漸看得見東西了。她環顧室內，彷彿什麼都不認得。她的視線掃到我臉上。「妳……」她虛弱地說：「妳知道。」

「是啊。」我說，心想我當然知道她想隱瞞預見的景象。不過我只說：「我發現妳在走廊上，而——」奈菲瑞特舉起手阻止我。

「別說話，她還沒結束。不可能這麼快就恢復神智的。她現在見到的景象還太模糊。」奈菲瑞特快速地告訴我，然後又放低聲音，重拾威嚴的命令口吻。「愛芙羅黛蒂，回去，去看清楚妳應該目睹的景象，去看妳應該改變的狀況。」

哈，逮到妳了吧！我忍不住有點得意。誰教她昨天還想把我的眼珠子挖出來。

「死人……」愛芙羅黛蒂的話愈來愈難懂。現在她喃喃說著，聽起來像是「坑道……他們殺了……在那裡有人……我不要……我不能……」。她好像瘋了，我不禁要替她難過起來。顯然她所見到的東西把她嚇壞了。然後，她四處搜尋的雙眼落在奈菲瑞特臉上，我看見她好像辨認出眼前是什麼人了，不覺鬆了口氣，心想她終於回神了，這整件詭異的事應該要結束了。不過，就在我這麼想的時候，愛芙羅黛蒂似乎鎖定在奈菲瑞特臉上的眼睛睜得大大的，彷彿她不敢相信她所看到的事物。她的臉龐因恐懼而慘白，她放聲尖叫。

奈菲瑞特雙手壓住愛芙羅黛蒂顫抖的肩膀，喝道：「醒來！」她回頭匆匆瞥了我一眼，告訴我：「快出去，柔依。她看到的景象很混亂。艾略特的死影響到她了。我現在必須確定她可以恢復正常。」

不需要奈菲瑞特說第二次，我趕緊離開她的辦公室，跨出走廊，趕去上西班牙語。至於西斯著魔的事，全被我拋到腦後了。

上課時我根本無法專心，腦海裡不斷重現奈菲瑞特和愛芙羅黛蒂之間的詭異場面。她顯然預見有人死了，不過從奈菲瑞特的反應來看，這似乎不是靈視顯現的正常狀況（如果這種事有所謂「正常」的話）。史蒂薇．蕾曾說，愛芙羅黛蒂看到的幻象通常很清楚，甚至可以指引人們找到正確的機場和她預見會墜毀的那架飛機。可是今天，她預見的畫面突然變得不清楚了——沒有一樣清楚，除了認出我，並喃喃地說了不知什麼意思的鬼話，以及對著奈菲瑞特放聲尖叫。眞不知道這是怎麼回事。我差一點盼著想看看她晚上會怎麼演出。差一點啦。

我在幫普西芬妮刷毛時，娜拉一直坐在食槽頂端看著我，還不時對我發出她那奇怪的「喵—呦—嗚」叫聲。等把馬刷放好，我抱起娜拉，慢慢走回宿舍。這次愛芙羅黛蒂沒有冒出來找我麻煩，不過我一拐過那棵老橡樹旁的轉角，就看到史蒂薇·蕾、戴米恩和孿生的聚在一起熱切地討論著。他們一見到我，馬上都閉上嘴，一個個臉上露出心虛的表情。不用想也知道他們在談論誰。

「怎麼了？」我問。

「沒什麼，只是在等妳。」史蒂薇·蕾說，她慣有的開朗、輕快不見了。

「妳有什麼問題嗎？」我問。

「她很擔心妳。」簫妮說。

「我們很擔心妳。」依琳說。

「妳的前男友現在如何？」戴米恩問。

「他很煩人，就這樣。不過話說回來，他如果不煩人，就不會變成前男友了。」我試圖裝出若無其事的樣子，不敢直視他們任何人的眼睛太久（我向來就不善於撒謊）。

「我們認爲，我今晚該跟妳一起去。」史蒂薇．蕾說。

「事實上我們認爲**我們**今晚該跟妳一起去。」戴米恩糾正她。

我蹙起眉頭看著他們。我不可能讓他們四個看見我津津有味地喝著那玩意兒，不管今晚是哪個倒楣鬼的血被攙到酒裡。

「不行。」

「柔依，今天眞的很多事，大家心情都不好，況且愛芙羅黛蒂正打算對付妳，所以我們今晚應該守在一起，不要分開。」戴米恩解釋得頭頭是道。

沒錯，是有道理，不過他們不知道整個眞相。我也不想讓他們知道，現在還不行。因爲我非常在乎他們，他們讓我覺得自己被接納，給我安全感，讓我覺得有所歸屬。我現在不能冒著失去他們的危險。不行，這個時候，一切都才剛發生，都還太恐怖，我承受不了失去他們。所以，我把以前在家時每次害怕或難過，但不知道該怎麼辦時，會用的那招拿出來：我發火，我抗拒。

「你們說我擁有的能力終有一天會讓我成爲你們的女祭司長，對吧？」他們點頭如搗蒜，微笑看著我。他們如此無邪的表情，害得我心揪得好緊。我咬緊牙，以無情的口吻說：

「那麼，我說不行的時候，你們就得聽我的。今晚我不要你們去那裡。這件事我必須自己處理，自己一個。而且，我不要再討論這件事了。」

然後我用力大踏步離開他們。

果不其然，不到半個小時，我就後悔自己對他們那麼壞。這棵大橡樹不知怎地已變成我的避風港。我在樹下來回踱步，踱得連娜拉都心煩。眞希望史蒂薇·蕾現在能出現，好讓我跟她道歉。我這些朋友根本不知道爲什麼我不想讓他們去那兒，他們只是想照顧我。或許……或許關於血這檔子事，他們會了解的。艾瑞克似乎就了解啊。好吧，沒錯，他是五年級生，但總之啦。況且我們每一個本來就會經歷這種過程，有一天都會開始嗜血，否則我們會死。想到這裡，我的心情稍稍好了一些，開始搔娜拉的頭。

「跟死亡相比，喝血好像沒那麼糟，對吧？」

娜拉咕嚕咕嚕叫，我想她應該是要說「對」。我看看錶，該死，得回宿舍換衣服，準備和黑暗女兒碰面了。我無精打采地沿著牆邊往回走。今晚又是烏雲密布，不過我不在乎漆黑。事實上我開始喜歡夜晚。我是該喜歡，因爲未來很長一段時間，我將屬於黑夜——如果我活下來的話。碎步跟在我身邊的娜拉彷彿看穿我心裡陰鬱的想法，不悅地對著我「喵—呦

—嗚」。

「好啦，我知道，我不應該都往壞的地方想。我會處理的啦，等我……」

娜拉突如其來的低吼嚇到了我。她停下腳步，背拱起，毛倒豎，看起來像一團膨脹的小毛球。她的眼睛瞇成一條線，怒目瞪視，喉嚨發出蛇一樣的凶猛嘶鳴聲，顯然不是在鬧著玩。「娜拉，怎麼了……」

我還沒轉身望向貓咪瞪視的方向，脊背就開始發涼。事後回想，眞搞不懂我當時怎麼沒放聲尖叫。我記得自己嘴巴張得大大的，好吸進空氣，但喉嚨顯然沒發出半點聲音。我整個人好像麻木了，但這不可能，如果麻木了，怎麼會感覺到自己驚嚇得僵硬如石頭。

艾略特就站在牆邊的陰暗處，離我不到三公尺。他原本好像面向我和娜拉前進的方向，一聽到娜拉的聲音，半轉身背對著我們，彷彿正要跑開。但娜拉再次對他嘶叫，他以驚人的速度迴旋轉身，正面對著我們。

我發誓，那一瞬間我眞的不能呼吸。他是鬼，一定是，可是看起來又這麼具體，這麼眞實。如果不是我親眼見到他的身體排斥蛻變死去，我眞會以爲他只是變得特別蒼白，而且……

……而且……特別**怪異**。他白得很不正常，但更怪的是他的雙眼也變了，彷彿能映射任何一丁點光，還發出可怕的紅光，像鐵鏽的紅，像乾了的血。

和伊莉莎白鬼魂的眼睛所發出的光一模一樣。

此外，他的身體看起來也不一樣，變得消瘦了。怎麼可能這樣？然後，我聞到了那種氣味，陳舊、乾燥，不應該屬於這裡的氣味，就像櫃子或陰森森的地下室多年未曾打開的味道。我想起那天見到伊莉莎白的鬼魂之前，也先聞到同樣的氣味。

娜拉沉著聲音低吼，艾略特突然矮下身子，變成半蹲的奇怪姿勢，也對著娜拉嘶鳴，像蛇。然後，他露出牙齒，我清楚看見**他長了尖牙**！他朝娜拉跨近一步，彷彿正準備攻擊她。我想都沒想，立刻出聲。

「不准靠近她，滾開！」我嚇死了，但我驚訝地發現，我的語氣聽起來竟好像只是在斥責一隻凶惡的狗，而不是面對什麼恐怖的東西。

他的頭像機器人一般轉動，轉向我，發出紅光的眼睛首次與我對看。**不對**！我心裡那個直覺的聲音大聲尖叫。**這種事，我不能接受**！

「妳……」他的聲音真恐怖，粗嘎的喉音，彷彿喉嚨受了傷。「我要宰了妳！」他開始向我逼近。

原始的恐懼如刺骨寒風吞沒了我。

娜拉縱身撲向艾略特的鬼魂，她長嘯的聲音撕裂了黑色夜幕。我完全嚇呆了，在一旁看著，以爲會聽到貓咪憤怒的呼嚕聲，見到她以爪子在空中揮舞，沒想到她直接落在艾略特的大腿上，伸出爪子，用力抓撓，並怒吼著，彷彿是一隻有她三倍體積大的動物。艾略特尖叫一聲，抓住貓咪的頸背，將她丟得遠遠的。然後，他以不可思議的速度和力量瞬間跳上牆頭，消失在學校外面的黑夜中。

我抖得很厲害，踉蹌走著。「娜拉！」我啜泣著呼喊：「妳在哪裡，我的小寶貝？」她喘著氣，低吼著，走向我，但瞇起的雙眼仍緊盯著牆。我蹲在她身邊，顫抖著雙手摸她的身體，覺得她好像沒有受傷。於是，我抱起她，以最快速度跑步，遠離那道牆。

「沒事，我們沒事，他走了。妳眞是個勇敢的女孩。」我不斷和她說話。她半趴在我肩膀上，探頭望向我身後，持續低吼著。

走到離活動中心不遠的第一盞煤氣燈下，我停下腳步調整娜拉的姿勢，以便更仔細地檢查，看她是否眞的安然無恙。結果我看到的東西讓我胃部揪緊，差點吐出來。她的腳掌全是血，但那不是娜拉自己的血，聞起來也一點都不香甜可口，反而有種霉腐味，像老舊地下室的氣味。我抓著她的腳掌在冬季的殘草上擦拭，強忍著不讓自己嘔吐。然後我又抱起她，沿著人行道快步跑向宿舍。娜拉仍繼續低吼，守望著我們的背後。

史蒂薇．蕾、孿生的和戴米恩全都不在宿舍，顯得有些突兀。他們沒在看電視，沒在電腦室或圖書室，也沒在廚房。我快速爬上樓梯，好希望至少史蒂薇・蕾在房裡。但希望落空。

我坐在床上，撫拍著仍然心緒不寧的娜拉。我現在該去找我這幾個朋友嗎？或者該留在這裡？史蒂薇・蕾最後一定會回寢室吧。我看了一眼她那只時鐘，鐘面貓王扭動屁股的圖像仍然很顯眼。大概只剩十分鐘可以換衣服，趕到活動中心。可是經歷過剛剛發生的事，我怎麼有辦法去參加她們的儀式呢？

但是，剛剛**到底**發生了什麼事？

有個鬼魂剛才試圖攻擊我嗎？不，不對。鬼魂怎麼可能流血？不過那是血嗎？聞起來不像啊。我實在搞不懂到底發生了什麼事。

或許我應該直接去找奈菲瑞特，將這件事告訴她。我應該現在就去，帶著我受驚的貓咪去告訴奈菲瑞特，我昨晚見到伊莉莎白的鬼魂，而今晚又見到艾略特。我應該……我應該……

不！這次不是有聲音在我心中尖叫，而是一種篤定的感覺。我不能告訴奈菲瑞特，起碼現在不能。

「我必須去參加黑暗女兒的聚會。」我大聲說出迴盪在心裡的話。「我必須現身在那個儀式中。」

當我套上那件黑色禮服，在衣櫥裡翻尋我那雙芭蕾舞平底鞋，我感覺內心變得好平靜。在這個地方，事情運作的方式和我以前那個世界、那個生命不一樣。現在我應該接受這一點了，並開始學著適應。

我擁有五個元素的感應力，這代表我有古老女神賜予的神奇力量。就像阿嬤提醒我的，力量愈大責任愈大。或許因爲某種原因，我就是能夠看見東西，看見那些行爲舉止、外貌和氣味都不像鬼的鬼魂。我還不知道這代表什麼意思。事實上，其他事情我也幾乎一無所知，只除了現在心裡兩個清清楚楚的念頭：我不能告訴奈菲瑞特，以及我必須去參加黑暗女兒的儀式。

趕著去活動中心的途中，我努力讓自己至少朝著正面去想。或許愛芙羅黛蒂今晚不會出現，就算出現也可能忘了要找我麻煩。

結果，我的運氣果然不好，這兩個希望都沒有成眞。

27

「這件衣服很美，柔依，看起來好像我那件衣服。喔，等等！就是我以前的衣服嘛。」愛芙羅黛蒂放聲大笑，從喉嚨發出呵呵呵的聲音，一副「我長大了而妳還是個小毛頭」的樣子。每次有女孩這麼做，我就很氣。沒錯，她是比我大，不過我的胸部也發育了啊。

我扮出笑臉，刻意誇張地裝出聽不懂的語氣，扯了個漫天大謊。「嗨，愛芙羅黛蒂！奈菲瑞特要我讀的進階社會學課本，我剛讀了其中一章，才知道原來黑暗女兒的領導人必須讓新成員覺得受到歡迎和接納。妳一定很驕傲自己在這方面那麼稱職吧。」我本來就超不會撒謊的，加上剛剛遭到鬼魂攻擊，而此刻所有人正盯著我們，豎起耳朵在聽，在這種壓力下，我這樣的表現應該算是挺厲害的了。

然後我往前靠近她，壓低聲音，只讓她和我聽見。「現在的妳看起來比之前被我撞見時好多了。」我看到她臉色發白，很確定她眼中閃過一絲害怕的神色。奇怪的是，我並沒有因爲扳回一城，而沾沾自喜，反倒覺得自己很惡毒、膚淺，而且疲憊。我嘆了口氣，說：「對不起，我不應該這麼說。」

她臉色大變，低吼一聲：「滾開，怪胎。」然後大笑，彷彿她剛剛開了我一個很大的玩笑。接著她轉身背對著我，以討人厭的姿態甩了甩頭髮，昂首闊步走向活動中心的中央。

很好，現在我不覺得愧疚了。惹人厭的臭母牛。她舉起纖細的手臂，原本瞠目結舌瞪著我的那些人，全都將注意力轉移到她身上（謝天謝地喔）。今晚她穿著一件復古的紅色絲質禮服，緊密貼身，像是塗繪在皮膚上。眞想知道她從哪裡弄到這種衣服。難不成有哥德風騷包服飾店？

「有個雛鬼昨天死了，今天又死了一個。」她的聲音洪亮清晰，而且出乎我意料之外，聽起來似乎充滿憐憫之情。這是第二次她讓我想起奈菲瑞特，霎時我心想，她接下來會不會發表什麼具有領袖氣質的深度談話。

「我們都認識這兩個雛鬼。伊莉莎白一直是個文靜善良的女孩，而艾略特在我們儀式中擔任過好幾次冰箱。」她突然笑了一下，那笑容陰險惡毒，原本像奈菲瑞特的部分瞬間消失。「可是他們都太弱，吸血鬼的魔法聚會不需要弱者。」她聳了聳彷彿塗抹著鮮紅色彩的肩膀。「在人類世界，我們會說這是適者生存。感謝女神，我們不是人類，那麼，我們就將它稱爲命運吧。讓我們歡慶今晚命運沒有輕易擊敗我們任何一個。」

聽到眾人此起彼落的贊同聲，我眞的好想吐。我雖然不算眞的認識伊莉莎白，不過她曾經對我很好。至於艾略特，好吧，我承認我不喜歡他，事實上沒人喜歡他。這傢伙沒人緣又顧人怨，但我不會因爲他的死而高興。**如果我真的成為黑暗女兒的領袖，絕不會拿任何一個雛鬼的死來取笑，不管死的那個雛鬼多麼微不足道**。我如此對自己許下諾言，也有意識地將這個諾言當作祈禱傳送出去，希望妮克絲聽見我，應允我的祈求。

「但是，憂傷和悲劇已經夠多了。」愛芙羅黛蒂說：「今晚是萬靈節，我們慶祝豐收季結束的時候！更棒的是，今晚也是我們紀念我們祖先的時候。來，讓我們紀念那些在我們之前活過但死去的偉大吸血鬼。」她的語調讓人起雞皮疙瘩，彷彿在她自己製作的戲裡，她演得太入戲了。我翻著白眼聽她繼續往下扯。「這是生與死的界限最薄弱的一晚，這是魂靈最可能踏遊人間的一晚。」她停頓一下，環視聽眾，但小心刻意地跳過我（其他人也都這樣無視於我的存在）。有那麼一剎那，我思索著她這番話的意義。我看見艾略特鬼魂的事，會不會與她說的生死界限最薄弱有關呢？還有，這和他在萬靈節這天死去有關嗎？我沒時間多加思索，因爲愛芙羅黛蒂正提高聲音喊著：「所以，現在我們要做什麼？」

「出去！」黑暗女兒和黑暗男兒高聲回答。

愛芙羅黛蒂的笑聲未免太過性感了吧？而且我發誓我眞的看見她在撫摸自己，就在眾人面前。天哪，這女人眞噁。

「沒錯，我已經為大家挑選了一個絕佳地點，現在有幾個女孩已經跟一個新的小冰箱在那裡等著我們。」

她所謂「幾個女孩」，會是指「好戰」、「可怕」和「大黃蜂」嗎？我迅速掃視一下房間，沒有看到她們。好極了。我無法想像這三人組加上愛芙羅黛蒂認為「絕佳」的地點，會是怎樣的地方。我更不想知道是哪個可憐的小鬼，居然被她們煽動，願意來當她們的新冰箱。

對，我眞的不願意承認，一聽見愛芙羅黛蒂提及有小冰箱等著，而這表示我又有機會喝到血，我嘴裡便開始生出津液。

「我們離開這裡吧。記住，要安靜，專注想著自己是看不見的，這樣一來，任何碰巧還沒睡的人類就看不見我們。」然後她直直看著我。「願妮克絲憐憫洩漏我們祕密的人，因為我們對這種人肯定手下不留情。」她回頭向其他人露出一個甜美迷人的微笑。「跟我來吧，黑暗女兒和黑暗男兒！」

眾人三兩成群，寂靜無聲地跟著愛芙羅黛蒂走出活動中心後門。當然，他們都無視於我的存在，而我也沒有移動腳步，跟著往前走。我眞的不想去。今晚的刺激夠多了，我應該回宿舍跟史蒂薇．蕾道歉，然後去找孿生的和戴米恩。我可以告訴他們艾略特的事——我中斷心裡的盤算，感受一下我的直覺是否反對我把這件事告訴朋友，但它沒有出聲。好，這表示我可以告訴他們嘍。這個主意總比跟著惡毒的愛芙羅黛蒂和一群對我不友善的人走出校園好吧。不過，剛剛沒意見的直覺此時突然又冒出來——我必須去參加這場儀式。我嘆了口氣。

「走啊，柔。妳該不會想錯過這場秀吧？」

艾瑞克站在門邊，那雙湛藍的眼睛對著我微笑，看起來眞像超人。

唉，眞是的。

「你在開玩笑吧？一群可悲的女孩，專愛搞小圈圈，演得呼天搶地，或許再來個羞辱或濺血的場面，這種好戲有誰不愛？我可一分鐘都不願錯過。」於是我和艾瑞克一起，跟著眾人走出門外。

大家靜靜地往活動中心後面的圍牆走去，這裡距離我看見伊莉莎白和艾略特鬼魂的地方非常近，讓我有點心慌。接著，很詭異，走在前面的人似乎就消失在圍牆裡。

「搞什麼……？」我低聲說。

「這只是障眼法，妳馬上就會明白了。」

果然，事實上這是一道暗門，就像你在一些老電影中見到的那種，只不過這道暗門不在圖書室或壁爐裡（《法櫃奇兵》系列電影中，有一部就出現這種藏在壁爐裡的暗門——好啦，沒錯，我是個呆瓜，竟愛這種電影），而是裝設在學校圍牆上。這道暗門此時被推開了，露出一道縫隙，僅容一個人（或一個雛鬼、成鬼，或者一兩個反常的，居然有形體的鬼魂）通過。艾瑞克和我是通過這道門的最後兩個雛鬼。我聽見一聲很輕的嘶嘶聲，回頭一看，正好看見門闔上，整面牆又恢復緊密無縫的樣子。

「這是自動化控制的，就像汽車的門。」艾瑞克壓低聲音告訴我。

「嗐，還有誰知道這個祕密？」

「所有曾是黑暗女兒或黑暗男兒的人都知道。」

「啊。」我心想，這不就代表幾乎所有的成鬼都知道嗎？我環顧四周，似乎沒人監視或跟蹤我們。

艾瑞克注意到我搜尋的眼神。「他們不在乎我們溜出去舉行儀式。這是學校傳統，只要我們沒做什麼太蠢的事，他們就會睜隻眼閉隻眼。」他聳聳肩說：「據我所知，這項傳統行之有年了，一直都沒出什麼問題。」

「只要我們沒做什麼太蠢的事。」我重複他的話。

「噓！」前面有人回頭要我們安靜。我趕緊閉上嘴巴，決定專心等著看要去哪裡。

此刻大約凌晨四點半。居然沒人醒著，眞出乎我意料。走在陶沙市最精華的地段（這附近全是過去石油致富的人家的大豪宅），卻沒人理會，感覺好奇怪。我們穿過令人驚歎的造景庭院時，居然也沒有狗對我們吠。彷彿我們是影子……是鬼魂……想到這裡，我寒毛直豎。之前幾乎完全被雲遮蔽的月亮，現在高掛在出奇清朗的夜空，照耀著銀白色的光。我發誓，就算還沒被標記，夜視能力還沒大幅提升之前，我也能在如此皎潔的月光下看書。天氣很冷，對我卻沒什麼影響，不像一個禮拜前這種氣溫一定會凍得我直打哆嗦。我努力不去想正在我體內進行的蛻變到底是怎麼一回事。

我們穿越一條街道，無聲無息地通過兩座庭院之間。我聽見水流聲，隨即看見一座小小的人行橋。月光映照小溪，彷彿有人在水面傾瀉水銀。我被這美景震懾住，自然而然地放慢腳步。我忽然想起，如今夜晚就是我的白晝。希望自己永遠不會因爲看慣夜色的美，而從此不再察覺它的存在。

「過來吧，柔。」艾瑞克在小橋另一頭低聲喚我。

我抬頭看著他，他的剪影映現在一棟巨大豪宅的背景上。這豪宅矗立在他身後的小丘頂端，山坡上是一片偌大的草坪，還有池塘、涼亭，和幾座噴水池及小瀑布（有人顯然錢太多了）。看著他，我想起歷史上的那些浪漫英雄，就像……像……嗯，我現在只想得到兩個，超人和蒙面俠蘇洛。雖然他們兩個都不是真有其人的歷史人物，艾瑞克看起來卻真的很像古代騎士，而且浪漫。這時我突然醒悟過來，知道我們即將擅闖的這棟大豪宅是什麼地方了，趕緊加快腳步通過小橋，走向艾瑞克。

「艾瑞克，」我緊張地壓低聲音對他說：「這是菲爾布魯克藝術博物館！如果他們發現我們在這裡亂搞，我們肯定會遭殃。」

「他們不會發現的。」

我得拼命追趕，才跟得上他。他走得好快，比我更急著想趕上前面那群沉默的，宛如鬼魅的同學。

「喂，這可不是什麼有錢人的豪宅。這是**博物館**欸，二十四小時有警衛守著。」

「愛芙羅黛蒂應該會對他們下藥。」

「什麼！」

「噓。他們不會受到傷害的。只是讓他們暫時昏沉沉，然後回家，什麼也不記得。沒什麼大不了的。」

我沒答腔，不過真的不喜歡他那種覺得迷昏警衛「沒什麼大不了」的態度。雖然我知道這是必要的，卻總覺得這麼做不對。我們是非法闖入，當然不想被逮到，所以必須將警衛迷昏，這我明白，但我就是不喜歡。看來除了她們那種自以爲神聖、高人一等的態度，這又是黑暗女兒需要改革的一個問題。她們愈來愈讓我想起信仰子民，而這種類比可不是恭維。愛芙羅黛蒂不是神（或應該說是女神），儘管她自以爲是。

艾瑞克停下腳步，接著我們往上爬，和大家站在一起。通往博物館的斜坡底部有一座圓頂涼亭，眾人已經在它四周圍成一個鬆散的圓圈。涼亭旁邊是一個裝飾用的魚池，魚池尾端連接著通往博物館入口的梯形台地。這裡眞漂亮，以前校外教學我曾來過兩、三次，其中一次是上美術課，連我這種不會畫圖的人，都感動到拿起炭筆想將這裡的庭園美景給畫下來。此刻，夜晚已經將維護良好的美麗庭園和大理石流水造景，變成一個魔法王國，沐浴在月光裡，掩映著一層層灰色和銀色，以及深夜的藍色。

涼亭本身也很漂亮，像個寶座，安置在巨大圓形階梯的頂端。想要親近，就必須爬上階梯。涼亭由白色圓柱構成，圓頂有燈光由底部照明，活脫脫是古希臘的景象，在燈光映照下重拾往日榮光，讓人得以在黑夜中瞻仰。

愛芙羅黛蒂爬上階梯，走到涼亭中央。她一就定位，彷彿立刻吸收了涼亭本身的魔力和美麗。「可怕」、「好戰」和「大黃蜂」當然隨侍在側。旁邊還有另一個女孩，我認不得是誰。當然，我或許見過她幾百萬次，但終究還是沒印象，反正就是另一個長得像芭比娃娃的金髮美女，而她的名字可能意味著「邪惡」或「可恨」之類的。她們已經在涼亭中央擺了張小桌子，上面鋪著一塊黑布。從我站立的地方，可以看見桌上有幾根蠟燭和其他東西，包括一只酒盅和一把刀子。有個可憐的孩子癱坐在旁邊的椅子上，頭垂靠在桌面，一件斗篷蓋住他全身，看起來就像那晚當冰箱的艾略特。

一個孩子放血供愛芙羅黛蒂在儀式中使用，肯定會讓身體變得很虛弱，我忍不住懷疑這會不會和導致艾略特死去的原因有關。我努力克制自己，不去面對自己想到酒盅裡攙著血液的酒時，開始流口水的感覺。這實在是很怪異，竟然會有一樣東西既令我極度噁心，又令我迫切渴望。

「我待會兒會設立守護圈，呼喚祖先的魂靈到守護圈裡與我們共舞。」愛芙羅黛蒂解釋著。她的聲音輕柔，但話語卻像毒煙瀰漫在我們中間。想到愛芙羅黛蒂要把鬼魂召喚到圈子裡，就令人毛骨悚然，尤其是在我兩度與鬼魂遭遇之後。不過我得承認，除了害怕，我也開始好奇。或許我這麼篤定自己必須來這裡，是因為我註定今晚要找出與伊莉莎白和艾略特鬼魂有關的線索。況且，黑暗女兒進行這種儀式顯然已經有一段時間了，所以應該不至於太恐怖或危險。愛芙羅黛蒂表現得好像很了不起、很酷，但我總覺得這都是演出來的。在惡霸的外表之下，其實她是個沒有安全感、不成熟的女孩。同時，凡是惡霸，多半會避開比他們強悍的人，所以愛芙羅黛蒂召喚的應該都是些無害的，甚至善良的魂靈。她絕對不會讓自己遇上什麼巨大、凶惡的妖魔鬼怪。

或者某種眞的很嚇人的東西，例如艾略特變成的那種鬼。

當四名黑暗女兒拿起對應四元素的蠟燭，走到各自的位置，在涼亭裡圍成一個小圓圈，我開始放鬆心情，準備迎接已經熟悉的能量。愛芙羅黛蒂召喚風，我的頭髮立刻被只有我感受得到的微風輕輕拂起。我閉上眼睛享受那股竄遍全身肌膚的電流。事實上，雖然有愛芙羅黛蒂和那幾個神氣活現的黑暗女兒在場，這場儀式的開端還是讓我很享受。況且艾瑞克就在我身邊，我毋需擔心沒人理睬我。

我進一步放鬆自己，突然覺得往後的發展應該不會太糟。我會和我那四位朋友和好如初，我們會一起想辦法搞清楚那兩個怪異的鬼魂到底是怎麼回事，而且我說不定還能在這裡交到超帥的男朋友。一切都會沒事的。我張開眼，看著愛芙羅黛蒂在圓圈裡走動。每個元素輪番在我身上竄流，我眞納悶艾瑞克離我這麼近，怎麼會沒注意到。我甚至偷瞄了他一眼，有點期待諸元素在我肌膚上起作用時，他會驚訝地看著我。但他就跟其他人一樣，只專心凝視著愛芙羅黛蒂。（眞氣人，他不也應該偷偷地瞄我嗎？）接著，愛芙羅黛蒂開始進行召喚祖先魂靈的儀式，現在連我也忍不住專心看著她。她站在桌邊，手拿著一長束乾草，靠近代表靈的紫色燭焰，於是草束迅速燃燒起來。她讓乾草燒了一會兒才吹熄。然後，她邊說話，邊在自己身體四周輕輕揮舞草束，讓那個小圓圈瀰漫著一縷縷煙霧。我嗅了一下，認出這是茅香的氣味。那是一種很神聖的儀式植物，可以引來靈界的能量，阿嬤祈禱時經常用到它。想到這裡我蹙起眉頭，心裡浮現一絲憂慮，因為照理說，必須先燒過鼠尾草將環境潔淨過後，才能以茅香吸引靈界能量，否則很可能招致任何一種靈，而這「任何」一種靈有可能不是善靈。不過，就算我有能力阻止儀式進行，現在說什麼都太遲了。她開始召靈，在她身體四周蜷曲盤繞的濃濃煙霧，彷彿更加凸顯了她聲音裡那種詭異的吟唱聲調。

在這黑月萬靈節之夜，我們祖先的魂靈啊，請聽我古老的召喚。在這一夜，讓我的聲音隨著裊裊煙霧上升到來世，那兒有活潑的眾靈在記憶的茅香煙霧中嬉戲著。在這萬靈節之夜，我不召喚我們人類祖先的魂靈。不，我讓他們沉睡。不管生或死，我都不需要他們。在這萬靈節之夜，我要召喚魔法的祖先、神祕的祖先，他們在生曾經超越人類，在死中依然超越人類。

我徹底陶醉出神了，跟其他人一樣，看著煙霧盤繞，慢慢幻化，開始呈現形象。起初我以為自己看到了什麼，於是眨眨眼睛想看清楚些，但我旋即明白，我看不清楚與我的眼睛模糊不模糊無關。煙霧裡**真的**有人逐漸成形。他們模糊難辨，沒有具體身軀，只有約略身形。不過隨著愛芙羅黛蒂繼續揮舞茅香草束，他們變得愈來愈實在，然後守護圈裡突然充滿幽靈般的身形，眼睛黝黑空洞，張著大嘴。

他們看起來一點都不像伊莉莎白和艾略特的鬼魂。事實上，他們看起來就像我想像中的鬼魂，如煙如霧，輕飄透明，讓人寒毛直豎。我吸了吸氣。沒有，確定沒有聞到任何老舊地下室的噁心氣味。

愛芙羅黛蒂將仍冒著煙的那束茅香放下，拿起酒盅。我站的位置雖然離她有點遠，仍看得出她臉色出奇蒼白，彷彿她也逐漸和她召喚的鬼魂相像。她的紅色禮服在灰濛濛的煙霧中，鮮亮得很詭異、突兀。

「我歡迎你們，祖先的魂靈，懇求你們接納我們血酒的祭獻，記起生命的滋味。」她擎起酒盅，那些迷濛的形體開始騷動、興奮。「我歡迎你們，祖先的眾魂靈啊，在我守護圈的保護下，我——」

「小柔！我就知道，只要努力找一定找得到妳！」

西斯的聲音穿透黑夜，打斷愛芙羅黛蒂的話語。

28

「西斯！你跑來這裡做什麼！」

「喔，誰教妳不回我電話。」他無視於其他人的存在，逕自抱住我。不需要皎潔的月光，我也能看見他雙眼布滿血絲。「我好想妳，小柔！」他一開口，滿嘴的啤酒味撲湧而來。

「西斯，你得離開──」

「不，讓他留下來。」愛芙羅黛蒂打斷我的話。

西斯的目光轉移到她身上，我可以想見他眼中的她是什麼模樣。涼亭的聚光燈穿透一片迷茫的茅香煙霧，照得她恍若置身水底，閃耀動人。她的紅色絲質禮服緊貼在她胴體上，一頭濃密金髮披在肩後，嘴角揚起，露出陰險的冷笑，但我很確定西斯肯定誤以為那是友善的甜美笑容。事實上，他或許根本沒注意到那群看似煙霧的鬼魂已不復在酒盅上面盤旋，而是將他們空洞的眼睛轉向他。他也不會注意到愛芙羅黛蒂的聲音空洞、詭異，而她那雙眼睛呆滯無神，如同玻璃。該死，我就知道西斯什麼都不會注意到，只看得見她的大胸脯。

「酷，吸血鬼小妞。」西斯說，完全證明我想得沒錯。

「把他趕出去。」艾瑞克聲音急迫，帶著焦慮。

西斯勉力將視線從愛芙羅黛蒂的胸部移開，瞪著艾瑞克。「你是誰？」

喔，慘了，我認得出那種語氣。每次西斯開始嫉妒發飆，就會出現那種聲調（這也是我要甩掉他的理由之一）。

「西斯，你現在得離開這裡。」我說。

「不！」他朝我靠近，手摟住我的肩膀，一副我是他馬子的模樣，但雙眼沒看著我，仍繼續瞪著艾瑞克。「我來看我的女朋友，我現在就是要好好地看我的女朋友。」

我努力不理會西斯壓在我肩膀上那隻手腕的脈搏跳動。相反地，我不但沒有做出什麼噁心嚇人的事，譬如朝他的手腕一口咬下去，而是將他的手臂甩開，然後猛然拉住它，逼他面向我，而不是艾瑞克。

「我**不是**你的女朋友。」

「啊，小柔，妳只是嘴巴說說。」

我氣得咬牙切齒。夠了，他實在有夠白目（這是我甩掉他的**另一個**理由）。

「你是笨蛋啊？」艾瑞克說。

「聽著，你這個吸人血的王八蛋，我是——」西斯還來不及往下咒罵，愛芙羅黛蒂的聲音詭異地迴盪著，淹沒了他的聲音。

「上來這裡，人類。」

我們的眼睛彷彿都變成了磁鐵，抗拒不了她怪異的吸引力。西斯、艾瑞克和我（以及所有的黑暗女兒和黑暗男兒）全都目不轉睛地看著她。她的身體看起來很怪異，好像在震動。這怎麼可能？她將頭髮往後甩，像個猥褻的脫衣舞孃，一隻手沿著自己上半身的曲線往下移動，捧住乳房，然後再往下撫摸，在自己的兩腿間摩擦。同時，她舉起另一隻手，彎曲手指，召喚西斯。

「來我這裡，人類，讓我嘗一嘗。」

慘了，情況不對。如果他上去那裡，走入守護圈，肯定會發生可怕的事。

但是他完全被她迷住了，毫不猶豫地（或許應該說，毫無正常理智地）朝她踉蹌走去。我趕緊抓住他一隻手臂，很高興看到艾瑞克抓住他另一隻手臂。

「站住，西斯！你快離開，現在就走。你不屬於這裡。」

西斯費力地將目光從愛芙羅黛蒂身上移開，掙脫艾瑞克，狠狠對他低聲咆哮，然後轉身面對我。

「妳背叛我！」

「你聽不懂啊？我怎麼可能背叛你，我們老早就分手了！現在快滾出——」

「如果他拒絕我們的呼喚，我們就去找他。」

我猛轉頭，看見愛芙羅黛蒂的身體抽搐著，滲出一縷縷灰煙。她發出倒抽一口氣的聲音，既像啜泣又像尖叫。眾魂靈，包括顯然附在她身上的那些魂靈，衝向圓圈邊緣，想衝破守護圈來抓西斯。

「阻止他們，愛芙羅黛蒂，不然他們會害死他！」戴米恩從池塘旁邊的一道裝飾用的樹籬後方走出來，大聲喊道。

「戴米恩，你——」我才驚訝地想開口問明白，只見他搖搖頭。

「現在沒時間解釋。」他火速說完這句話，立刻將注意力轉回愛芙羅黛蒂。「妳知道他們是什麼東西。」他抬頭朝她大聲喊叫：「妳必須將他們約束在圓圈裡，不然他會死。」

愛芙羅黛蒂整個人慘白到跟鬼沒兩樣。那些如煙似霧的形體仍使勁推擠著守護圈的無形邊界。她努力掙脫他們，直到被擠到桌邊。

「我不會阻止他們。如果他們看中他，一定會設法得到他。讓他們去找他，總好過讓他們來找我或者我們其他任何一個人。」愛芙羅黛蒂說。

「媽呀，我們可不想蹚這渾水！」「可怕」說著，便丟下手中的蠟燭，燭焰啪的一聲熄滅了。她沒再說半個字就跑出小圓圈，衝下涼亭的階梯。另外三個代表其他元素的女孩也跟著「可怕」跑開，迅速消失在黑夜中，任由她們的蠟燭傾倒，熄滅。

我驚恐地看著一個灰色形體溶穿守護圈。煙霧一般的幽靈身軀開始沿著階梯往下滲，彷彿一尾蛇朝我們蠕動滑行而來。我感覺到四周的黑暗女兒和黑暗男兒開始騷動，往我這邊看。他們緊張地向後退，恐懼扭曲了他們的臉。

「現在全看妳了，柔依。」

「史蒂薇．蕾！」

她在圓圈裡搖搖晃晃地站起身來，甩開身上的斗篷。我看見她兩隻手腕上綁著白色紗布繃帶。

「我告訴過妳，我們必須守在一起。」她虛弱地對我笑笑。

「最好動作快一點。」簫妮說。

「那些鬼快把妳前男友嚇出屎了。」依琳說。

我回頭看到孿生的站在臉色蒼白、瞠目結舌的西斯身邊，突然一陣悸動，覺得很幸福，單純的幸福。這些朋友沒有拋棄我！我不是孤單一個人！

「我們來收拾殘局吧。」我說：「讓他待在這裡別動。」我告訴艾瑞克。他瞪著我，分明一臉驚嚇。

我不需要回頭看，就知道我的朋友一定跟在我後面。我衝上陡峭的階梯，直接進入被鬼魂佔據的涼亭。當我靠近守護圈的邊緣，我猶豫了一下。眾魂靈正慢慢地消融，穿透圓圈，注意力完全放在西斯身上。我深深吸一口氣，踏入那隱形的屏障中，肌膚被騷動不安的亡靈拂過時，起了一陣寒顫。

「妳無權到這裡，這是**我的**守護圈。」愛芙羅黛蒂說。她勉強保持鎮定，噘著嘴，阻止我靠近桌子和那根代表靈，唯一仍燃著的紫蠟燭。

「**曾經**是妳的守護圈，現在妳閉嘴，滾開。」我告訴她。

愛芙羅黛蒂對我瞇起眼睛。

唉，不妙，現在哪有時間跟她玩？

「死賤人，快照柔依的話做。這兩年來我一直巴不得踹妳一腳。」簫妮說，往前一步站在我身邊。

「我也是，妳這個卑鄙的婊子母夜叉。」依琳說，往前站到我的另一側。

孿生的還來不及撲向她，西斯的尖叫聲劃破黑夜。我急忙轉身，看見一縷縷煙霧爬上西斯的腿，在他牛仔褲留下一道道細長裂痕，他的腿開始滲出血。他驚惶失措，雙腿亂踢，大聲嚎叫。艾瑞克沒跑走，他堅守陣地，與煙霧對抗，而部分煙霧也已撕裂他的衣服，劃破他的肌膚。

「快！就定位。」我趕在鮮血氣味擾亂我的注意力之前大聲喊道。

我的朋友衝去拾起被棄置的蠟燭，舉高它們，在各自的位置上等著。

我快步繞過愛芙羅黛蒂。她直視著西斯和艾瑞克，一隻手緊緊壓住嘴巴，彷彿想阻止自己喊叫。我走到桌邊，抓起紫蠟燭，衝到戴米恩面前。

「風，我召喚你來到這守護圈裡！」我大聲喊著，以紫蠟燭點燃黃蠟燭。當熟悉的小旋風突然颳起，在我四周迴旋，揚起我的頭髮，我鬆了一口氣，高興到想哭。

我以手掌護著紫蠟燭，跑到簫妮面前。「火，我召喚你來到這守護圈裡！」一點燃紅蠟燭，旋風瞬間化為熊熊熱浪。我絲毫沒有停下腳步，繼續繞著圓圈，順時針方向移動。「水，我召喚你來到這守護圈裡！」海洋在這兒，香甜鹹味瞬間湧現。「土，我召喚你來到這守護圈裡！」我點燃史蒂薇．蕾手中的綠蠟燭，努力不因她手腕上的繃帶而畏縮。她的臉色蒼白得很不正常，但是當微風飄送來新刈草地的芬芳，她仍展露笑顏。

西斯又開始尖叫。我衝回圓圈正中央，高舉手中的紫蠟燭。「靈，我召喚你來到這守護圈裡！」一股能量嘶嘶作響湧向我。我環視守護圈邊界，清清楚楚看見一條彷彿緞帶的能量環繞著圓圈。我閉上眼睛一會兒，**喔，妮克絲，謝謝妳！**

我將蠟燭放在桌上，抓起那杯攙了血的酒，轉身面向西斯、艾瑞克和那群鬼魅。

「你們的祭品在此！」我大吼一聲，將酒盅裡的液體成弧形潑灑在我周圍，涼亭的地面立刻形成一道血色的圓圈。「你們被召喚來此，不是爲了殺戮。你們被召喚來此，是因爲今天是萬靈節，我們要在這裡榮耀你們。」我灑出更多酒，並努力抗拒鮮血混酒的誘人氣味。

鬼魂暫時停下攻勢。我集中意念在他們身上，努力不受西斯眼中的驚恐與艾瑞克眸子裡的痛苦干擾。

「女祭司，我們喜歡溫熱、年輕的鮮血。」一個陰森可怕的聲音像回音一般回應我，害我毛骨悚然。我發誓我可以聞到他嘴裡吐出的腐肉氣味。

我用力嚥了嚥口水。「我了解，但這些生命不是要給你們奪取的。今晚是慶祝的夜晚，不是死亡的夜晚。」

「可是我們仍然選擇死亡，那才是我們的最愛。」鬼魅般的笑聲飄浮起來，伴著被玷污的茅香煙霧穿越空氣，飄散開來，眾魂靈再度朝西斯聚集過去。

我丟下酒盅，舉起雙手。「那麼，我不再請求。我命令你們！風、火、水、土、靈！我以妮克絲之名命令你們關閉守護圈，將逃脫的亡靈抓回圓圈裡。現在行動！」

熱氣在我體內高漲，從我伸長的雙手噴湧而出。伴隨著一陣灼熱的鹹味旋風，一道閃亮的綠霧咻咻嗚叫，從我的身體向下飛竄，快速沿階梯游移，在西斯和艾瑞克身邊急促拍打，吹得他們的衣服和頭髮瘋狂翻飛。這股彷彿擁有魔力的旋風攫住那群如煙似霧的鬼魅身形，將他們拖離他們的獵物。才不過一瞬間，在震耳欲聾的呼號中，旋風將他們吸入我的守護圈裡。我突然被鬼魅身形包圍，他們危險與飢渴的脈動，歷歷分明，就像之前西斯血液給我的感覺。愛芙羅黛蒂縮在椅子上，躲著魂靈。其中一個鬼魂從她身邊掠過時，她忍不住嚇得小聲尖叫。被她的叫聲一刺激，這些鬼魂更加激動，在我四周瘋狂地推擠著。

「柔依！」史蒂薇．蕾叫我，她的聲音因恐懼而變得尖銳。我看到她遲疑地跨出一步，想衝向我。

「不！」戴米恩急忙出聲阻止。「別打破守護圈。放心，他們傷害不了柔依，也傷害不了我們任何一個人。這個守護圈的力量很強，但前提是我們自己不能打破它。」

「我們哪兒都不去。」簫妮喊道。

「對，就留在這裡。」依琳說，聽起來有點喘。

我覺得這群朋友對我的忠誠、信任和接納，彷彿成了第六種元素，守護著我。我充滿信心，挺直腰桿，直視著憤怒亂竄的眾鬼魂。

「我們不走，所以你們這些傢伙就必須離開。」我指著潑灑在地上的血酒，繼續說：「帶走你們的祭品，離開這裡。這是今晚該給你們的血液。」

這群煙霧般的鬼魅停止騷動，我知道我馴服了他們。我深深吸一口氣，準備下達最後的命令。

「我以宇宙元素的力量命令你們：走！」

突然間，彷彿有一個無形的巨人把他們擊倒在地上，他們消融在涼亭被酒浸濕的地板上，而地上沾血的液體不知怎麼地也全數被吸盡，跟著他們消失無蹤。

我鬆了一口氣，發出長長的粗澀的一聲嘆息。然後，我想都沒想，轉身面向戴米恩。

「謝謝你，風。你可以退場了。」戴米恩準備吹熄手中的蠟燭，但不需要他動口，一陣突然冒出的頑皮風兒替他吹熄了。戴米恩對著我咧嘴笑了，然後雙眼突然圓睜。

「柔依！妳的記印！」

「什麼？」我舉起手撫摸額頭。有點刺刺麻麻的，我的肩膀和脖子也一樣。這可以理解，每次壓力過大，我就會肩頸痠痛，而且我整個身體仍因元素力量的餘威而震動著，所以我根本沒注意到記印的感覺。

接著，戴米恩驚訝的表情轉變成快樂。「把守護圈解除吧，然後妳可以拿依琳那一堆鏡子看看妳的記印發生了什麼事。」

我轉向簫妮，告別火元素。

「哇……不可思議。」簫妮說，直盯著我看。

「咦，你怎麼知道我的包包裡不只一面鏡子？」我轉向依琳，送走水元素時，她對圓圈另一頭的戴米恩提出質疑。不過，她一見到我，雙眼也睜得大大的。「哇咧，夠屌。」她說。

「依琳，妳眞不該在這神聖的守護圈裡說髒話。你們大家都知道，這不是──」我轉向史蒂薇．蕾，送走土元素時，她以奧克腔特有的甜美鼻音教訓依琳。然後，她倒抽一口氣，硬生生截斷自己的話語。「喔，我的天啊！」

我嘆了口氣。**要死了，現在是怎樣啦**？我走回桌子，拿起代表靈的紫蠟燭。

「謝謝你，靈，你可以離開了。」我說。

「怎麼會？」愛芙羅黛蒂突然站起來，把椅子撞倒。就像其他人，她也露出難以置信的驚嚇表情，直盯著我瞧。「怎麼會是妳？爲什麼不是我？」

「愛芙羅黛蒂，妳在說什麼呀？」

「她在說這個。」依琳從她老掛在肩上的那個時髦皮包裡掏出一個小粉盒遞給我。

我打開粉盒，看著裡面的鏡子。一開始，我不了解自己看到了什麼——這實在太陌生，太令人驚訝了。接著，史蒂薇．蕾湊到我身邊，低聲說：「好美……」

我這才發現她說得沒錯。眞的好美。我的記印被添上別的圖案了。現在我的眼睛周圍環繞著蕾絲一般細緻優美的深藍色漩渦狀刺青。這圖案不像成鬼的圖案那麼大，那麼複雜，但從未有哪個雛鬼臉上出現過這樣的刺青。我以手指撫摸著那捲曲的圖案，心想這看起來眞像外域異族的公主臉上的裝飾花紋……或者，這應該是女祭司長才會有的圖案。我緊緊瞪視著鏡子裡這個不是我的我——這個陌生人，這個愈看愈覺得熟悉的陌生人。

「還不只這樣。柔依，看看妳的肩膀。」戴米恩輕聲說。

我往下看著我漂亮禮服露出的頸肩部位，驚訝得身體不禁晃動了一下。我的肩膀也有刺青，就從頸部往下延伸到肩膀和後背，深藍色的漩渦狀花紋跟我臉上的刺青很像，只不過身體上的藍色圖案看起來更古老，甚至更神祕，因爲圖案之間點綴著彷彿文字的符號。

我嘴巴張得大大的，卻吐不出一句話。

「柔，我們得幫幫他。」艾瑞克將我從吃驚狀態拉回現實，我的視線從肩膀部位往上看，發現他正攙著失去意識的西斯，踉踉蹌蹌走進涼亭來。

「管他的，把他丟在這裡吧。」愛芙羅黛蒂說：「早上就會有人發現他了，我們得在警衛醒來之前趕緊離開。」

我突然轉身面對她。「妳還敢問爲什麼是我，不是妳？或許就是因爲妮克絲受夠了妳這個自私、驕縱、任性、惡毒……」我停頓半晌，氣到一時想不出其他形容詞。

「下流！」依琳和簫妮異口同聲補上這個形容詞。

「對，而且下流的惡霸。」我朝她靠近一步，正視著她。「蛻變的過程已經夠難捱，妳還增加大家的痛苦。除非我們願意當妳的——」我看了戴米恩一眼，微笑著說：「諂諛之徒，否則妳就故意讓我們覺得自己不屬於這裡，彷彿我們一無是處。結束了，愛芙羅黛蒂，一切到此爲止。今晚妳眞的做錯了，大錯特錯。妳差點害死西斯，甚至可能害死艾瑞克或其他人，而這全是因爲妳太自私。」

「妳男友要追妳到這裡，關我什麼事！」她吼著。

「沒錯，西斯來到這裡不是妳的錯，不過這是今晚唯一不是妳犯的錯。妳那群所謂的朋友沒有挺妳，幫妳將守護圈鞏固住，就是妳的錯。還有，一開始讓惡靈找上我們，也是妳的錯。」看她一臉不解，我更火大。「鼠尾草呀，妳這個惡毒的母夜叉！妳理應知道該先用鼠尾草將負面能量袪除淨化後，才能使用茅香來召靈，但妳沒這麼做，難怪會把這麼可怕的惡靈給引過來。」

「對，因爲妳本身就這麼可怕。」史蒂薇．蕾說。

「妳沒資格說話，死冰箱。」愛芙羅黛蒂一臉不屑地說。

「不對！」我用手指戳著她的臉。「什麼冰箱這玩意兒就是第一件該剷除的東西。」

「喔，所以妳現在打算假裝妳沒比我們任何人更渴望嘗到血？」

我瞥了一眼我的朋友。他們毫不遲疑地迎接我的視線。戴米恩對我露出鼓勵的微笑，史蒂薇．蕾對我點點頭，孿生的跟我眨眨眼。我明白自己眞的是個笨蛋。他們根本不會躲開我、拋棄我。他們眞的是我的朋友，我應該更相信他們，雖然我還沒學會相信自己。

「到頭來我們每一個都會嗜血，」我直截了當地說：「不然就會死。可是我們並不會因爲這樣就變成怪物。現在該是黑暗女兒停止玩這種把戲，把自己當作怪物的時候了。愛芙羅黛蒂，妳完蛋了，妳不再是黑暗女兒的領導人了。」

「妳以爲現在換妳當家啊？」

我點點頭。「沒錯。我來到夜之屋不是爲了追求這些權力，我只想要在這裡安頓下來，和大家快樂地生活在一起。嗯，不過我想，妮克絲正是以這種方式來應允我的祈求。」我回頭對我的朋友微笑，他們也以微笑回報我。「顯然，夜后還眞幽默。」

「妳這愚蠢的爛人，妳不可能就這樣直接掌管黑暗女兒，只有女祭司長才能更換領導人。」

「那沒問題，我現在人就在這裡，不是嗎？」奈菲瑞特說。

29

奈菲瑞特從陰暗處現身，進入涼亭，一晃就來到西斯和艾瑞克身邊。她先摸摸艾瑞克的臉，再檢查他手臂上血淋淋的細長傷口。這是他努力奮戰，試圖將惡鬼從西斯身上拉開（雖然徒勞無功）時受的傷。奈菲瑞特以手掌拂過他的傷口，我看見血液瞬間收乾。艾瑞克輕鬆地嘆了口氣，彷彿疼痛已經完全消失了。

「這些傷會痊癒的，待會兒回學校後就去醫務室，我會給你一些藥膏來減輕傷口的刺痛。」她拍拍他臉頰，他不好意思地羞紅了臉。「你留下來保護這男孩時，表現出吸血鬼戰士的英勇行爲。我以你爲榮，艾瑞克．奈特，夜后也以你爲榮。」

聽到她對艾瑞克的嘉許，我心裡眞是好高興。我也以艾瑞克爲榮。這時我聽到四周傳出喃喃的應和聲，這才發現黑暗女兒和黑暗男兒全都回來，聚集在涼亭的階梯上了。他們在這裡看多久了？奈菲瑞特將注意力轉移到西斯身上，我也跟著轉移注意力，全然忘了其他人。她拉起西斯牛仔褲破裂的褲管，檢查他兩腿和手臂上的傷口。然後她雙手捧著他蒼白、僵硬的臉，閉上眼睛。我看到他的身體變得更僵硬，突然抽搐起來，接著，就跟艾瑞克一樣，他嘆了一口氣，整個人放鬆下來。沒多久，他看起來就像安穩地睡著了，完全不像才剛跟死神做了一場無聲的搏鬥。奈菲瑞特雙膝跪在他身邊，說：「他會痊癒的，而且醒來後不會記得今晚的事。他只會記得自己喝醉了，在尋找快變成過去式的女友時迷了路。」她說出最後一句話時抬頭看著我，慈祥的眼神說明她了解一切。

「謝謝妳。」我低聲對她說。

奈菲瑞特輕輕地對我點點頭，然後站起來看著愛芙羅黛蒂。

「今晚這裡發生的事，妳和我都要負起責任。這幾年來我一直知道妳的自私行徑，但我決定睜隻眼閉隻眼，希望年歲漸長加上親近夜后會讓妳變得更成熟。結果，我錯了。」奈菲瑞特的話語裡帶著清晰、威嚴的命令口吻。「愛芙羅黛蒂，我正式解除妳的職務，從現在起，妳不再是黑暗女兒和黑暗男兒的領袖，也不再是培訓中的未來女祭司長。妳現在和其他雛鬼沒什麼不一樣了。」奈菲瑞特以迅雷不及掩耳的速度，伸手抓住愛芙羅黛蒂脖子上那條垂盪在胸前，鑲著石榴石的銀項鍊，一把扯下來。

愛芙羅黛蒂不發一語，但面容慘白，目不轉睛地瞪著奈菲瑞特。

女祭司長轉身背對愛芙羅黛蒂，朝我走來。「柔依．紅鳥，從妮克絲讓我預見妳將被標記那天起，我就知道妳很特別。」她對我微笑，一根手指放在我下巴，托起我的頭，好看清楚我記印增生的圖案。然後她將我的頭髮撥開，讓我肩頸和背部的刺青都露出來。我聽見周遭的黑暗女兒和黑暗男兒一見到這些不尋常的圖案，都倒抽一口氣，發出驚歎聲。「太奇特了，眞是太奇特了。」奈菲瑞特低聲說，然後放下手，垂到自己身體一側。「今晚，妳的表現證明了夜后的智慧。她決定賦予妳特殊力量，不是沒有理由的。由於夜后賜予的天賦，也由於妳的慈悲和智慧，妳已經贏得黑暗女兒和黑暗男兒的領導人位置，也有資格進入未來女祭司長的培訓階段。」她將愛芙羅黛蒂那條項鍊遞給我。握在手中，這項鍊感覺起來溫溫的，沉甸甸的。「戴上這條鍊子，要表現得比它的前任主人更有智慧。」然後她做出讓我意想不到的動作。奈菲瑞特，夜后妮克絲的女祭司長，竟然對我敬禮。她手握拳放在心臟的位置，恭敬地對我鞠躬，這是吸血鬼表示崇敬的舉動。四周所有人，除了愛芙羅黛蒂，都跟著她這麼做。我的四個朋友對我微笑，跟著其他黑暗女兒和黑暗男兒向我致敬時，我淚水盈眶。

不過，在這喜悅盈滿胸口的當頭，我心中仍有一絲困惑。爲什麼我居然會心懷疑懼，不願意把一切事情都告訴奈菲瑞特？

「回學校去吧，我留在這裡善後。」奈菲瑞特告訴我。她快速地摟了我一下，在我耳邊低語說：「我眞是以妳爲榮，柔依鳥兒。」然後她輕輕地推我一把，把我推向我的朋友。「來，歡迎黑暗女兒和黑暗男兒的新領袖！」她說。

戴米恩、史蒂薇．蕾、簫妮和依琳帶頭歡呼，我周遭每個人都跟著歡呼。大家簇擁著我，我彷彿被笑聲和恭賀聲興高采烈的浪潮給沖出涼亭。我不斷對著這群新「朋友」點頭、微笑。不過我可不笨。我在心裡暗自提醒自己，才幾分鐘前，他們可是對愛芙羅黛蒂言聽計從呢。

當然得花點時間，事情才能有所改變。

我們走到小橋，我提醒現在我開始負責帶領的這群學生，行經這個社區，走回學校的途中，務必保持安靜。然後我示意他們繼續往前走，我走在後面。就在史蒂薇．蕾、戴米恩和孿生的準備踏上小橋時，我壓低聲音對他們說：「等等，你們跟我走在一起。」

他們咧嘴笑得像瘋癲的白癡，四個人圍繞著我。我看著史蒂薇．蕾閃閃發亮的眼睛，告訴她：「妳不該自願當冰箱的，我知道妳一定很害怕。」聽到我責備的語氣，史蒂薇．蕾的笑容褪去。

「可是，柔依，如果我不這麼做，我們就不可能知道儀式在哪裡舉行啊。我必須這樣，才能發簡訊給戴米恩，讓他和孿生的到這裡跟我會合。我們知道妳會需要我們的。」

我舉起手，她不再說話，不過她看起來是一副快哭的表情。我溫柔地對她微笑，「我話還沒說完呢。我本來要說，妳不該這麼做，可是我很高興妳做了！」我擁抱她，淚眼看著其他三個朋友。「謝謝你們，我眞的好高興你們都在這兒。」

「嗨，柔，這才是朋友嘛。」戴米恩說。

「是啊。」簫妮說。

「沒錯。」依琳附和。

他們圍攏過來給我一個緊緊的大擁抱。我好愛這樣的抱抱啊。

「嗨，我可以加入嗎？」

我抬頭發現艾瑞克站在旁邊。

「喔，可以啊，當然可以。」戴米恩愉快地說。

史蒂薇．蕾不可抑遏地咯咯笑。簫妮嘆了口氣說：「你死心吧，戴米恩，人家不是你那一掛的，記得吧？」依琳將我推向艾瑞克。「給這小子一個抱抱吧。他今晚很努力幫妳救妳男朋友呢。」她說。

「是**前**男友。」我立刻糾正她。一倒進艾瑞克的懷抱，我立刻沉醉在他身上還未消散的鮮血氣味，以及他的**擁抱**中。接著，彷彿這一切還不夠，他低下頭，深情、用力地吻我，吻得我暈頭轉向。

「喂，拜託，行行好。」我聽到簫妮喊著。

「找個房間吧。」依琳說。

戴米恩咯咯笑，我趕緊恢復理智，掙脫艾瑞克的懷抱。

「我快餓死了。」史蒂薇．蕾說：「當完冰箱會很餓。」

「啊，我們趕緊找東西給妳吃。」我說。

這幾個朋友走過小橋時，我聽到簫妮又在跟戴米恩拌嘴，兩人吵著該吃披薩或三明治。

「介意我陪妳走嗎？」艾瑞克問。

「當然不介意，反正已經習慣了。」我說，抬頭對他微笑。

他爽朗地笑了，陪著我走上小橋。這時我身後的陰暗處傳來一聲非常清晰的惱怒的聲音：「喵—呦—嗚！」

「你先走吧，我一會兒就趕上你們。」我告訴艾瑞克，折回博物館草坪邊緣的陰暗處。

「娜拉？小貓咪，小貓咪來……」我呼喚著。果然，一團氣嘟嘟的毛球從樹叢後方跑出來，一路發著牢騷。我彎下腰抱起她，她立刻開始滿足地咕嚕咕嚕叫。「唉，蠢女孩，如果妳不喜歡走這麼遠的路，幹麼要跟過來呢？今晚可眞夠妳受的吧？」我喃喃地說。我還沒來得及回頭走向小橋，愛芙羅黛蒂就從陰暗處冒出來，擋住我的路。

「今晚妳或許贏了，可是事情還沒完呢。」她告訴我。

她讓我覺得好累。「我不是想『贏』，我只是努力做該做的事。」

「妳眞的以爲妳是這麼在做嗎？」她的目光緊張地在我和通往涼亭的小徑之間迅速來回游移，彷彿有人在跟蹤她。「今晚在這裡發生的事，妳沒有眞的懂。妳被利用了，我們都被利用了。我們只是傀儡，我們所有人都不過是傀儡。」她憤怒地用手抹自己的臉，我這才發現她正在哭。

「愛芙羅黛蒂，我們不必把關係搞成這樣。」我輕聲說。

「不，就是要這樣！」她怒氣沖沖地說：「我們就是要扮演這種角色。妳會知道的……妳會知道的……」愛芙羅黛蒂轉身走開。

突然，我腦海浮現一個畫面——是愛芙羅黛蒂的畫面，她正處於靈視出現的出神狀態。整個過程歷歷在目，彷彿我眞的再次聽見她說話：**他們死了！不，不，不可以！這樣不對。不，沒道理！我不明白……我不……妳……妳知道**。她驚駭的尖叫聲在我心裡回響，讓人不寒而慄。我想到伊莉莎白……想到艾略特……想到他們確實出現在**我**面前。她說的那些話似乎都有道理。

「愛芙羅黛蒂，等等！」她回頭看著我。「妳今天在奈菲瑞特辦公室裡看見的景象，到底是什麼？」

她慢慢地搖搖頭。「這只是開始，還會更慘的。」她轉過身，突然猶豫了一下。因爲有五個人擋住了她的路，我的五個朋友。

「沒關係，」我告訴他們：「讓她走。」

簫妮和依琳往旁邊退一步，讓出空間給她通過。愛芙羅黛蒂抬起頭，把頭髮甩回背後，彷彿女王一般，大搖大擺地走過她們中間。我看著她走上小橋，胃部突然揪緊。愛芙羅黛蒂知道伊莉莎白和艾略特的事，而無論如何，我終究必須弄清楚這到底是怎麼回事。

「嗨。」史蒂薇．蕾說。

我看著我這位室友和新結交的至交好友。

「不管發生什麼事，我們都一起面對。」

我覺得糾結成一團的胃放鬆了。「我們走吧。」我說。

在這些朋友的圍繞下，我們一起走回家。

夜之屋 / 菲莉絲.卡司特(P. C. Cast), 克麗絲婷.卡司特
(Kristin Cast)著；郭寶蓮譯.
-- 初版. -- 臺北市 : 大塊文化, 2009.12
面； 公分. -- (R ; 28夜之屋 ; 1)
譯自 : Marked : the house of night, book 1
ISBN 978-986-213-153-4 (平裝)

874.57 98021832

LOCUS

LOCUS

LOCUS

LOCUS